講談社文庫

カットバック　警視庁FCⅡ

今野 敏

講談社

目次

カットバック　警視庁ＦＣⅡ……5
解説　関口苑生……502

カットバック　警視庁ＦＣⅡ

1

「特命だぞ」

同じ地域総務課の先輩にそう言われて、楠木肇(くすきはじめ)は、思わず「えっ」と言っていた。

パソコンに向かって仕事をしていたときだ。実は、仕事をするふりをして、フェイスブックを眺めていたのだ。

楠木は慌てて、パソコンの画面をエクセルに切り替えた。

「特命って、まさか……」

「そのまさかだよ。まったくうらやましいな」

楠木は、かなりへこんだ気分になって言った。

「うらやましいことなんて、何にもないですよ。残業が増えるだけです」

「またまたあ。いろいろ役得があるんじゃないの？」

「そんなことないです」

「ふん。とにかく、早く行けよ。室長が待っている」

楠木は溜め息をついてから、パソコンの電源を落として、席を立った。通信指令本部へ向かう。

ここ、いつもたいへんだよなあ。

楠木は通信指令本部に来るたびにそう思う。都内からの一一〇番通報を受け、それに対処するのがこの部署の役割だ。

事件か事故かを即座に見極め、無線で指示を出す。警察の最初のアクションがここから始まるのだ。

そのすべての責任を負っているのが管理官だ。事件や事故、その重要性を瞬時に判断して、関係各部署に知らせなければならない。

だから、通信指令本部の管理官は、夜の警視総監とも言われている。とんでもない重責だと、楠木は思う。

俺だったら、とてもつとまらないよなあ。

楠木たちに「特命」と言って招集をかけたのは、かつてその管理官の一人だった。名前は長門達男。四十歳の警視だった。年齢と階級を見てもわかるが、かなりの切れ者だったという噂だ。

通信指令本部にいくつかある小部屋の一つで、長門が待っていた。

「よお、ごくろう」

「自分が一番ですか？」

「そうだよ。やる気まんまんだね」

「はあ……」

やる気などあるはずがない。

長門がふと急に真剣な顔になって言う。

「でさ……」

楠木はちょっと緊張した。

「はい……」

「おまえ、本当にくすのきじゃないの？」

「はあ、くすきですけど……」

「なんだか、がっかりなんだけど」

「そう言われましても、生まれたときから、くすき、ですから」

「くすのきのほうが、だんぜんかっこいいじゃない。楠木正成（くすのきまさしげ）の子孫とかさ……」

「うちは楠木正成とは関係ないと思います。親からも親戚からも、そういう話は聞いたことがありませんから……」

「そうかあ……」

そこにぬっと現れたのが、山岡諒一だ。楠木は、思わずひいと声を上げそうになった。山岡の風貌のせいだ。

彼は組織犯罪対策部、略して組対の、組織犯罪対策第四課の巡査部長だ。三十五歳だというが、年齢よりも老けて見える。

組対四課は、いわゆるマル暴だ。つまり暴力団を担当しており、多くの捜査員の風貌は暴力団と見分けがつかなくなる。山岡もそうだった。

「山岡、特命により参上しました」

「ああ、楽にしてよ」

「おう、楠木か。久しぶりじゃねえか」

「どうも……」

「相変わらず、しけた生活してるのか？」

「ほっといてください」

続いて、島原静香と服部靖彦がいっしょに現れた。

おや、この二人、まさか付き合いはじめたわけじゃあるまいな。

楠木はそんなことを思った。服部は静香に気があるようだが、静香のほうはまったく相手にしていない様子だった。

だが、男女の仲はいつどうなるかわからない。まあ、どうでもいいけど……。

二人は交通部だ。静香は都市交通対策課で、警視庁本部だからデスクワークが主だが、ついこの間まで所轄でミニパトに乗っていたそうだ。

服部は交通機動隊の白バイライダーだ。街中で見れば精悍だが、静香のそばにいるとなんともだらしがない。

これで特命メンバーがすべてそろった。

室長の長門が言う。

「さて、FC室のメンバーの諸君。久しぶりの特命だ」

楠木を含めて四人の室員は、四角いテーブルの周囲に乱雑に置かれているパイプ椅子に腰を下ろして、長門に注目していた。

一番若いのは静香だが、ドアの近くの下座に腰かけているのは楠木だった。男性の中では一番年下だから仕方がないと、楠木は思った。

長門は、部屋の一番奥の、いわゆる「お誕生日席」にいる。

彼が言った「FC室」は、フィルムコミッション室ということだ。

フィルムコミッションとは、映画やドラマの撮影の際に、ロケ現場でさまざまな便宜を図ることを言う。

どうして警視庁にそのための部署があるのかというと、どうやらアメリカあたりの真似らしい。映画を輸出産業と位置づけているアメリカは、フィルムコミッションにも積極的で、警察がその役割を担うこともあるのだそうだ。州によっては、本物の制服やバッジなどの装備を貸し出すところもあるという。そんなことをしてだいじょうぶなのかと思うが、そのへんがいかにもアメリカらしい。

「明日の早朝から、任務だ。場所は大田区昭和島。映画のロケだ。『危険なバディー』というテレビドラマシリーズの映画化だ」

「あ、それ、知ってる」

静香が言った。「伊達弘樹と柴崎省一のドラマでしょう?」

「おう、ずいぶん長く続いているシリーズだよな」

そう言ったのは山岡だった。

「俺も見てたなあ……」

服部が言った。「あのドラマ見て、警察官になろうと思ったのかもしれない」

それを聞いて山岡が言う。

「けど、あのドラマに白バイ警官なんて出てこねえぞ」

服部がこたえる。

「俺だって、最初から交機隊を目指していたわけじゃないんですよ」

「刑事になりたかったのか?」

「ええ、まあ……」

「じゃあ、どうして白バイライダーになったんだ？」

山岡に尋ねられて、服部は言った。

「初任科の現場研修で味をしめまして……」

「味をしめた……？　何の？」

「交通取締の、です」

こいつ、見かけとは大違いで、けっこう腹黒だな。

楠木は思った。

交通警察はタチが悪いというのが、楠木の認識だ。やつらは一般ドライバーに罠をかける。そして容赦なく切符を切るのだ。

「そうそう」

長門室長が言った。「その『危険なバディー』だよ。二十周年記念映画を撮ることになったんだそうだ」

「二十周年」

静香が目を丸くする。「そんなに続いているの？」

服部が言った。

「ずっと続いていたわけじゃないよ。第十シリーズを終えたところで、ひとまず終了したんだけど、時々、スペシャルなんかを作っていたんだ。第一シリーズの放映から二十年ということだ」

　長門がうなずく。

「そういうことだ。説明の手間が省けて助かるね」

　発言を遮(さえぎ)られたことに対する皮肉かと、楠木は思ったが、どうやらそうでもなさそうだ。長門室長は、よく言えば効率重視、悪く言えば面倒くさがり屋だ。

　これでよく、通信指令本部の管理官がつとまっていたなと、楠木は密かに思っている。

　長門の説明が続いた。

「監督は辻友則貴(つじとものりたか)。主演女優は、桐原美里(きりはらみさと)」

「お……」

　山岡が身を乗り出した。「彼女、脂が乗りはじめて、いい感じになってきましたよね」

　長門が言う。

「そうなんだよね。三十歳過ぎてからよくなってきたよね」

　静香がちょっと顔をしかめてみせる。

「脂が乗りはじめる、なんて、食べ物みたいに言うの、セクハラよ」

「なんだよ」

山岡が言う。「女優として脂が乗りはじめたって意味だ。勘違いすんな」

服部が首を捻る。

「辻友って監督、知らないなあ……」

服部の言葉に、山岡がこたえた。

「辻友って監督は、アクションものをけっこう撮ってるんだよ。ガンアクションが好きなんだな」

服部が言う。

「あ。……ということは、当然、今回の映画でもガンアクションがあるということですね」

「撃ちまくるだろうねえ。それが『危険なバディー』の売りだからね」

「いいねえ、ガンアクション。ドラマや映画の中では、好き勝手できるからねえ」

現実には、たった一発警察官が撃っただけで大騒ぎだ。せっかく拳銃を持っているのだから、規制を緩くすべきだという声もある。

けど、俺には関係ないなあ。

楠木はそう思う。地域総務課はほとんどが内勤だ。拳銃を持って犯人と対峙するなんて考えられない。

そういうのは、警備部に任せておけばいい。楠木は、できるだけ危険とは関係のない部署がいいと、巡査拝命以来ずっと思っていた。

所轄の地域課すら、楠木にとっては危険な仕事だ。楠木は、事務仕事以外はやりたくない。じゃあ、どうして警察官になったのかと訊かれると、楠木自身首を傾げてしまう。

だが、警察自体は気に入っている。たぶん、制服に憧れていたのだと思う。それに、警察手帳や手錠、拳銃を持てるというのは、気分のいいものだ。自分が何か特別な存在になったような気がする。

警察学校の訓練に耐え、上下関係の厳しさを日々我慢しているのだ。それくらいの優越感は許してほしいと思う。

警察は好きだが、辛いことや危険なことが嫌いなだけだ。楠木は自分のことをそう分析していた。

長門室長が言った。

「撮影現場は、大田区の予定だ。昭和島が撮影の中心になるということだから、所轄は大森署だな。これから、挨拶と打ち合わせに行こうと思う」

服部が尋ねた。

「これからすぐに、ですか?」

「そうだよ。何か不都合はある？」

「自分は制服のままですが……」

楠木は言った。

「俺だって制服だよ」

「俺は交機隊の制服だ。地域部とは違う」

「制服は制服だろう」

楠木の言葉に、服部が言った。

「この色を見ろよ。空色だぜ。交機隊の制服は目立つんだよ」

「なんだよ。自分の制服が嫌いなのか？」

「まさか。誇りを持ってるよ。ただ、バイクを降りると、ちょっと目立つだろう」

「やっぱり恥ずかしいんじゃないか。不謹慎だよ、自分の制服が恥ずかしいなんて」

「恥ずかしいなんて言ってない。ただ、ちょっと派手だと言っているだけだ」

「正直言うとさ……」

楠木は言った。「ズボンの側章はいらないと思うんだよね」

側章というのは、両サイドに入った縦ラインのことだ。

服部はしかめっ面になり、何もこたえなかった。

あ、言ってはいけないことを言っちまったかな……。

楠木がそう思ったとき、長門室長が言った。

「着替えている時間はないし、交機隊員なんだから別に構わないだろう」

服部が曖昧にうなずく。

「はあ……」

「それでさ、車を一台用意できない？」

「は……？」

「交通部は車の専門家だろう。一台くらい何とかなるだろう」

「無理ですよ。自分のバイクだって任務と訓練のときにしか乗れないんです」

「なんだ、そうなのか。俺、大森署まで電車で移動するの、かったるいんだよね。島原はどうなの？」

静香はかぶりを振る。

「私は今はほとんど内勤ですから……」

「ミニパト乗ってたんだろう？　何とかならないの？」

「室長、ミニパトに乗りたいんですか？」

「うーん。あんまり乗り心地がよくなさそうだよなあ……。山岡はどうなの？」

「マル暴は車になんか乗りませんよ」

「そうかあ。じゃあ、あきらめて電車で行こうかな」

おい、どうして俺に訊かない。

楠木は言った。

「あのう……。機捜が乗っているような覆面車なら何とかなるかもしれません」

長門室長が、意外そうな顔で楠木を見た。

「なに、おまえ、車を手配できるの？」

「はあ……。いちおう地域総務課ですから、車両の手配くらいは……」

「へえ……。驚いたなあ」

いや、車の手配くらいで驚かれても……。

「機捜が乗っているような覆面車だって言ったね」

「ええ。それなら台数もありますし……」

「……ということは、普通のセダンで、五人乗りだね」

それを聞いて服部が言う。

「ちょうどいいですね」

長門室長が服部を見た。

「いや、後ろが三人だと窮屈なんだよね。山岡はでかいし……」

「すいませんね」

「だから、服部は白バイで来てよ。せっかく制服着てるんだし……」

「え、自分だけバイクで行くんですか」

「白バイは現場で役に立つと思う」

長門室長が言った。「さて、出かけるか」


大森署の一階の奥に署長室があった。

どこの署でもだいたい同じだが、署長室の出入り口の脇に、副署長席がある。

長門室長以下、ＦＣ室の五人は、その副署長席の前にやってきた。近くにいた記者たちが、無遠慮な視線を投げかけてくる。副署長席、通称「次長席」の周辺にはたいてい記者がいる。

私服が二人。そのうち一人はマルＢ、つまりその筋の人たちみたいな見かけだ。地域部の制服が一人。交通部の制服の女性警察官が一人。そして、交機隊の制服が一人。

誰が見てもまとまりがない。記者たちが怪訝な表情になるのもわかる。

副署長席にいた制服姿の人物が、目の前に立った長門室長に向かって言った。

「何だね、あんたたちは……」

警察官というより、ホテルマンか銀行員みたいだな……。

楠木は、その人物を見てそんなことを思っていた。

長門室長がこたえた。

「警視庁本部のＦＣ室です」

「ああ、話は聞いています。署長が待っていますよ」

ホテルマンのような人物が続けて言った。

「あなたが、ＦＣ室の責任者の方ですか？」

「はい。室長の長門と申します」

「副署長の貝沼(かいぬま)です」

彼は席を立って言った。「署長に取り次ぎましょう」

すぐ脇にある署長室のドアをノックする。

「前の署長のときは、このドアはずっと開いていたんですがね……」

「ほう……」

長門がそうこたえたとき、ドアの向こうから声がした。

「どうぞ」

女性の声だった。

「失礼します」

貝沼副署長がドアを開けて先に入室する。

「ＦＣ室の皆さんがおいでになりました」

「あらそう」

「どうぞ」

貝沼副署長に促されて、ＦＣ室のメンバーが署長室に入った。

「お……」

小さく声を洩らしたのは、山岡だった。

大きな両袖の机の向こうに立っている制服姿の女性を見ての反応だった。

「おお……」

服部もそんな声を洩らす。

楠木も一瞬、ぽかんと署長席を見つめていた。

「署長の藍本です」

「ＦＣ室、長門です」

「どうぞ、お座りください」

藍本署長は、来客用の応接セットをさし示した。

「失礼します」

長門がソファのほうに行ったので、室員たちもそれにならった。その間、山岡と服部はずっと藍本署長のほうを見ていた。

いや、俺も二人のことは言えない。藍本署長から眼が離せなかったのだ。

もともと楠木はあまり女性に興味がない。服部のことを、色魔じゃないかと思うことがあるが、もしかしたら、世間一般では服部のほうが、若い男性としては標準なのかもしれない。

だが、その楠木が眼を引かれるほど、藍本署長は美しかったのだ。

2

「お話をうかがいましょう」

長門室長の正面に、優雅に腰を下ろした藍本署長が言った。長門は話しだした。

「お聞き及びのことと思いますが、大森署管内で、『危険なバディー』の劇場公開用映画の撮影をすることになり、それについて、警視庁が便宜を図ることになりました」

藍本署長がうなずいた。

「それをあなたたちFC室が担当されるのですね」

「そういうことです」

藍本署長は、室員たちを見回した。山岡と服部が心持ち背中を伸ばした。

長門室長に眼を戻すと、藍本署長は言った。

「ＦＣ室は、専任ではないのですね」

「ええ。いつも仕事があるわけじゃないので、他の部署と兼務となっています」

「室長も？」

「私だけが専任です」

「それで、大森署は何をすればいいのでしょう？」

「いろいろとご協力を仰ぐことになると思いますが、今日のところはご挨拶だけと思ってください。今後、我々がおたくの管内で動き回ることになりますので」

「まあ、それは構わないと思いますが……」

「後日、監督らも挨拶に見えると思います」

藍本署長が溜め息をついた。何か気がかりな様子だ。

長門室長は、そっと山岡と視線を交わしてから尋ねた。

「何か問題がありますか？」

藍本署長がこたえた。

「いえ、ＦＣ室の皆さんに問題はありません。むしろ、大森署内のことでして……」

「署内の……？」

藍本署長は、ふと躊躇（ちゅうちょ）するような表情を見せてから言った。

「私はここに赴任したばかりで、まだ大森署のことがよく把握できていないのです」

「はあ……」

「前任者がとても優秀な方だったのです。署員たちは、すっかりその前任者に心酔していたようです。その後任は、ちょっと荷が重いのです」

「そうでしたか……」

長門室長はうなずいた。「我々にできることがあれば、何なりとおっしゃってください」

あれえ……。楠木は思った。いつもの長門室長らしくないなあ。何につけても大雑把で面倒臭がりだ。およそ人のために何かするタイプとは思えない。その長門室長に追従するように、山岡が言った。

「そうです。何でもやります」

まあ、無理もない。それくらい、藍本署長は美人なのだ。

「心強いお言葉です」

藍本署長は言った。

その物腰は優雅だ。美人というのは、何をしても優雅に見えるな。いや、仕草が優雅だからことさらに美人に見えるのか……。楠木はぼんやりとそんなことを考えていた。

長門室長が言った。

「では、関係各部署の責任者と打ち合わせがしたいのですが……」

藍本署長がかすかに眉をひそめる。

「関係各部署と言いますと……？」

「まずは地域課と交通課ですね。そして、場合によっては警備課と刑事組対課のマル暴……」

「マル暴……？」

「フィルムコミッションの役割の一つが地回りのコントロールなんです」

「地回りの……」

それにこたえたのは、組対四課、つまりマル暴の山岡だ。

「暴対法と暴力団排除条例で、すっかりおとなしくなったとはいえ、今でもロケとなるとマルBが絡んでくるケースがあるんです。やつら、金になりそうだと踏んだら蠅のようにたかってきますからね」

「わかりました。では、地域課長、交通課長、警備課長、刑事組対課長を呼びましょう」

藍本署長はそう言って、貝沼副署長を見た。応接セットの端にいた貝沼はすぐさま立ち上がり、署長室を出て行った。四人の課長を呼び出すのだろう。

「あの……」

藍本署長が長門室長に言う。「フィルムコミッションの任務は、これまでにもずいぶんとやられたのですか？」

「いえ、正式に依頼されることはまだ少ないので、実はそれほど経験がないのです」

「それでも、実際に経験はおありなんですね」

「ええ。『乾いた罠』という、高杉洋平監督の作品の撮影に関わっていました」

「あら……」

藍本署長は目を丸くした。「『乾いた罠』は拝見しました。ドキュメンタリータッチの面白い映画でした。あ……」

彼女は、ふと気づいたように楠木を見た。

「映画に出演していましたね？」

楠木はこたえた。

「ええ、まあ。成り行き上、仕方なく……」

「現職の警察官の映画出演は、ちょっと問題なんじゃないですか」

「公務員なんだから、もし出演料をもらったら問題でしょうね。こいつの場合はあくまでボランティアですから、エキストラみたいなもんです」

「でも、顔を出すのは……」

俺も出したくて出したわけじゃない。本当に成り行きなのだ。

「あ、こいつは、特に顔を秘匿する必要もありません。刑事部の特殊班に行くこともないでしょうし、公安もないでしょう。ましてや、警備部のＳＡＴなどあり得ませんから」

そりゃそうだ。

そんな部署に異動になったら、俺は間違いなく辞表を書くだろう。そうなのだが、他人から言われるとなんだか面白くない。

そこに、貝沼が戻ってきた。四人の男を伴っている。課長たちだろう。

貝沼が紹介した。

「地域課長の久米、交通課長の篠崎、警備課長の芦田、そして、刑事組対課長の関本です」

四人は出入り口付近で横一列に並び、礼をした。別に、自分たちに礼をしたわけではないだろう、と楠木は思った。彼らはあくまで、署長に対して頭を下げたのだ。

「ＦＣ室の長門です」

室長が立ち上がって彼らに礼をした。当然、室員たちも立ち上がらなければならない。

ソファに全員が座れないので、課長たちは立ったままだ。だから、楠木たちも座れない。一方、藍本署長だけがソファに腰かけたままだ。

なんとも奇妙な状況で、しばし沈黙していた。貝沼副署長が指示を待って藍本署長を見た。

「あら、失礼……」

そうつぶやいて、藍本署長も立ち上がった。彼女は、署長席に戻って言った。

「打ち合わせには、ここは手狭ですね。どこか場所を用意しましょうか」

署長の言葉に対して長門室長が言った。

「現場の打ち合わせは我々だけでだいじょうぶです」

「あらあ……」

藍本署長は言う。「残念だわ。フィルムコミッションのお話、もっとお聞きしたかったのに……」

「署長はお忙しいのでしょう」

「そうねえ。山のような書類に全部判を押さなきゃ……。でも、こちらも大切な署長の仕事よねえ」

「はあ……」

長門室長はまんざらでもない様子だ。

山岡がすかさず言った。

「打ち合わせに署長の同席を賜れば、こんなに心強いことはありません。そうですね、室長」

「そうだねえ。山岡の申すとおりです」

貝沼副署長が無表情に言った。

「では、至急会議室の用意をします」

貝沼副署長と四人の課長たちが出て行った。長門がソファに腰を下ろしたので、楠木たちも座った。

すぐに貝沼副署長が戻ってきて告げた。

「会議室にご案内します」

どこの警察署にもある狭い部屋で、四角いテーブルが中央にあり、その周囲にパイプ椅子が置かれている。

すでに四人の課長は並んで腰かけていた。出入り口から見て奥のほうの列だ。必然的にFC室の面々は手前の列に座ることになる。

おいおい、こっちは下座じゃないか。客なのに……。

楠木は思った。

だが、こういう場合、警察では客とは見なされない。相手は課長なんだから、しょうがないか……。

所轄の課長ということは、四人は警部だ。FC室の中で彼らより階級が上なのは、警視の長門室長だけだ。

長門だけ課長たちより上の席に着くというのも妙なので、このまま打ち合わせを始めることになるだろう。

楠木本人はどうでもいいと思っているのだが、警察社会は階級にものすごくうるさいので、席順などでも怒鳴られたりする。面倒臭いのだ。

やがて、署長がやってきて、会議室内の全員が起立した。

署長は足早に一番奥の席に座る。それを待って全員が着席。

一番年上らしい課長が言った。

「ええと……。映画の撮影に警察が協力するということですが……」

楠木は隣に座っている静香にそっと尋ねた。

「あの人、何の課長だっけ？」

静香は手もとの紙にシャープペンシルで書いた。

警備課長。

「名前は？」

芦田。

そう走り書きした静香は、ちらりと横目で楠木を見る。

「どうして覚えてないの？」

その眼は、無言でそう語っていた。

たった一度紹介されただけで、名前と肩書を覚えるなんて……。そんな芸当ができるはずがない。

楠木も無言で抗議した。

俺は刑事じゃないので、そんなこと覚えられないからね。

警察官は、名前だけでなく、いろいろなことを瞬時に暗記するように訓練される。特に刑事はたいてい一度聞いた名前は忘れないのだという。

刑事って、ほんと、たいへんだよなあ……。

芦田警備課長の話が続く。

「FC室はその専門部署なのでしょう？　ならば、細々したことはすべて警視庁本部にお任せするということで、どうでしょう」

「いやいやいや……」

長門室長がのんびりとした口調で言う。「ご覧のとおり、私らは少人数でしてね……。それに対して、フィルムコミッションはやることが多い。ぜひとも所轄にご協力いただかないと……」

「具体的には、どういう仕事があるのですかな？」

「まず、交通整理。場合によっては交通規制していただくこともあると思います」

芦田警備課長が身を乗り出すようにして、課長の中で一番末席にいる人物のほうを見た。

「それは、交通課の仕事だね」

その人物がうなずいた。

二人のやり取りを見て、末席が交通課長であることがわかった。交通課らしくよく日焼けしている。楠木はまた、静香に耳打ちした。

「交通課長の名前は？」

静香は、手もとの紙に走り書きする。

篠崎。

長門室長の話が続く。

「それと、野次馬の整理です。ロケ現場に規制線を張ってもらえるとありがたい」

芦田警備課長が隣の課長に言う。

「それは、地域課の仕事だね」

楠木が静香に尋ねようとすると、それより早く、静香がシャープペンシルを走らせた。

久米地域課長。

関本刑事組対課長。

ははあ。なるほど。

楠木はありがたく、すべての課長の名前を転記した。これでようやく楠木も課長たちの名前と顔を覚えることができた。

久米地域課長が言った。

「地域課だけの仕事じゃない。警備課の仕事でもある。警備実施に、警衛警護……」

久米地域課長は、なかなかいい体格をしている。おそらく五十歳を過ぎているが、筋肉質の体型を保っていた。

術科、強そうだな……。

楠木はそんなことを思っていた。

久米地域課長に対して、芦田警備課長が言った。

「そりゃ、祭りとかマラソンとか駅伝とか、ものすごい人出が予想されたら警備実施もするよ。けど、ロケの野次馬程度じゃ警備課の出番はないだろう。警衛警護だって？　誰を警護するんだ？」

「男優とか女優とか……」

芦田警備課長がかぶりを振る。

「警衛警護というからには、一に皇室、二に国会議員、三に地方首長だ。男優とか女優は対象外だ」

長門室長が言った。

「今後は、そういう考えを少し改めていただきたいのですが……」

芦田警備課長が、むっとした顔で長門室長を見た。

「改めるとはどういうことですか？」

「映画制作に当たっては、男優、女優、監督はＶＩＰです。したがって警護対象です」

長門室長の言葉に、芦田警備課長が目をむいた。

「そんなことを、誰が決めたんです」

長門室長が平然とこたえる。

「私です」

「それに従う義務はありません」

「私は警視総監からフィルムコミッションについて一任されております。つまり、私の決定は警視総監の決定でもあります」

「詭弁ですね。だいたい、警察は法律をもとに動くのです。警視庁が映画やドラマの撮影の便宜を図るなんて、いったいどんな法律が根拠となっているんです？」

この追及にも長門室長は顔色ひとつ変えなかった。

「都知事の方針です」

「都知事の……」

「警視庁は東京都の警察ですから、都知事の方針には逆らえませんよ」

いいのかなあ……。

楠木は密かに思った。長門室長の言葉は正確ではない。たしかに、過去に都知事がフィルムコミッションについて前向きな発言をしたことがある。

だがそれは、今の都知事ではない。

その発言がFC室発足のきっかけになったことは事実だが、今の都知事は何の関係もない。長門の発言内容では誤解されてしまう。いや、おそらくわざと誤解されるように言ったのだろう。

事実、芦田警備課長は押し黙ってしまった。

その隙に、長門室長は話を進める。

「人手が必要になったら、機動隊の手を借りることになるかもしれません」

芦田警備課長が言った。

「それこそ、我々の手には負えません。所轄は警備指揮権を持っておりません」

「あら……」

署長がつぶやくと、その場にいた男性全員がさっとそちらを見た。

「必要なら、私が方面本部長に相談します」

長門室長がうなずいた。

「そうですね。方面本部長は警備指揮権を持っていますからね」

何だろう、今の男たちの反応は……。

楠木はそんなことを思っていた。

単に偉い人が発言をしたから、という雰囲気ではなかった。

ははあ……。みんな美人に弱いということだな。初めて会ったFC室の男どもはもとより、同じ署で仕事をしている課長たちも署長には必要以上に気を使っているように見える。

男というのは情けないものだな。

楠木は他人事のように、そう思っていた。署長になびいていないのは、今のところ貝沼副署長だけのようだ。

もちろん楠木だって美人に興味がないわけではない。だが、時と場合によると考えている。相手は署長だ。階級は警視か警視正だろう。楠木のような下っ端から見れば、雲の上の存在だ。

相手が美人かどうかよりも、そっちの思いが先に立ってしまう。それにもともと、楠木は年上の女性にはそれほど興味がない。

藍本署長が言った。

「でも、映画の撮影で機動隊を要請するような事態があり得るかしら……」

長門室長がこたえる。

「映画の世界では、どんなことだってあり得ます」

芦田警備課長が言った。

「ふん、それはスクリーンの中の話でしょう」

「いやいや、そうとも言い切れません。活動屋さんたちはみんな、一癖も二癖もありますからね」

「今どき、活動屋はないだろう」

「今でも通じる言葉です。映画業界では、古い言葉がそのまま残っています」

芦田警備課長は、小さく肩をすくめてから言った。

「それで、ロケはいつから始まるんだね？」

「今週の金曜日、すなわち九月十四日の早朝からです」

「今日が月曜日だから四日後ということか。なぜもっと事前に話がなかったんだ？」

「ロケ場所というのは、なかなか決まらないものなんです」

「なんだかあんたは、すっかり映画業界の人だね」

「とんでもない。仕事熱心なだけです」

「あの……」

藍本署長が口を開くと、またしても男たちがさっとそちらを見る。長門室長が尋ねる。

「何でしょう?」

「映画監督さんや俳優の皆さんはいつお見えになるのかしら……」

3

先ほどから聞いていると、どうやら藍本署長は、映画の撮影に興味津々らしい。そう言えば『乾いた罠』を観たと言っていた。

けっこうマニアックな作品だったので、もしかしたら署長は映画ファンなのかもしれない。

映画関係者はいつ挨拶に来るのか、という藍本署長の質問に、長門室長がこたえた。

「先ほども申しましたように、後日としか聞いておりません。早急に確認して後ほど連絡いたします」

「わかりました」

芦田警備課長が言った。

「他に何かあるかね。何もなければ、会議を終了したい。我々も忙しいのでね……」

終始芦田が会議をリードしていた。やはり彼が、課長の中で一番年上のようだ。

長門室長がこたえる。

「現場を見ておきたいんですが、構わないですね」

芦田警備課長が、久米地域課長に尋ねた。「地域課の仕事だな。どうだ？」

久米課長は、芦田課長と年齢が近い。彼はかすかに顔をしかめるとこたえた。

「道案内しろってことか？」

芦田警備課長が皮肉な調子で言う。

「それも所轄の仕事だろう」

「じゃあ、誰か係員に案内させよう」

長門室長が言った。

「それは助かりますね。どうせならＦＣの任務に就いてくれる人がいいですね」

久米課長が藍本署長に尋ねた。

「あのう、本当にこんな仕事に人員を割かねばならないんですかね……」

藍本署長がちょっと困った顔になった。

「あら……。ＦＣも立派な仕事だと思うんですけど……」

その瞬間の他の男たちの反応は見物だった。久米課長を睨みつけたのだ。

うわあ、露骨だなあ。

楠木は思った。署長を困らせた久米は完全に悪者になっていた。こういうのには、決して関わりたくない。

関本刑事組対課長が久米地域課長に言った。

「そりゃあ、やるしかないでしょう。警視庁本部の部局がやれと言ってるんですから……」

「しょうがない」

久米課長は溜め息をついた。

署長と課長たちが退席した後も、ＦＣ室のメンバーはそのまま会議室で待たされた。地域課の係員が来ることになっていた。

山岡が長門室長に言った。

「しかし、驚きましたね……」

何のことを言っているのか、楠木にはわからない。だが、長門室長にはすぐにわかったらしい。

長門はうなずいた。

「驚いたね。あんな美人署長がいるなんて……」

それかっ。その話なのか。

服部も身を乗り出す。

「本当ですよね。そのうちきっと、『美人過ぎる署長』なんつって、ネットか雑誌に載りますね」

それを聞いて静香が言う。

「どうして男の人ってこうなのかしら」

不機嫌そうだ。普段は服部のことを袖にしているくせに、服部が他の女性に興味を示すと、面白くないらしい。

まあ、女ってそういうものだよなあ。だから、面倒臭いんだ。楠木はそんなことを考えていた。

山岡がさらに言う。

「たしか、キャリアだという話ですよね」

「そう。前任者がキャリアだったので、それに合わせたんじゃないの」

「キャリアで、あの美貌かあ……。高嶺の花だなあ」

楠木は驚いて言った。

「本気ですか。相手は署長ですよ」

「なんだよ。男と女の間に、そういうの関係ないだろう」

「いや、逆に仕事に男と女は関係ないでしょう」

「色気のないやつだな。人生、どんな場面でもロマンが必要だ」

ロマンとは一番無縁そうな顔してるくせに……。

「あんまり面倒なこと、考えたくないですね」

「ふん、おまえはそういうやつだよ」

長門室長が言った。

「本人は、ここの署長は荷が重い、なんて言ってたけど、傍目からはそんな様子じゃなかったよね」

山岡が言った。

「みんな署長に気を使っていましたね」

山岡の言葉に、服部がこたえた。

「気を使っているというか、なんか、大切にしていますよね。お姫様を取り巻く男たちのようです。まあ、気持ちはわかるけど……」

静香が言う。

「なんで、気持ちがわかるのよ」

「いや、なんでって……」

服部は絶対に静香とは付き合わないほうがいいと思うけどなあ……。楠木は思う。

まあ、どうでもいいけど……。

ノックの音が聞こえた。続いて、若い地域課の制服を着た係員が入って来た。

「失礼します。ご案内を仰せつかりました。地域課の須磨幸太巡査です」

長門室長が名乗ってから言った。

「君、若そうだね」

「二十六歳です」

「……ということは、島原の一期上か」

静香がこたえる。

「そうですね」

須磨は静香を見た。

「あ、島原さん……」

「え……？」

「世田谷署に来ましたよね。自分が地域課にいるときに、交通課の現場実習で……」

「ええ、たしかに世田谷署に卒配されましたけど……」

静香のほうは覚えていないらしい。

「そうかあ。覚えてないかなあ」

「すいません。実習で無我夢中でしたから……」

そのやり取りを、服部が不安そうに見ている。

もしかして、ライバル出現かな。

楠木は思った。三角関係なんて、まったく面倒なことだ。

長門室長が言った。

「さて、さっそく現地に案内してもらおうか」

「はい。現場はどちらになりますか？」

「昭和島だ」

「一キロくらいありますから、歩くとけっこうかかりますね」

「俺たちは車で来ているから、君も同乗するといい」

それを聞いて服部が言った。

「あ、五人だと窮屈だから、白バイで来いとおっしゃいましたよね」

「警察官は、臨機応変じゃないとね」


交通部の静香が車の運転をしていた。案内役の須磨が助手席だ。

おかげで、楠木はおっさん二人と後部座席に詰め込まれることになった。楠木もかなり閉口していたが、それより気が気でないという顔をしているのは服部だった。

静香と須磨が並んで座っているのが気に入らないらしい。

今にも違反切符を切りそうな顔をしている。その服部の白バイは、ぴたりと車の後ろに付いてくる。

　身内だと知っていても、白バイに追尾されると落ち着かない気分になる。

「車で行くと、平和島のほうから回り込む形になります」

　須磨が案内した。それに長門がこたえる。

「地図を見ると、都道３１６号が通っているだけなんだね？」

「もう一本、島の西側に橋がかかっていますが、こちらは車両通行止めです」

　須磨の静香に対する案内は、丁寧過ぎるくらいに丁寧だ。やがて車は橋を渡り、昭和島に入る。

　窓の外を眺めながら、山岡が言う。

「けっこう倉庫だの、配送センターだのがあって、思ったほど殺風景じゃないな」

　須磨がそれにこたえる。

「このあたりは、建物が多い一帯なんです。もう少し先に行くと、水再生センターになってます」

「水再生センター？」

「ええ。広大な施設です」

　長門室長が解説する。

「昔は下水処理場と言ってたんだ」

「ああ……。水を浄化する施設ですね」

「そう。生活廃水だけじゃなく、工業廃水も処理する」

「そんな重要な施設が、この昭和島にあったんですね」

須磨が言う。

「ですから、この先に行っても映画の撮影なんてできませんよ」

「そうだなあ」

長門室長が言った。「映画関係者のロケハン次第だけど、たぶん、もっと手前の、倉庫や配送センターなんかがあるあたりの道路や路地を使うんじゃないのかな。あと、野球場もあったよね」

「よくご存じですね」

長門の言葉を聞いて、須磨が言った。

「まあ、いちおう下調べをするからね」

「じゃあ、野球場のほうに行ってみましょう」

須磨が指示をして、静香がハンドルを操る。

へえ、なんだか息が合ってるじゃん。

楠木は思った。

こりゃあ、服部はうかうかしていられないね。

その服部は、ぴたりと車を追ってくる。車と白バイの距離がまったく変わらない。等間隔で追尾してくるのだ。

さすが交機隊だ。バイクのテクニックは一流だ。なのに、静香にはからきしだらしがない。

「おお、広い野球場だな」

山岡がつぶやくように言う。須磨がこたえる。

「四面ありますからね」

「へえ……」

山岡は、感心したようにつぶやいてから、長門室長に言った。「でも、野球場で、映画のロケをやりますかね」

「わからんよ。広い場所で爆破シーンとか撮るかもしれない」

「ああ……。『危険なバディー』なら爆破シーンありそうですね」

「問題は、野球場をいつ使えるかってことだ」

「いつ……？」

「こういう施設って、いつも予約でいっぱいなんだろう？　つまりいつも使用中ってことだ。早朝か真夜中しか使えないんじゃないの？」

「えっ」

楠木は思わず声を上げた。山岡が尋ねる。

「何が、えっ、だよ」

「いや、早朝や真夜中に撮影するということは、自分らも早朝や真夜中に出動するということですよね」

「当然だろう。警察官が、早朝だの真夜中だの気にしてんじゃねえよ」

「刑事は慣れてるかもしれませんが、自分ら事務方なんで……」

「じゃあ、ＦＣの仕事で慣れるんだな」

暗澹（あんたん）とした気分になってきた。

だから映画制作になんか関わりたくないんだ。楠木がそう思っていると長門が言った。

「まあ、まだ野球場で撮影するかどうかはわからないけどね。どこに何があるか、よく覚えておいてよね」

須磨が即座にこたえた。

「自分はすでに把握しております」

山岡が言う。

「当たり前だ。あんた、所轄の地域課だろう。室長は、楠木や島原に言ったんだ」

ハンドルを握る静香が言った。

「私は道を覚えるのは得意ですよ。交通部ですからね」

山岡が肘で小突いて、楠木に尋ねる。

「おまえはどうなんだ？」

「自分はあんまり得意じゃないですね。方向音痴だし……」

「なんだよ、使えねえやつだな……」

楠木はちょっとむっとして言った。

「道や建物を覚えるなら、映画関係者と打ち合わせをしてからのほうがいいんじゃないですか？」

「わかってねえな」

「何がですか？」

「打ち合わせの前に、だいたいの地理を把握しておくのが、警備事案の常識だろう」

「知りませんよ。自分は警備部じゃないですから……」

「ちょっとは機動隊に行って鍛えてもらったほうがいいんじゃないのか」

「自分みたいのが行ったら、機動隊が迷惑しますよ」

「ふん。まあ、そのとおりかもしれねえな」

長門室長が言った。

「山岡の言うとおりでね。映画関係者と打ち合わせをするとき、地元のことを把握しているると、信頼してもらえるだろう」

「はあ……」

「そのほうがはったりもかましやすい」

「はったりですか……」

「そういうの、大切なんだよ」

長門室長らしい発言だなと、楠木は思った。

「なあ、須磨と言ったか……」

山岡が話しかけた。

「はい、何でしょう」

「署長のこと、訊きてえんだが……」

「署長のこと？」

「署内ではどんな評判なんだ？」

「そりゃあ、赴任してきたときからちょっとした騒ぎですよ」

「美人だからな……」

「美人でその上スタイルもいい……」

「あのですね……」

静香が言った。「そういうの、今はセクハラになるんですよ。何度言ったらわかるんです」

「何だよ……」

山岡が言う。「本人が不快にならなきゃそれでいいんだろう」

「それ、認識が甘すぎます」

「きれいなものをきれいだと言って何が問題なんだ？」

「夕日がきれいとか、花がきれいとかいうのと違って、性的な意味が含まれているでしょう」

「そりゃあ、男性が女性を評価するんだからな」

「その時点で、もうセクハラです」

「あのなあ。何でもアメリカの真似をすりゃあいいってもんじゃないぞ。あの国はな、何かっていうと訴訟だ。個人的に不快に思ったことでも、訴訟という形で社会性を持たせようとする。個人個人の思いなんて千差万別だ。何を不快に思うかなんて人によって違うんだよ。それを裁判で片をつけようとする。するとどんどん規制が増えていく。それで、あの国はがんじがらめなんだ」

「それとセクハラとどういう関係があるんですか？」

「まあ聞けよ。あの国はいろいろな国からの移民でできあがっている。価値観も生活感覚も違う人々が集まってできあがっている。だから、裁判や訴訟で白黒つけることが必要なんだ。けどな、日本は似たような感覚の人々でできあがっている国だ。多民族国家のアメリカとは違う。常識を共有できるんだ。だから、セクハラだなんだと目くじらを立てることはない。もっとおおらかでいいんだよ」

「もうそんな時代じゃないと思いますよ」

「まあ、やっかむ気持ちもわからないではないがな……」

「やっかむって、何のことです？」

「あの美人署長には、とうていかなわないからな」

あ、それ、言っちゃいけないやつだ。

静香は黙り込んだ。

うわあ、怒ってるよ……。

楠木は山岡に言った。

「ハンドル握ってるのは、島原君ですよ。へたすりゃ、自分ら全員心中ですよ」

さすがに山岡もまずいと思ったようだ。彼は慌てた様子で静香に言った。

「あ、訂正する。おまえも、決してあの署長には負けてねえよ」

火に油だなあ……。

楠木はそう思ったが、何も言わないことにした。へたな発言をして、火の粉を浴びるのはまっぴらだ。

須磨が言った。

「前の署長のことはご存じですか?」

山岡がこたえる。

「ああ。キャリアだったんだろう。噂は聞いてるよ。何でも、警察庁の長官官房から降格人事で大森署に来たとか……。そんなキャリア、聞いたことがない」

「いろんな意味で規格外でしたね。彼を超える署長はいないと、署員はみんな思っていたんですけど、見事に裏をかかれましたね。まさか女署長とは……」

「なるほどね……」

山岡が言う。「だが、実務のほうはどうなんだ?」

「わかりません。誰もそんなこと考えませんからね。貝沼副署長がしっかりしてますし、実務は課長たちが責任もってやりますから……」

「署長は神輿でいいってことか。一昔前の若殿修行と変わらないじゃないか」

若殿修行というのは、キャリアの若い警視などが署長に就くことを言う。かつて、そういう人事が行われていたことがある。

ベテラン署員たちは、自分の子供くらいの年齢の署長から命令を受けることになる。当然実務経験などないから、実権は副署長などが掌握することになる。

今ではそういう署長はほとんどいなくなった。

「いえ、実務ができないということじゃないんです。その実力のほどがまだ未知数だということです」

「今後のお手並み拝見というところか」

「そんなところです」

4

須磨と山岡の会話を聞き流し、楠木は長門室長に言われたとおり、なんとか地理を把握しようとフロントウインドウを見つめていた。

突然、背後からサイレンが聞こえて驚いた。

服部の白バイが脇をすり抜け、前に出る。車を左に寄せて停まれと手で合図している。静香がそれに従う。

白バイを降りてきた服部が、運転席の静香に言った。

「一時停止無視だ。切符を切るぞ」

マジか。楠木はさらに驚いた。

交通警察はやることがえげつなくて、なおかつ融通が利かない。そんなことを思っていると、服部がにっと笑った。

「なんてね……」

静香が言う。

「何よ、もう……」

なんだよ、こいつら。交通部同士でじゃれてんのか。

楠木は実に不愉快だった。

長門室長が服部に尋ねた。

「本当は何の用？」

「あ、すいません。自分だけ蚊帳の外なんで、いったいどういう話になっているのかと思いまして」

本当は、静香と須磨のことが気になっていたに違いない。

「だいたいの地理を把握しておこうという話になっている」

「ロケができそうなところは、あらかた回ったと思いますがね……」

「そうね。俺もそろそろ引きあげようと思っていたところだよ」

静香が長門室長に尋ねる。

「じゃあ、大森署に戻りますか？」

「そうだね。須磨君を降ろしたら、本部に戻ろう」

服部が白バイに戻り、静香は車を出した。

警視庁本部に戻ったのは午後一時半頃だった。それぞれに昼食を済ませてから、FC室に集合ということになった。

楠木は庁内の食堂でそそくさと食事を済ませた。食事にもそれほど興味はない。

……というより、世の中の人が、あれはうまい、あれはまずい、などと言っているのが理解できない。飯など食えればいいと思うほうだ。

午後二時半には全員が集合した。

「金曜は、午前九時に監督と主だった役者たちが大森署へ挨拶に行くことになったから、それに同行する」

長門室長が説明すると、服部が質問した。

「全員で行くんですか？」

それにこたえたのは室長ではなく、山岡だった。

「当たり前だろう。ばら売りはできねえよ」

長門室長の説明が続く。

「我々は、午前八時半に大森署の前で監督や俳優たちのご一行をお迎えする。そして、署長室へ案内する」

服部が言う。

「映画関係者って、夜に強いってイメージがあるんですが、朝早いですね」

山岡が言う。

「ばか、映像関係の人たちは朝早いんだよ。朝早くから夜遅くまで働くんだ」

「へえ……」

それは嫌だなあ……。

楠木は思った。地域総務課は日勤で、楠木はなるべく残業をしないようにしている。規則的な勤務時間が公務員であるメリットだと思っている。

静香が尋ねた。

「どんな服装で行きましょう」

「それぞれの制服でいい」

服部がつぶやく。

「制服か……」

「では、金曜は直接大森署に向かうように」

長門室長はその言葉で打ち合わせを締めくくった。

その日、予定通り大森署の前に行くと、すでに服部と静香がいた。

「なんだ、二人いっしょか。おまえら、付き合ってるのか？」

楠木が尋ねると、静香がこたえた。

「冗談でしょう。いっしょに来たわけじゃないわよ」

服部は「冗談でしょう」と言われて、少しだけ傷ついた顔をしている。楠木は言った。

「ま、どうでもいいけどね」

山岡がやってきて言った。

「おまえら、粗相のないようにな」

最後にやってきたのが長門室長だった。彼も制服を着ている。

午前九時、予定どおりに監督が到着した。

「あ、どうも……」

警視庁FC室であることを、長門が告げると、辻友則貴監督は、ひょこひょこと何度も頭を下げた。

思ったより若い。おそらく四十代半ばだろう。監督というからもっと年配の人かと、楠木は思っていた。

若いし、乗りが軽めだ。

「あ、本物の白バイだ。え？　交機隊？　マジで？　映画に出てもらおうかな……」

服部がまんざらでもない顔になる。

山岡がそっと服部に言う。

「その気になるなよ」

「ええと、山岡」

長門室長が言う。「署長室にご案内してよ」

「了解しました」

山岡が辻友監督を署内に連れて行った。監督は山岡にぺこぺこしている。

それからほどなく、黒塗りの大きな外車がやってきた。楠木は車にまったく興味がないので、何という車種なのかわからない。だが、国産車でないことだけは明らかだった。

運転手が後部座席のドアを開けると、そこから降りて来たのは、主役の柴崎省一だった。年齢は確か五十歳くらいだが、見た目はずっと若い。

画面で見るより細身だ。なんだか顔色がよくないなと楠木は思った。

「楠木、ご案内しろ」

「はい」

長門室長に言われて、柴崎省一を署長室まで案内した。すでに、監督と署長が雑談をしていた。

柴崎省一が入室すると、署長が立ち上がり言った。

「まあ、うれしい……」

柴崎省一はかけていたサングラスを外した。ちょっと驚いた顔をしている。おそらく警察署長が女性であること、そしてその美貌に驚いたのだろうと、楠木は思った。

「どうぞ、おかけになって……」

藍本署長はソファをすすめる。

辻友監督と柴崎省一が挨拶を交わし、共に腰を下ろす。

そこに、服部がやってきた。彼は署長に告げた。

「伊達弘樹さんです」

もう一人の主役の登場だった。

「あら、まあ……。本物だわ……」

藍本署長が言う。

「そう。本物の伊達弘樹です。よろしく」

おお、すごいオーラだ。

楠木はそう思った。柴崎省一もそれなりの雰囲気を持っていたが、伊達弘樹のほうが一枚上手という感じだ。

俳優というのはたいしたものだと楠木は思う。

ただ顔が売れているというだけではない。人を引き付ける魔力のようなものがある。逆にそういう人でなければ、こういう職業には就けないのだ。

署長に挨拶をした伊達弘樹は、柴崎省一に声をかけた。

「早いじゃないか」

「そっちが遅いんだよ」

そして二人でにっと笑う。

へえ、『危険なバディー』そのままじゃないか。

伊達弘樹は、柴崎省一の隣に腰を下ろした。

そこに、静香がやってきた。

「桐原美里さんがお見えです」

女優の登場だ。

皆が戸口に注目する。

女優というのは、特別な存在だ。どんなに男性俳優がオーラを持っていても、女優の存在感にはかなわない。

入室してきた瞬間に、その場の雰囲気を一気に変えてしまう。それが女優……のはずだった。

あれえ……。

楠木は首を捻った。それほどのものを感じない。たしかに美しいしスタイルもいい。芸能人らしいオーラもある。しかし、雰囲気をすべて変えてしまうような力がない。

どうしてだろう。

藍本署長が言った。

「お会いできてうれしいです。さあ、どうぞおかけください」

藍本署長と桐原美里が、同時に視界に入る。そのときに、楠木は悟った。

そうか。女優が二人いる。

藍本署長が、桐原美里の存在感を打ち消しているのだ。

桐原美里は、かすかにほほえみを浮かべて優雅に歩みを進める。伊達弘樹と柴崎省一は立ち上がり、自分たちの間に彼女を座らせた。

辻友監督が、藍本署長に言った。

「警察が映画のロケの便宜を図ってくれるなんて、こんなにありがたいことはありません」

藍本署長がこたえる。

「それは、ＦＣ室の長門室長におっしゃってください」

辻友監督は長門室長を見た。

「よろしくお願いします」

長門室長がこたえる。

す」

「本職の方から見て、おかしなところがあったら、指摘していただきたいと思います」

「『危険なバディー』は刑事モノですからね。警察官のファンも多いです」

いやあ、おかしなところだらけだから……。

楠木は思った。

だいたい、主人公二人はどこの部署なんだよ。やたらに、マルBと絡んだり、麻薬の捜査をしたり、かと思えば殺人事件の捜査もする。

組対係のようでもあるし、強行犯係のようでもある。あんなにいろいろな事案に手を出していたら寝る暇もないだろう。

辻友監督が、鞄(かばん)から何か取り出して、まず藍本署長に渡した。

「これ、脚本の決定稿です」

「あらあ、いい記念になるわ」

辻友監督は、さらに脚本を長門室長にも渡した。

藍本署長が言った。

「せっかくですから、脚本にサインをいただけないかしら……」

伊達弘樹がほほえんで言う。

「お安いご用です」

彼は藍本署長が机から取り出したフェルトペンを受け取り、署長の脚本にサインした。そして、それを柴崎省一に手渡す。柴崎もサインをする。それが桐原美里に回される。彼女のサインも入った。

最後は、辻友監督だ。あまりサインを書き慣れていない様子だ。出演者にくらべてどこかぎこちない。

藍本署長が辻友監督に言った。

「さっそく脚本を読ませていただきます。映画の完成を楽しみにしていますわ」

「がんばります」

「さて」

長門室長が言った。「では、現場に出かけましょうか」

四日前とは打って変わって、殺風景だった昭和島が、あわただしい雰囲気になっていた。

ロケバスが何台か駐車しており、さらにその周辺にスタッフの車や大道具、小道具を載せたトラックが停まっている。

カメラや照明器具はもちろん、モニターや音声のコンソールなどの機材のセッティングも始まっている。

監督の周囲に助監督や、カメラマン、照明スタッフなどが集まってくる。そこに長門室長も交じっていた。

どこで何を撮影するかを確認しているのだ。その様子を、楠木たちFC室員たちは、離れた場所から眺めている。

服部が言った。

「俺たちも脚本をもらわなくていいんですかね？」

それを聞いて山岡が言う。

「その日の撮影分だけをコピーしているはずだから、それを室長がもらってくるだろう」

彼が言うとおり、楠木たちのもとにやってきた長門室長は、本日撮影予定の脚本のコピーを人数分持っていた。

楠木はそれをざっと眺めた。興味がないので内容が頭に入ってこない。

山岡が言った。

「いきなりクライマックスか……」

「そう」

長門室長がこたえる。「署長に挨拶するために、メインの役者がそろっているので、必然的に彼らが登場するシーンから撮ることになる」

映画やテレビドラマは、脚本のアタマから順番に撮影していくとは限らない。撮れるシーンから撮っていくのだ。

それでも混乱せずに済むのは記録係のおかげだ。スクリプターとも呼ばれる記録係は、ありとあらゆるシーンとカットのタイミングから内容まで詳細に書き留めている。だから記録係は必ず監督のそばにいる。

服部がコピーを見ながら言う。

「午後から死体を見つけるシーンを撮るようですね」

静香が言う。

「死体が出てくるってことは、殺人事件なのよね」

山岡が言った。

「事故死じゃミステリーにならんだろう」

「あれ……」

楠木は思わず言った。「『危険なバディー』って、ミステリーなんですか？」

山岡がこたえる。

「最近じゃ、警察モノもミステリーって言うんだよ」

「謎解きとかない警察モノもありますよ。『太陽にほえろ！』とかは、謎解きなんてなかったじゃないですか」

「たまげたな。おまえ、そんな古いドラマ、なんで知ってるんだ？」

「ＢＳとかで再放送やってたことがありますし、刑事モノの特番で取り上げたりしますからね」

静香が言う。

「今はね、ミステリーって範囲が広くなったの。謎解きや犯人当てをやるのがミステリーっていうの、古いわよ」

「へえ……」

楠木は言った。まあ、どうでもいい。ミステリーなんかに関心ないし……。

監督や助監督、照明部、撮影部のチーフたちはまだ打ち合わせをしている。

そこに若いスタッフが駆け寄って行った。

監督の声が聞こえてくる。

「なに？　タカさん、もう入ってるの？」

それに若いスタッフがこたえる。

「いや、それが、死体で……」

「だから、死体役の高平(たかひら)さんだろう」

それを聞いて、山岡が脚本のコピーを見る。

「何だ？　死体の撮影からやるのか？　予定では午後一時のはずだぞ」

服部が言う。

「主役級の俳優が顔をそろえているのに、死体優先ですか？　妙ですね」

じっと監督たちのほうを見ていた長門室長が言う。

「楠木、ちょっと行って様子見てきてよ」

「はあ……」

何で俺なんだろう。そんなことを思いながら楠木は監督たちに近づいた。

「ですから……」

若いスタッフが言う。「死体なんです」

監督が苛立(いらだ)った様子でそれにこたえる。

「だから、死体役の高平治(おさむ)さんが来たって言うんだろう」

「高平さんに間違いないんですが、死体なんです」

眼鏡(めがね)に口髭(くちひげ)の男が若いスタッフを怒鳴った。

「何を訳のわからないことを言ってるんだ。高平さんが死体の役だってことは、みんな知ってるんだよ」

どうやら彼はチーフ助監督らしい。

「いや、そうじゃなくて、高平さんが死んでるんです」

「だから……」

ない。

「あのう……」

楠木は言った。「ちょっといいですか？」

若いスタッフの表情は尋常ではない。何かたいへんなことが起きているのは間違いない。

その場にいた全員が、楠木に注目した。普段注目を集めることなどないので、楠木はちょっとばかりどぎまぎした。

チーフ助監督が尋ねる。

「警視庁ＦＣ室の方ですね。何でしょう？」

「その若い方の様子、ただ事じゃないと思いませんか？」

「だから、何があったのか尋ねているんですが、訳のわからないことを口走っているんです」

「誰かが死んでいるって話ですか？」

「死体役の役者さんが死体になってるって……。当たり前のことじゃないですか」

若いスタッフはもどかしげに訴えかける。

「そうじゃなくて、高平さんが死んでるんです」

楠木は彼に尋ねた。

「死体役をやる予定だった高平さんが、亡くなっているということですね？」

「ナイフで刺されて死んでるんです」

チーフ助監督が言う。

「ああ、脚本ではたしかに、ナイフで刺されて死ぬことになっている」

楠木はチーフ助監督に言った。

「役ではなくて、本当に死んでいるということでしょう」

若いスタッフはがくがくと何度もうなずいた。

チーフ助監督は眉をひそめる。

辻友監督が言った。

「本当に死んでいるのか？」

「はい」

「どこだ……？」

楠木は言った。

「待ってください。それは警察の仕事です」

5

楠木は、監督たちをその場に足止めしておき、長門室長たちのところに戻った。

「死体があるそうです」

山岡が尋ねる。

「撮影じゃなくて、本物の死体ってこと？」

「どうやら、そうらしいです」

「あのさ……」

長門室長が楠木に言った。「そういうときって、走るよね」

「は……？」

「監督たちから俺たちのところに来るときさ、緊急事態を知らせるんだから、走るじゃない、普通」

「そうですね……」

「おまえ、歩いてきたよね」

今言うか。

「すいません」

「いや、責めてるんじゃないよ。感心してるんだよ。肝が据わってるって思って……」

「はあ……」

走ると疲れる。それだけなのだが……。

「とにかく行ってみよう」

遺体があることを知らせに来た若いスタッフに案内してもらい、ＦＣ室の五人は遺体発見現場へと出かけた。

「ここです」

十分ほど歩いて、若いスタッフは立ち止まった。

振り向くと、監督やチーフ助監督も少し間を置いて付いてきていた。

野球場のすぐそばに細長い緑地帯がある。木々が立ち並び、ちょっとした林のようになっている。

スタッフはその中を指さしている。

見ると、靴をはいた二つの足が見えている。楠木は立ち止まった。

山岡が尋ねる。

「どうした？」

「自分は地域部ですから、現場保存のために野次馬なんかの整理をします」

「殊勝な心がけと言いたいが、死体を見るのが嫌なだけだろう」

「そんなことはありません」

「野次馬なんて集まってこねえよ。いいから、来るんだよ」

仕方なく、楠木は山岡の後についていった。やがて、人が倒れているのが見えてきた。周囲の草だけがきれいに刈り取られている。

倒れているのは大柄な男だった。

人相が悪い。服装はダークスーツ。シャツの襟がはだけている。太い金色のネックレスをしていた。

その腹部にナイフの柄らしきものが突き立っている。場所は上腹部の中央。ちょうど鳩尾のあたりだ。その周囲に真っ赤な染みができている。その染みは巨大でひどく禍々しい。血は流れ出して、遺体の下に血だまりを作っている。

楠木も警察官だから、遺体を見るのは初めてではない。過去に刃物による遺体を見たこともあった。そのときも人体から流れ出る血液の多さに驚いたものだ。今も同様だった。よくこれだけの血が出るものだと驚いてしまう。

長門と山岡はすでに手袋をしている。それを見て、楠木も慌てて手袋をはめた。警察官はいつも、ホイッスルと手袋を持ち歩いている。

長門と山岡が本格的に遺体の検分を始めないのは、まだ鑑識が入っていないからだ。鑑識が証拠を採取する前に、手を触れたりしたら懲戒ものだ。

長門が山岡に指示した。

「所轄に連絡して」

「はい」

「タカさん……」

その声に楠木は振り向いた。辻友監督だった。長門室長が、辻友監督に尋ねた。

「役者さんですね？」

辻友監督は半ば呆然（ぼうぜん）とした表情でうなずいた。眼は遺体に釘付（くぎづ）けだ。

長門室長の質問が続く。

「死体役だったんですね」

「そうです。……というか、死体の役もやってもらうつもりでしたが、もちろん普通の芝居もありました」

「極道みたいな服装ですね」

辻友監督はチーフ助監督と顔を見合わせた。長門室長がさらに尋ねる。

「どうかしましたか？」

辻友監督がこたえた。

「これ、衣装だと思います」

「衣装……？」

「ええ……。衣装部に訊いてみないと確かなことは言えませんが、このような服装で撮ることになっていたんです」

今度は長門室長と山岡が顔を見合わせた。

長門室長が辻友監督に尋ねる。

「被害者は、撮影用の衣装を着て死んでいるということですか?」

「そういうことかもしれません。至急、衣装部に確認してみます」

補足するように、チーフ助監督が言った。

「ネックレスも、おそらく小道具ですね」

山岡が質問した。

「失礼……。お名前は?」

「カノコです。カノコイサオ」

「金子さん?」

「いや、鹿に乃木坂の乃、子供の子で鹿乃子です。イサオは成功の功」

「鹿乃子さんですか。ネックレスが小道具というのは、間違いないですか?」

「ええ。見覚えがあります」

「小道具ということは、純金じゃないですね?」

「ええ。金メッキです」

質問の意図がわからない。

楠木は思った。被害者のネックレスが純金だろうが金メッキだろうが、この際関係ないだろう。

山岡は、極道スタイルの被害者の装飾品が気になるだけだ。自分自身が同じような恰好をしているからだ。

「それで、被害者の氏名は？」

お、ようやく刑事らしい質問をした。

チーフ助監督の鹿乃子がこたえる。

「高平治です」

「え？　タカラ……」

「いえ、高平です。高い低いの高いに平ら」

鹿乃子は滑舌が悪く、その上早口なので、何を言っているのか聞き取りにくい。

「高平治ね……」

そう言ってから、山岡は楠木に言った。「おい、ちゃんとメモを取らないとだめじゃないか」

「え、自分が、ですか……？」

「室長や俺にメモを取れってか」

「いや、自分らの仕事はＦＣじゃないですか。どうして被害者のこととか、メモしなくちゃならないんですか」

「初動捜査が大切なんだよ。たまたま俺たちが居合わせた。だったら、俺たちが初動捜査をやるべきだろう」

　楠木は慌ててメモを取りはじめた。

　そこにパトカーがやってきた。

　大森署の地域課のようだ。二人の地域課係員が降りて来た。

「遺体発見とのことですが……」

　長門室長がこたえた。

「あそこです」

「では、現場保存の措置を取りますので……。じきに強行犯係が来ると思います」

　彼らはパトカーのトランクから黄色いテープを出して、現場周辺に張り巡らせはじめた。

　次にやってきたのは、機動捜査隊だった。

　ポケットにいろいろなものを詰め込んだベストを身につけた小太りの男がやってきて言う。

「あれえ、おたくら何？」

　長門室長がこたえる。

「ＦＣ室だよ」

「あ、通信指令本部の長門管理官じゃないですか」

「そんなこともあった」

「FC室って、映画なんかのロケをサポートする部署ですよね」

「そうだよ。君なんか向いてるかもしれないね。スカウトしようかな」

相手はにやにやと笑った。

「マジですか」

「マジだよ。でも、当分は機捜と兼務だよ」

とたんに相手は笑みを消し去った。

「そいつは勘弁だなあ……」

俺も勘弁してほしい。

会話を聞いていた楠木はそう思った。

機捜隊員が尋ねた。

「それで、状況は？」

「ロケの打ち合わせをしようとしていた。そこにスタッフが駆けて来て知らせた。遺体があるって……」

「そのスタッフは？」

長門室長が若いスタッフを呼んだ。

彼はまだ青い顔をしている。機捜隊員が尋ねた。

「お名前は？」

「村瀬孝則です」

「年齢は？」

「二十八歳」

髪がぼさぼさで無精髭が生えている。どんよりとした赤い眼は、寝不足のせいだろうか。ひょっとしたら、二日酔いかもしれない。楠木はそう思いながらメモを取った。

機動捜査隊員の質問が続いた。

「遺体を発見した状況を教えてください」

「えーと……。午後からの撮影のために、準備をしようと、撮影予定の場所に行きまして……。そのとき、人が倒れているのに気づきました。近づいてみるとすぐに、高平さんだとわかりました」

「高平さん……？」

「ええ、殺される役で、午後には死体役をやる予定でした。だから、それで役作りでもやっているのかと思いました。着ているの、衣装みたいだし……」

「被害者は、役者さんなんですね？」

「そうです。高平治さん。脇役でけっこう仕事してます」

そういえば、どこかで見たことがあるような気がすると、楠木は思った。

「遺体発見の時刻は？」

「十時頃です」

間違いなく、そのくらいの時刻に彼は監督たちのところへ知らせにやってきた。

長門室長が質問した。

「遺体の周りの草がきれいに刈られているんだけど、これ、なんでなんだろう」

村瀬がこたえる。

「撮影のためです。刈っていいって、許可が出てますので……」

「撮影のため……」

「そうです。遺体が草むらで発見されるというシーンなんですが、自然に生えている草だとうまく処理できないことがあるので、あらかじめ草は刈ってしまって、必要な草を後で加えるんです」

「なるほどなあ。映画はそうやって作るもんなんだね」

「そのほうが自在に構図を考えられますから……」

機捜隊員が質問を続ける。

「遺体を発見したとき、何か特に気づいたことはありませんか？」

「気づいたこと？」

「不審な人物を見かけたとか……」

「いいえ。周囲には関係者しかいませんでした」

「具体的にはどなたがいましたか？」

「照明部の山田さんと、サード助監督の笹井さんです」

楠木はその名前もメモした。

機捜隊員が言った。

「その二人にも話を聞こう」

近くにいた別の機捜隊員たちがその言葉にうなずき、その場を離れた。照明部の山田とサード助監督の笹井を探しに行ったのだろう。

そこに、鑑識がやってきた。彼らはてきぱきと作業を始める。

「……それがさ、誤解だって言ってるのに、女房も娘も信じてくれないわけよ」

「ふん、普段の行いのせいだな……」

鑑識係員の中からそんな会話が聞こえてくる。彼らは会話を続けながらも証拠品の脇に番号札を立てて写真に撮ったり、足跡などの痕跡を採取していく。

緊張感はまったくないが、着実な仕事だ。職人のたたずまいだ。

そこに所轄の刑事たちがやってきた。手袋に腕章。ビニールのシャワーキャップという出で立ちの者もいる。

ドラマのように格好よくはない。現場に余計なものを残さないためだ。彼らは鑑識が作業を終えるまで遺体には近づけない。

もちろん、楠木たちＦＣ室のメンバーや機捜隊員も遠ざけられる。現場では誰も鑑識の邪魔をできないのだ。

所轄の刑事の一人が長門室長に言った。

「えーと……。機捜じゃないですよね」

「ＦＣ室の長門です」

「あ、フィルムコミッション……」

「あなたは？」

「強行犯係長の小松といいます。遺体発見に立ち会われたのですね？」

「はい。経緯は機捜に話しました」

「では、そちらから聞くことにしましょう」

強行犯係の連中が、機捜隊員を取り囲んで話を聞く。

楠木は一人だけメモを取らない捜査員がいることに気づいた。その男は不機嫌な顔をしているように見える。

もともとそういう顔なのか、本当に不機嫌なのかは楠木にはわからない。その捜査員はぼんやりと鑑識の仕事ぶりを眺めている。

小松係長がその捜査員に声をかけた。

「戸高、何か質問はあるか?」

戸高と呼ばれた捜査員は、相変わらずの仏頂面でかぶりを振った。

「いいえ、ありません」

鑑識から「お待たせ」と声がかかった。

所轄の刑事たちが、遺体に近づく。係長たちは合掌をしてから、かがみ込んで検分をはじめる。

小松係長が言った。

「ナイフで一突きか……」

隣にいたベテラン捜査員がそれにこたえた。

「こりゃあ、素人の手口じゃないですね」

二人の後ろに立っていた戸高と呼ばれた刑事がぼそりと言う。

「そうとは限りませんよ」

二人は振り向いた。小松係長が戸高に言った。

「鳩尾から心臓を一突きだぞ」

隣のベテラン捜査員が言う。

「素人は心臓を刺そうと考えたら、左胸を狙うんだ。鳩尾を刺せば、刃が心室に達することを知っているのはプロだけだ」

　へえ、そうなのか……。

　会話を聞きながら、楠木は思った。刑事はいろいろなことを知っているなあ……。

同じ警察官でも、ほとんど事務方なので、楠木はそういうことには疎かった。

「いや……」

戸高が言う。「偶然、鳩尾に刺さるってことだってあるでしょう」

　ベテラン捜査員が言う。

「蓋然性の問題だ。偶然でこうなる確率と、意図してこうなる確率のどちらが高いと思う」

「捜査はね、確率じゃないんです。すべてケースバイケースなんですよ」

　これはメモすべきだろうか。いや、どうせ、長門室長や山岡は知っているだろう。

面倒臭いのでメモするのはやめておいた。

　山岡が鹿乃子チーフ助監督に尋ねた。

「あのナイフも小道具ですか」

「まさか。本物のナイフを小道具にするはずがありません」

　それはそうだろうと、楠木は思った。

「ただ……」

鹿乃子チーフが眉をひそめる。

山岡が尋ねた。

「ただ、何です？」

「柄の感じとか、似てるなと思って……」

今度は山岡が眉をひそめる番だった。

「柄の感じが似ている……？　つまり、小道具で使うはずだったナイフと凶器が似ているということですか？」

「ええ、そう見えます」

戸高という刑事が振り向いた。山岡のほうを見ている。なんだかあんまり感じのよくないやつだなと、楠木は思った。

その戸高が近づいてきた。そして、鹿乃子に尋ねた。

「あんたは？」

鹿乃子がその問いにこたえると、戸高が言った。

「今の話を詳しく聞かせてください」

鹿乃子が戸惑ったように言う。

「詳しくも何も……。今言ったとおりですよ」

「映画では本物の刃物を使ったりはしないんですね」

「基本的にはしません。この現場では、ホンミは使いません」

「だが、凶器のナイフは小道具に似ている、と……」

「ええ」

そのとき、山岡が言った。

「被害者が着ているのは衣装で、ネックレスは小道具のようだ」

戸高が無遠慮な視線を山岡に向けた。

「あんたは？」

「組対四課の山岡ってモンだ」

「なんでマル暴が殺人現場にいるんだ？　この事案はマルB絡みなのか？」

「いや。今日はＦＣ室だ」

「そういうことか」

戸高は興味なさそうに言った。「ＦＣ室は他部署と兼務だそうだな」

「ＦＣの仕事が、そうそうあるわけじゃないんでな」

戸高は遺体のほうに眼をやった。

「衣装と小道具のネックレス……。それって、どういうことなんだ？」

山岡は肩をすくめた。

「さあな。それを調べるのは、あんたらの役目だ」

楠木は、この二人が言い争いを始めるのではないかと、わくわく……、いや、どきどきしていた。

二人とも、一癖も二癖もありそうな刑事だ。衝突してもおかしくない。だが、楠木の予想に反して、二人が反目することはなかった。

きちんとしたスーツに臙脂の腕章の一団が、颯爽とやってきた。戸高がそれを見てつぶやいた。

「本部の捜査一課だ」

6

捜査一課が現場にやってくると、その先頭を歩いていた男が長門室長に言った。

「所轄の強行犯係ですか？」

おそらくこの場で、長門が一番偉そうに見えたのだろう。たしかに、それなりの貫禄はある。

「いや、俺は本部だよ」

「あ、長門管理官……」

その男は、長門を知っている様子だった。長門は言った。

「今は、管理官じゃなくて室長なんだけど……。あんた、誰だっけ？」

「捜査一課殺人犯捜査第五係の係長です。名前は佐治基彦」

「ああ、佐治係長ね……」

思い出したのだろうか。適当に思い出した振りをしているのではないかと、楠木は思った。

「室長と言われましたか？」

「そう。ＦＣ室の」

「ああ……。ＦＣ室……」

だいたいみんな同じような反応を見せる。正確に言うと、反応はそれぞれなのだが、根底にある感情が同じなのだ。

急に上から目線になるというか……。つまり、ＦＣ室の仕事なんて警察のやることじゃないという思いがあるのだ。

まあ、これは俺の被害妄想かもしれないけど、と楠木は思う。

佐治係長が言った。

「ＦＣ室が来ているということは、映画の撮影現場か何かなんですか？」

「そう。『危険なバディー』の映画版だ」

「お……」

佐治係長の表情が変わった。「『危険なバディー』ですか。あの、伊達弘樹と柴崎省一の……」

「ああ、二人とも来てるよ。ロケバスか何かにいるんじゃないのかな」

「え」

佐治係長が急にそわそわしはじめた。

なんだよ、やけに目が鋭くていかつい顔したオッサンだけど、ミーハーじゃないか。楠木は密かにそんなことを思っていた。

佐治係長が、声をひそめて言った。

「実は俺、あのドラマの大ファンなんですよね」

長門室長は、にっと笑った。

「捜査の過程で、きっと出演者に会えるよ」

その長門室長の言葉に、一瞬、佐治係長はうっとりとした表情になった。

あわてて顔を引き締めると、彼は言った。

「それで、どんな状況なんですか？」

長門室長は言った。

「それは、所轄か機捜に聞いてよ」

その言葉を聞いて、大森署の小松係長が言った。

「でも、遺体発見のときに、ＦＣ室の連中は現場近くにいて、端緒に触れたんですよ」

佐治係長が急に偉そうな態度になって言った。

「あんた、大森署だな？」

小松は名乗った。

警視庁本部の係長はだいたい警部、所轄の係長は警部補だから、佐治のほうが階級が上なのだ。

佐治は、立場の弱い者にはとことん強く出るタイプじゃないのかな。楠木はそんな想像をしていた。警察にはそういうやつが多い。

小松も本部捜査一課の連中のこういう態度に慣れているようだ。

捜査一課は、実は本部の中でもあまり評判がよくない。胸にＳ１Ｓなんて書いた赤いバッジをつけているところが、エリート意識を物語っていて鼻につく。

何でも、Ｓ１Ｓは、Search 1 Select の頭文字で、「選ばれた捜査第一課員」という意味だそうだ。

刑事部には、二課もあれば三課もある。なのに、そんなバッジをつけているのは捜査一課だけだ。

三課の連中は、「ドロケイ」などと呼ばれている。泥棒刑事の略だ。なんだかすごく地味でかわいそうになってくる。

実際には、一番働いているのは、その「ドロケイ」なのに……。

佐治係長が、小松係長に尋ねた。

「FC室が端緒に触れたって?」

「そうです」

佐治係長は、再び長門室長のほうを見た。

「では、状況を説明していただけますか」

口調は丁寧だが、やはりどこか上から目線な気がする。

長門室長が言った。

「楠木。おまえ、メモ取っていたよな。説明してさしあげろ」

楠木は、面倒臭いな、と思いながら、長門室長に言われたとおり、メモを見ながら報告をした。

話を聞き終わると、佐治係長が言った。

「それで、犯人の目星は?」

その質問にこたえたのは、長門室長だった。

「俺たちは、撮影についての打ち合わせをしようとしていただけで、殺人の捜査をしているわけじゃないんだよ」

佐治係長が長門室長に言った。

「それはそうでしょうが、ＦＣ室にも刑事や刑事経験者はいるんじゃないですか」

「組対四課の者がいるよ」

「マル暴ですか」

佐治係長は遺体のほうを見て言った。「そういえば、被害者の風体は、まるでマルＢのようですね」

「そういう役だったんだ。遺体になる役だったということだ。しかも、着ているのは衣装らしい。小道具のネックレスもつけている」

佐治係長は怪訝そうな顔で長門室長を見つめる。

「死体役の人が死体になったということですか？」

「そう。しかも、ここが死体発見の場所になる予定だった」

「え……」

佐治係長は混乱した様子だ。「待ってください。それって、撮影の話なんですよね」

「そう。ここで被害者が、死体で発見されるところを撮影する予定だった」

「まさか、リアルな映画を撮るためとか言って、本当に人を殺したんじゃないでしょうね」

ばかじゃないの。

楠木は思った。どこの世界に、映画の撮影で本当に人を殺すなんてことがあるんだ。

長門室長が言った。

「そう思うんだったら、映画関係者に訊いてみたら？　監督もいるよ」

「そうですね……」

佐治係長は考えながら言った。「いずれにしろ、監督には話を聞かなければならない」

「こっちだ」

長門が佐治係長を連れて、監督やチーフ助監督らが集まっているところに移動する。楠木はなんとなくそれに付いていった。

長門が辻友監督や鹿乃子チーフ助監督に、佐治係長を紹介した。

辻友監督が言った。

「捜査一課の人ですって？」

佐治係長がうなずく。

「そうです」

「いつ、撮影を開始できますか？」

「最影するのですか？」

「ええ、そのためのロケですからね」

「出演予定の役者さんが亡くなったのでしょう？　こういう場合でも撮影を続けるんですか？」

「スケジュールは絶対です」

「お祓いとかしないんですか」

「そういうのは、製作委員会のプロデューサーのほうで考えてくれるでしょう。俺たちはまず、作品を上げることを考えないと……」

「現場検証が終われば、撮影を始めることはできると思いますが、遺体発見現場での撮影は遠慮していただきたい」

　辻友監督はうなずいた。

「それは今、チーフや記録係とも話し合っていたことです。撮影場所を変更することにします。……というより、予定の役者がいなくなったので、いずれにしろ今日、遺体発見の場面を撮影するのは不可能になりました。別のシーンを撮りつつ、別の場所を探します」

「いいでしょう。その前に、少しお話をお聞かせください」

「話？　何の話ですか？」

「被害者の方は、遺体の役をやる予定だったのですね？」

「そうです。まあ、遺体の役といっても、生きている間の芝居もありましたが……」

「本当の遺体が発見された場所で、発見されることになっていたんですね？」

「そうです」

「そのことは、脚本に書かれていたのですね」

「そうですね。正確に言うと、決定稿に書かれていました」

「決定稿……？」

「映画の脚本は、何度か書き直しをするのが普通です。準備稿から始まり、何度か書き直しをして、最終的に撮影に使われるのが決定稿です。まあ、撮影が始まってからも、役者さんの要望などで書き直されることもありますけど……」

「被害者は、衣装を着て、小道具を身につけて亡くなっていたと聞きました」

「そのようですね」

「今日は遺体の撮影をする予定だったんですか？」

佐治係長が尋ねると、辻友監督がこたえた。「そうですね。撮影の予定は入っていました。でも、それは午後の予定でした。先に、主役級や女優の撮影がありましたから……」

「主役級……」

佐治係長はその言葉に反応していた。

「ええ。伊達さんや柴崎さんが、もう現場入りしていますから……。彼らをあまり待たせるわけにいかないんですよね」

へえ、監督が役者に気を使うんだ。

楠木はそんなことを思っていた。映画の撮影で一番偉いのは監督だと思っていた。

「お二人はどこにいらっしゃるのですか？」

「車の中だと思います。あるいは、もうメークを始められているかもしれません」

「メークはどこで……？」

「あそこの会社の会議室を借りています」

それは、配送センターのようだった。トラックが何台も駐車しており、倉庫らしい建物が見えている。

佐治係長が驚いた顔で言った。

「民間企業の会議室を借りるんですか？」

監督の隣にいる鹿乃子チーフ助監督がこたえた。

「ええ、ロケのときは普通にやりますよ」

「よくオーケーしてくれますね」

「エンドロールに会社名を入れさせていただきます、と言うと、たいていオーケーになります」

なるほど、それは映画の強みだなあ。昨今、宣伝費もばかにならないだろう。会議室を貸すだけで、エンドロールに社名が出れば、会社としては御の字かもしれない。

そのとき、小松係長が近づいてきて告げた。

「署長が臨場です」

見ると、制服姿の藍本署長が黄色い規制線をくぐるところだった。

へえ、こうやって外で見ると、スタイルのよさが際立つなあ。楠木はそんなことを考えていた。

「え、署長……」

佐治係長の声がした。そちらを見ると、佐治係長が眉をひそめて藍本署長を見ていた。彼は、辻友監督に尋ねた。

「署長役の女優さんですか？」

「え、本物の署長さんですよ」

「本物の署長……？」

辻友監督にそう言われても、佐治係長は信じられない様子だった。

「まさか……」

「あれ」

長門室長が佐治係長に言った。「大森署の署長、まだ会ったことなかった？」

「代わったばかりだとは聞いていたけど……。捜査本部でもできない限り、俺たちが所轄の署長に会うことはないですからね……」

藍本署長は、監督たちのそば、つまりは楠木たちの近くへやってきた。

「殺人事件だという報告を受けました」

佐治係長は官姓名を告げてから言った。

「ホトケさんをご覧になりますか？」

「はい」

だいじょうぶかなあ……。

楠木はそんなことを思っていた。キャリアでしかも女性だ。遺体には慣れていないかもしれない。

「あらあ、刃物で一突きね」

遺体を一目見ると、藍本署長は言った。「見事な手口だわあ。刃先はおそらく心房に達しているわね。角膜の混濁の具合からして、殺されてまだそんなに時間は経っていないわねえ」

佐治係長と長門室長は顔を見合わせた。

楠木もちょっと驚いていた。遺体を怖がらないどころか、法医学の知識までありそうだ。

佐治係長が言った。

「ちょうど遺体をどこに運ぼうかと考えていたところです」

「署の霊安室に運んでいいわよ」

警察署の霊安室には常に何体かの遺体が保管してある。詳しく検視をするためだ。

「あの……」

署長が佐治係長を見た。それだけで佐治係長は、感電したように背を伸ばした。

階級や役職のせいばかりではないだろう。やはり佐治係長も藍本署長の美貌に驚いているのだ。

へえ。本当にきれいな人っていうのは、相手を興奮させるだけでなく、緊張も強いるんだな……。

楠木は感心していた。

佐治係長がすっかり硬くなってこたえた。

「何でしょう?」

「解剖とか、するのかしら……」

「は、解剖ですか……」

藍本署長に尋ねられて、佐治係長はきょとんとした顔になった。

「解剖するかどうかは、誰が決めるのかしら……」

「行政解剖はたいてい、検視官が決めますね。司法解剖は、検視官と捜査一課長が相談して決めるんだと思いますが……」

藍本署長は、腕を組んで言った。

「署長になるときに、そういう説明は受けたはずなんだけど、いざ本番となるとうろたえるものねえ」

「あ、いや……。自分もちゃんとわかっているわけじゃありません。鑑識が検視官に進言することもありますし……。まあ、ケースバイケースと言いますか……」

「あら、捜査一課の係長さんにもわからないの？」

「はあ……。上のやっていることは、下っ端にはわからないこともあります」

へえ、係長は下っ端なんだな。

楠木は思った。

所轄から見ると、警視庁本部の係長はけっこう偉く感じるだろう。階級はたいてい警部で、所轄の課長とほぼ同じだ。

けど、警視庁本部内ではやっぱり下っ端の感覚なんだな……。

たしかに、係長の上には管理官がいて、その上に理事官だ。そして課長がいて、その上には参事官、さらに部長。その上がようやく警視総監だ。係長の上には偉い人がごまんといるのだ。

「検視官はいらしているの？」

「いえ。まだです」

「え、それなのに、殺人事件ということになっているの？」

「ええと……。我々である程度のことはわかりますから。それに、初動捜査が大切なので、時間をロスしたくないんです。検視官がやってきたときに、事がスムーズに運ぶようにしておかないと……」

なんだか佐治係長はしどろもどろだ。小松係長を相手にしていたときとは別人のようだと、楠木は思った。

それだけ藍本署長が特別だということだ。

「それで、検視官はいついらっしゃるの？」

署長に尋ねられて、佐治係長は慌てて言った。

「それが……。自分らといっしょに本部庁舎を出たはずなんですが……」

「あら……。寄り道かしら」

「は、いや……。どうでしょう……」

検視官はかつて、刑事調査官とも呼ばれていた。なんだか偉い人という印象があるが、楠木もどれくらい偉いのかよくわかっていなかった。

たしか、捜査経験豊富な警部か警視が、法医学の研修を受けて、刑事部長に任命されるんだった。

そういう知識だけはあるが、検視官が現場でどう振る舞うのか、とか詳しいことは知らない。

地域総務課の楠木は、刑事のことはよくわからないのだ。

「いやいやいやいや……。すっかり遅くなっちまったなあ」

大きな声が聞こえて、楠木たちはそちらを見た。

背広を着た男がやってくるのだが、そのワイシャツがやけに鮮やかなブルーだった。それに派手な金色のネクタイをしている。

佐治係長が気をつけをして言った。

「あ、検視官……」

藍本署長が聞き返す。

「検視官ですって……？」

「はい。安田淳一（やすだじゅんいち）検視官です」

安田という検視官は、佐治係長を見て言った。

「おお、君は……」

佐治係長が礼をする。安田の声が続いた。

「えーと、誰だったかな」

「佐治です」

「サジ……？　スプーン？」

「いえ、佐賀県の佐に明治の治で、サジです」

「ああ、そうだったな」

「こちら、大森署の藍本署長です」

安田検視官は、署長のほうに眼をやってのけぞった。

「うわあ。何という別嬪（べっぴん）さんだ」

7

大げさなリアクションだ。

楠木はあきれる思いで、安田検視官を眺めていた。

藍本署長は優雅に頭を下げる。

「赴任早々、殺人事件で、参っています。よろしくお願いしますね」

「しちゃう、しちゃう。もう、すっごい、よろしくしちゃいます」

おいおい、だいじょうぶか、このオッサン。

楠木はますますあきれてきた。

「もう、事件のことならね、私に任せておけばだいじょうぶですよ」

「あら、たのもしい……」

「それで、ホトケさんは……？」

安田検視官は周囲を見回して、「あっ」と言った。

「長門ちゃんじゃない」

長門ちゃん……。

楠木は、室長をそう呼ぶ人物を初めて見た。

「どうも、久しぶり」

「通信指令本部の管理官が、なんでここにいるの？」

「今は違うんだよ」

「何やってるの？」

「ＦＣ室」

「え、あれって専任じゃないだろう。他の部署との兼任だって聞いたよ。バイク部隊のトカゲみたいなもんでさ、必要なときに呼び出しがかかるんじゃないの？」

「室長の俺は専任なんだよ」

「へえ……」

そこまで言って、安田検視官は再び「あっ」と言った。

「なに、FC室ってことは、映画の撮影やってるわけ？」

「そうだよ」

「あ、なるほど、そういうわけか。署長、ずいぶん別嬪さんだと思ったら、女優さんなんだね？　それで、なに？　殺人事件ってのも映画の中の話なわけ？」

検視官の頭の中はどうなっているのだろうと、楠木は思った。

映画の中の殺人事件で、本物の捜査一課殺人犯捜査係や検視官を呼ぶわけがないだろう。

長門室長は、落ち着き払った様子で言った。

「いいや、署長は本物だよ。女性キャリアでいらっしゃる。殺人事件も本物だ。つまり、あそこの遺体も本物ということだ」

安田検視官は、長門室長に言われてそちらを見た。

「鑑識作業は終わってるね？」

その問いにこたえたのは、佐治係長だった。「はい、終わっています」

「どんな遺体？」

「死因は刃物による刺創と思われます。ナイフが刺さっていますが、おそらく刃が心臓に達しているものと……」

「じゃあ、運んでよ」

「え……」

佐治係長は、驚いた様子で安田検視官を見た。楠木も驚いていた。安田検視官は、遺体を見ようともしない。

「何、鳩が豆鉄砲を食らったような顔してんだよ」

「いえ……。ホトケさんをご覧にならないのかと思いまして」

「死んでるんだろう？」

「ええ、それは間違いなく」

「……で、ナイフが刺さっているんだよな？」

「はい。しかも、ホトケさんは、映画の衣装を着て死んでいるようでして……」

「いや、何着て死んでいようと、私の知ったこっちゃないから。つまりはさ、ナイフが突き刺さった遺体が、野外に転がっていたってことだよね？　誰が考えたってそれが自然死のわけないだろう」

「そうですね……」

「つまり、確実に死んでいることがわかり、それが他殺だということが明らかなら、もう私のやることはないよ」

長門室長が言った。

「相変わらずテキトーだね。だから、淳一じゃなくて、純次って呼ばれるんだよ」

ジュンジ……？　あ、高田純次（たかだじゅんじ）か……。

安田検視官は長門室長に言った。

「テキトーとは失礼だな、長門ちゃん。私はこれから、捜査一課長に電話してこれが殺人事件であることを告げる。それで仕事は終わりなんだ」

「楽な仕事なんだね」

「それから、私は捜査一課長に、この遺体を司法解剖に回すように進言する。映画撮影の最中に死体だなんて、マスコミが騒ぎそうだからね。死因もきっちりと調べておかなきゃ。課長が刑事部長に報告すると、部長は捜査本部を設置すると言い出すだろう」

「あらあ、捜査本部……」

安田検視官の話を聞いて、藍本署長が言った。「どうしましょう。捜査本部なんて、初めてだわ……」

安田検視官がまぶしそうに藍本署長を見て言う。

「いや、ご心配なく。捜査本部は部長の仕切りですから。実際には、部長が臨席することはほとんどなくて、捜査一課長か管理官が指揮を執りますが……」

「でも、署の予算を使うんですよね。捜査本部ができたら、その年の忘年会が吹っ飛ぶ、なんて言われてるじゃないですか」

安田検視官が表情を曇らせ、言いづらそうに声を落とした。

「あの……。公費で忘年会をやるというようなことはおおっぴらにはおっしゃらないほうが……」

「あら、そうですの？」

「マスコミの耳や眼がありますからね。公務員はそんなことやってるのかって、叩かれますよ」

「でも、どこの省庁でもやっているでしょう？」

「いや、ですから、そういうことは曖昧にしておかないと……」

それ、今ここで話さなきゃならないことか。

楠木は、ツッコミを入れたかった。だが、相手は、自分より少なくとも四つは階級が上だ。ツッコむなんてとんでもない。

おそらく、同じことを思ったのだろう。佐治係長が言った。

「捜査本部の実務は、我々に任せていただければだいじょうぶです」

藍本署長が佐治係長を見て言った。

「それは頼もしいお言葉です」

佐治係長は照れたように眼をそらした。

「はっ。お任せください」

うーん。大きくよく光る眼だ。白目の部分が青みがかっているのもポイント高いな。佐治係長でなくても、この眼で見つめられたら、ちょっとやばいな……。

楠木はそんなことを思っていた。

安田検視官が言った。

「俺は捜査本部に行くことはないだろうなあ。残念だなあ」

楠木にとっては、捜査本部など完全に他人事だった。

「あのお……」

辻友監督が言った。「撮影を再開していいですかね」

安田検視官が辻友監督を見て言った。

「あんた、何？」

それを聞いた長門室長が紹介した。

「こちら、監督の辻友さんだよ」

「あ、監督さん」

「すでに撮影が押してるんですけど……」

「押してるって……？」

「進行が遅れているということです」

「どんな映画撮ってるの？」

「『危険なバディー』のホンペンです」

何度も同じことを訊かれて、面倒臭いだろうな、と楠木は監督に同情した。

だいたい、警察は事件が起きると、いろいろな連中が出てきて、そのつど同じことを尋ねることになる。

訊かれる側はけっこううんざりするはずだ。

安田検視官が目を丸くした。

「何だって？　どうしてそれを早く言わないの」

「は……？」

「俺、あのドラマのファンだったんだよ。あのドラマ見て警察官になったようなもんだよ」

意外とそういう警察官は多いのかもしれないと楠木は思った。警察官に憧れるきっかけというものがあるはずだ。それがドラマであっても何の不思議もない。

楠木は警察にまったく興味がなかった。どうして警察官になってしまったのか、自分でも謎だ。きっと自分のような警察官は少数派だと、楠木は思う。

安田検視官が辻友監督に言った。

「もうね、協力しちゃうよ。警視庁はね、全面協力だ」

「こら、純次」

長門室長が言う。「ややっこしいことを言うな」

「誰が純次だ。何がややっこしい？」

「たしかに警視庁は撮影に協力するよ。そのために俺たちが来てるんだ。だけどね、全面的に協力するわけじゃない。できることとできないことがある」

「おまえは相変わらず杓子定規だねえ」

この言葉を聞いて、楠木はびっくりした。長門室長のどこを突いたら杓子定規などという言葉が出てくるのだろう。

「室長が杓子定規ですか」

楠木の口から思わず、そんな言葉が出た。

安田検視官は、そこに楠木がいることに初めて気づいたかのような顔で言った。

「何だ、おまえは」

長門が言った。

「ＦＣ室の楠木っていうんだ。くすのきじゃなくて、くすきだぜ。がっかりだろう？」

「別に俺はがっかりしないぞ。地域部の制服を着ているな」

「地域総務課と兼務なんだよ」

安田検視官が楠木を見て言った。

「それで、長門が杓子定規だと言ったことが、何か問題か？」

「いえ……。自分が感じていた印象と違うものですから……」

「どんな印象だったんだ？」

「あ、それは……」

楠木が言い淀むと、長門が言った。

「俺も聞きたいね。部下が俺のことを、どう思っているか……」

「はあ……」

別に言っても問題はないよなあ。「いつも何を考えておられるかわからない印象がありまして……。とらえどころがないというか……。あ、いい意味で……」

長門室長が言う。

「いい意味で、とらえどころがないってのが、よくわからんな」

「細かいことにこだわらないというか……」

安田検視官が、へへへと笑った。

「おまえの名前にこだわっているじゃないか。普通、どうでもいいだろう。くすきだろうがくすのきだろうが……」

まあ、そう言われてみればそうだ。

安田検視官が続けて言った。

「昔はさあ、四角四面のやつだったんだよねえ。重箱の隅をつつくっていうか……。それがいつの間にか、通信指令本部の管理官だ。驚いたね」

長門室長は、余裕の表情で言った。

「人間、変わるし、進歩もするんだよ。まあ、おまえみたいに相変わらずのやつもいるけどな」

そこに小松係長がやってきて、藍本署長に告げた。

「遺体を霊安室に運びました」

「ごくろうさま」

「じゃあ、俺もちょっくら霊安室に行ってくるか」

安田検視官が言うと、長門室長が尋ねた。

「え、おまえ、仕事はもう終わりだ、とか言ってなかった？」

「どうせ、すぐに司法解剖なんてできるわけじゃない。大学の法医学教室の厚意でやってもらうわけだからな。待ってる間、遺体は霊安室の中だろう。ちょっと拝見するよ。その代わり、所轄の人が遺体をきれいにしてからね」

遺体をきれいに、か。嫌な役目だなあ……。

楠木は思った。

変死体というのは、たいていひどく汚れているのだそうだ。それを拭き取ってきれいにするのは、所轄の刑事たちの役目なのだ。

そういう仕事を経て、メンタルが強くなるらしい。俺は、メンタル、弱いままでいいや。

藍本署長が安田検視官に言った。

「じゃあ、署までご案内しましょうか」

安田検視官がでれっとした顔になる。

「あ、そりゃありがたいな。ぜひお願いします」

それから藍本署長は独り言のように言う。

「でも、捜査本部の準備なんてしたことがないから、だいじょうぶかしら……」

それを聞いた小松係長が言う。

「すべて斎藤(さいとう)警務課長と貝沼副署長に任せておけばだいじょうぶです。署長は、でんと構えていればいいんです」

「でんと構えているなんて、柄じゃないのよねえ……」

「ご心配には及びません」

「わかったわ。ありがとう」

藍本署長がほほえんだ。

うわあ、これは一種の兵器だな。

楠木は思った。このほほえみに勝てる男がいるだろうか。

「あのお……」

辻友監督が言った。「撮影のほうは……」

安田検視官が言った。

「現場の規制線内に入らなけりゃ、何やってもいいよ」

長門室長が言った。

「われわれFC室の者がおりますので、何なりと相談してください」

「じゃあ、撮影を再開します。伊達さんと柴崎さんを呼んできますよ」

辻友監督の言葉に、安田検視官が立ち止まった。必然的に、いっしょだった藍本署長も立ち止まる。

「ちょっと待て……」

安田検視官が言った。「伊達と柴崎って、もしかして伊達弘樹と柴崎省一？」

辻友監督がこたえる。

「そうですよ。お二人が主役ですからね」

安田検視官が長門室長に言った。

「なに、おまえ、二人に会えたりするわけ？」

「もう会ったよ」

「ああ……」

藍本署長が言う。「私もお会いしました。今朝ほど、署長室に挨拶にいらして」

安田検視官が、ちょっとむっとした顔で言う。

「なんだよ、二人とも、ずるいな……」

ずるいとか、そういう問題じゃないだろう。

楠木は心の中でそうつぶやいていた。

安田検視官が、続けて言った。

「よし、俺もここに残って、撮影を見学することにする」

佐治係長が驚いた顔で言う。

「検視のほうはよろしいのですか？」

「遺体は逃げやしないよ。そうだろう」

この人やっぱり、かなりいいかげんだな。

長門室長が安田検視官に言った。

「いてもいいけど、どうせなら手伝ってよね。手が足りないんだ」

「何をすればいいんだ？」

「野次馬が集まってくるだろうから、それの整理だな」

「そういうの、制服を着てたほうがやりやすくないか？」

「じゃあ、出演者の警護とか……」

「それ、いいじゃないか」

ＦＣの素人はこれだから困る。

楠木は思った。

ＦＣの仕事の中でも一番たいへんなのが、出演者周りなのだ。なにせ、俳優は手がかかる人が多い。特に、ベテランとなれば、いくら気を使っても足りないほどだ。女優になると、さらに気を使わなければならない。

わがままに振り回され、苦情を言われて嫌な思いをするのがオチなのだ。検視官みたいに偉い人に、そんなつらい役目がつとまるはずがない。

「じゃあ、私もお手伝いしようかしら」

藍本署長が言った。

おいおい、殺人事件はどうなったんだ。

楠木はあきれる思いだった。

佐治係長と小松係長が顔を見合った。小松係長が言った。

「じゃあ、我々はとにかく、検視の準備だけはしておきます」

遺体をきれいにしておくという意味だ。

佐治係長が言った。

「よろしく頼む。我々は、聞き込みをしてから、署に向かう。検視官によると、捜査本部ができそうだということなので、署に詰めていようと思う」

現場はきびきびしているなあ。じゃないと、事件は解決しないだろう。

安田検視官が佐治係長に言う。

「じゃあ、俺、課長に電話しておくから……」

佐治係長と小松係長は、検視官や署長に礼をして、その場を離れて行った。

楠木は、長門室長に言った。

「じゃあ、自分も行きます」

「どこへ？」

「他の三人は、たぶん野次馬やマスコミの整理をやっているのでしょう。そっちへ行きます」

「野次馬やマスコミの整理なら、所轄の地域課も手伝ってくれているからいいよ。おまえ、安田検視官といっしょに、出演者の警護をやれ」

「えー、自分が、ですか」

「安田検視官一人に押しつけるつもり？」

「いや、そういうわけじゃないですが……」

なら、自分がやればいいじゃないか……。

その思いはおくびにも出せない。楠木は言った。

「自分は地域部の制服を着てますから、野次馬対策のほうがいいんじゃないでしょうか。出演者などの警護なら、山岡さんが適任でしょう」

山岡相手なら、わがままも言いにくいだろうという計算だ。

長門室長が言う。

「逃げようったってだめだよ。おまえと山岡と安田検視官の三人でやるんだよ」

「はあ……」

「わかったら、山岡呼んで来て」

言われたとおりにするしかない。

8

楠木は、山岡の姿を探した。

規制線の向こう側にはマスコミと野次馬が集まりはじめていた。

これから、えらい騒ぎになるだろうな。

楠木は思った。なにせ、人気ドラマだった『危険なバディー』の映画撮影中に殺人があったのだ。マスコミは大喜びだろう。

人が死んで大喜びというのも不謹慎だが、マスコミなんてそんなものだと、楠木は思っていた。

事件や事故の遺族に平気でマイクを向ける連中だ。レポーターの「今、どういうお気持ちですか」という質問には、いつもあきれてしまう。

そんなことを聞きたいと思っている視聴者などいないだろう。いったい、あのレポーターたちは、誰に向けて取材をしているのだろう。たぶん、局の偉いさんなんだろうな。

どんな内容でもいい。遺族の肉声を取ってくることが重要なのだ。そうすることで、レポーターたちは明日の生活を保障してもらえるわけだ。

マスコミの姿を見ていると、ついそんなことを考えてしまう。

いたいた。

楠木は、山岡を見つけた。彼は、規制線の外にいた。テレビのレポーターらしい若い女性と話をしている。

楠木は声をかけた。

「山岡さん。仕事ですよ」

山岡は楠木のほうを見ると、顔をしかめた。

「何だよ、仕事って……」

「出演者の警護です」

「そんなのＦＣの仕事じゃねえだろう。警備部にでもやらせておけよ」

「警備部が役者の警護なんてやるわけないじゃないですか。立派なＦＣの仕事ですよ」

「誰を警護するんだ？」

「ここで言っていいんですか？」

「かまわねえよ。どうせ撮影が始まったら誰がいるかみんなに知られちまうんだ」

「伊達弘樹と柴崎省一です」

女性レポーターが「えっ」という声を洩らした。楠木はちらりとレポーターを見た。今どきのレポーターとしては派手なほうだろう。なかなか美人だ。

彼女が山岡に尋ねた。

「伊達弘樹と柴崎省一がいるの？」

女性レポーターの質問に、山岡がこたえた。

「そりゃいるさ。主役だからな」

「主役だからって、必ず現場に入っているとは限らないわよね。彼らの収録のない日だってあるでしょう」

「だから、今日は収録日なんだよ」

「ねえ、会えないかしら……」

「ここにいりゃ、見られるんじゃないの？」

「見るのと会うのは違うでしょう」

山岡はくすくすと笑った。

「あんた、殺人のレポートに来たんじゃないの？」

「そうだけど、ただの殺人事件じゃないでしょう。撮影現場で起きた殺人よ。その映画の主役なんだから、コメントとか取りたいわよ」

楠木はそっと言った。

「よけいなことかもしれませんが……」

山岡が楠木を見た。

「何だ？」

「特定の局や新聞社だけを特別扱いすると、あとでとんでもないことになりますよ」

山岡はまた顔をしかめた。

「わかってるよ。そんなこと……」

それから彼は女性レポーターに向かって言った。「こいつが、あんたを特別扱いしちゃだめだって言うんだよ」

女性レポーターが楠木を睨む。

「何なのよ、あんた」

見た目はきれいだが、性格はきつそうだ。

「何って、警察官ですよ」

「見りゃわかるわよ。なんで、伊達弘樹や柴崎省一に会わせてくれないの」

「そりゃだめですよ。その規制線から中には入れませんからね」

山岡がにやにやしながら、規制線をくぐって中に入ってきた。

「しょうがねえな。警護に行こうじゃねえか」

「あ、ちょっと待ってよ」

女性レポーターが言う。「ねえ、会わせてくれないの？」

「こいつがだめだって言うからな……」

山岡が楠木を親指でさした。女性レポーターが楠木をまた睨んだ。

勝手に俺を悪者にしてればいいさ。

楠木は別に気にならなかった。レポーターに好かれようとは思わない。だが、どうして山岡は彼女と話をしていたのだろう。そのことにちょっとだけ興味があった。

「あのレポーター、知り合いですか？」

楠木が尋ねると、山岡は真っ直ぐ前を見ながらこたえた。

「以前から知り合いだったかってことか？」

「ええ」

「いや、今日あそこで知り合ったんだ」

「殺人のレポートに来たって言ってましたよね」

「ああ。昼のワイドショーのレポーターらしい。生放送でレポートするらしいよ」

「ああいうの、好みなんですか？」

「なんで？」

「いや、わざわざ規制線の外に出て話をしてたんで……」

「おまえはどうだ？」

「いや、俺は別に興味はないですが……」

「そうだろうな。おまえ、女に興味なさそうだからな」

「そんなことはありませんよ」

「だって、服部みたいに、静香にちょっかい出したりしないだろう」

「服部さんが島原のことが好きなの、見え見えじゃないですか。俺は手を出せませんよ」

「静香のことだけじゃない。おまえは、藍本署長にも関心なさそうじゃないか」

「相手は署長ですよ。関心もへったくれもないでしょう」

「あんないい女は滅多にいない」

「俺よりずいぶんと年上ですし……」

「おまえ、ロリコンか？」

「違いますよ」

「年上だと言うがな、美人に年齢はねえ。藍本署長はそれを実感させてくれる」

「それはまあ、そうかもしれませんが……」

どうでもよかった。

「あの、ほわんとした感じがいいんだよな」

「天然ですよね」

「育ちがいいのかもしれねえ」

「あの……」

「何だ？」

「こういう話は不謹慎ですよね。ここ殺人現場だし……」

「営業マンが移動中にこういう話をしたら、不謹慎か？」

「いえ、そんなことはないと思いますが……」

「だったらいいじゃねえか。営業マンが得意先回りをするのと同じで、殺人現場が俺たちの仕事場なんだ」

この人は、凄い人だよなあ。

楠木は山岡のことをそう思う。

殺人現場に臨場している警察官と、移動中の営業マンはまったく違うと思うのだが……。

でも、山岡が言うこともわからないではない。一般の人にとって人の死は非日常だろうが、警察官にとっては日常なのだ。

楠木と山岡は、ロケバスの脇にやってきた。そこにはすでに長門室長、安田検視官、そして藍本署長の三人がいた。

安田検視官が山岡を睨んで言った。

「何だよ、この人。マルB？」

長門室長が紹介した。

「うちの山岡だよ。組対のマル暴と兼務なんだ」

安田検視官の表情が即座に弛んだ。

「あ、そういうことか。マル暴ね。なるほど。FCだと、そういう絡み、多いんだろうね」

長門室長がこたえる。

「昔は、映画の撮影といえば地回りがいろいろ便宜を図ったそうだけどね。暴対法とか排除条例で、そういうのお目こぼしできない風潮だから……」

安田検視官が顔をしかめた。

「そんなのまで、目くじら立てなくたっていいと思うんだよね。昔から興行や映画製作っていやあ、その筋の人たちが仕切ってたわけじゃない」

「マルBも変わったからね。男を売る稼業なんかじゃなくなった。みんな素人を泣かす暴力団だからね。資金源を絶たなきゃならないんだ。それに、映画業界もいつまでも旧態依然じゃだめだってことらしいよ。昔ほど稼げる業界じゃなくなったからね」

「でも、銀幕の魅力は健在だよなあ……」

「そうだな」

長門室長がうなずく。「どんなにBSとかネットに映像があふれていても、映画館に出かけてスクリーンを見つめるのは、なんというかイベント感があっていいよな」

「ハレとケでいうと、間違いなくハレだよな」

安田検視官が、楠木を見て言った。

「若いやつはそういうの、ただ面倒臭いって思うだけなんだろうな」

楠木は突然話を振られたので、驚いた。

「いや、そんなことはありません。若くたって映画館は好きですよ。デートで行くやつもいるんじゃないですか」

楠木のこたえを聞いて、長門室長がくすくすと笑った。

「デートなんて縁がないくせに」

安田検視官が言った。

「あ、そうなの？」

「そう。こいつ、そういうのまったくダメだから」

失礼だな。俺の何を知ってるって言うんだ。

「そんなことはないですよ。自分も映画館くらい行きますよ」

長門室長は、まだくすくすと笑っている。

「どうせ一人で行くんだろう」

「そうですよ。だって、映画って見ている間は、どうせ話もできないじゃないですか」

「コンサートやライブと同じでさ、見終わった後に、食事しながらあれこれ感想を言い合うのが楽しいんだよ」

「へえ……」

映画を見終わったら、さっさと帰りたい。感想なんて人それぞれだから、言い合ったって仕方がないと思う。

山岡が長門室長に尋ねた。

「それより、どういう状況なんです？」

「今、監督がロケバスの中で話をしている」

「相手は、主役の二人ですか？」

「いや、一人ずつ話をしている。まずは伊達弘樹のほうだね」

安田検視官が言った。

「まったく。二人いっしょに話をすれば手っ取り早いのに……」

長門室長が言う。

「映画業界ってのは、そういう気づかいが大切なんだよ。なんせ、相手はスターだからな」

「それで、俺たちはいつまでここで待っているわけ？」

「ずっとだよ」

「え、ずっと……。そんな話、聞いてないんだけど……」

「対象者が動くときは同行する。だけど、こうしてロケバスとか部屋の中にいるときには、その外でずっと周辺を警戒しているわけだ。それが警護ってもんだろう」

「長門ちゃんも、ずっとここにいるわけ？」

その言葉に、山岡が反応した。

「長門ちゃん……」

「なんだよ」

安田検視官が言う。「何かおかしいか？」

「いえ……」

「撮影はいつ再開するわけ？」

安田検視官は山岡から長門室長に視線を移して尋ねる。長門室長がこたえた。

「監督次第だな。……というより、主役の二人次第かもしれない」

そこに、鹿乃子助監督が通りかかった。

「ちょうどよかった」

長門室長が鹿乃子に声をかけた。「撮影再開の目処は……？」

鹿乃子が何かこたえた。だが、滑舌が悪い上に早口なので、何を言っているのかわからない。

長門が何度か聞き返す。

ようやく、「すべてスタンバイできており、監督の号令待ち」であることを、その場にいる全員が理解した。

安田検視官が顔をしかめて言う。

「つまり、いつになるかわからないってことだな」

長門室長がうなずく。

「そうだね。カイシャに帰ったら？」

カイシャというのは、警察官がよく使う符丁だ。この場合は警視庁本部をさしている。聞くところによるとこの符丁は、警察官だけでなく、他の公務員もわりと使うらしい。

「どうしようかなあ……」

安田検視官が、藍本署長に尋ねた。「署長はここにいらしてだいじょうぶなんですか？」

それまでずっと黙っていた藍本署長がこたえた。

「えーとぉ。署に戻っても、捜査本部とかは副署長たちがやってくれるって言うし……。判押しくらいしかすることないのよねえ」

「決裁の判は重要じゃないですか」

「全然重要じゃない形式的な書類が多いのよ」

うわあ、それ言っちゃいけないやつじゃないの。

この署長、いつか地雷を踏むか、爆弾を落とすことになるんじゃないのかな。よけいなことかもしれないが、楠木はそんなことを思っていた。

「そうですか。署長がおられるのなら、私もしばらくここにいましょうかね」

なんだよ、調子いいな。

楠木がそう思ったとき、ロケバスのドアが開き、まず辻友監督が降りて来た。続いて、伊達弘樹が現れる。署長室で会ったときとオーラが違う。楠木はそう思った。俳優モードに入っているときは、やはり違う。衣装をつけて、メークが済んでいるせいもあるが、それだけではない。

やはり、オーラとしか言いようがない。俳優としての魅力を発散している。

「うわあ……。本物だ……」

安田検視官がつぶやいた。伊達がその言葉に反応した。

「本物ってどういうことだ？」

「え……」

安田検視官が言葉を失う。

伊達がさらに言う。

「おい、本物だって言っただろう。それ、どういうことなんだ？」

「いや……。テレビで見ているわけじゃなくて、本物が目の前にいると思って……」

さすがの安田検視官も、スターに詰問されてうろたえている様子だ。伊達は舌打ちして、その場にいた鹿乃子助監督に言った。

「おい、なんで俺の現場に、素人が紛れ込んでいるんだ？」

鹿乃子が何か言ったが、やはり何を言っているかわからない。

伊達がキレそうになって辻友監督に言った。

「日本語がしゃべれないチーフって、どういうことだ」

「いや、ちゃんと日本語をしゃべってます。聴き取りにくいだけです」

「じゃあ、監督に訊く。どうして俺の現場に素人が紛れ込んでるんだ？」

「こちら、素人じゃなくて、警視庁の検視官の方だそうです」

「検視官……？」

伊達が安田を見た。「検視官ってのは、死体を見るのが仕事なんじゃないのか？ どうしてここにいるんだ？ ここに死体があるのか？ これから誰かが死体になるのか？ 助監督でも殺すか？」

どうやら機嫌が悪そうだ。

現場で遺体が出て、撮影がストップしていた。待ちぼうけで、苛立っているのだろう。こういう状態になった映画俳優は手がつけられない。しかも、大物ほど面倒だときている。

辻友監督が鹿乃子助監督に尋ねた。

「俺も訊きたいね。どうして、検視官がここにいるわけ？」

鹿乃子がこたえたが、やはり何を言っているのかわからない。

辻友監督が言った。

「え？ 助監督も知らない？ 警察からの説明は聞いてないって？」

えー、辻友監督は鹿乃子助監督の言っていることをちゃんと理解できるんだ。さすがに、監督と助監督だ。

まあ考えてみれば、彼らが意思疎通できなければ、撮影現場は成り立たない。

「では、ご説明しましょう」

長門室長が言った。「検視官は、遺体の準備が整うまで、我々の手伝いをしてくれるということになりまして……」

辻友監督が尋ねる。

「署長はどうして？」

「本来ならば、みなさんは大森署の交通課に道路の使用許可願いを提出しなければなりません。そして、その許可が下りるまで撮影はできないのですが、今回は我々ＦＣ室が担当するということで、そういう手続きを省略しています。ですが、大森署としては我々に任せきりにもできず、こうして署長自ら視察に来ているというわけです」

天然の署長がよけいなことを言わなければいいが、と楠木は思った。

幸いにして、藍本署長は何も言わなかった。

「どうでもいいけどよ」

伊達が言った。「いったいどうなってるのか、誰か教えてくれないか」

大物俳優は凄むと迫力があるなあ。

楠木は他人事のように、そんなことを考えていた。実際、ほとんど他人事だった。

受けこたえは、長門室長に任せておけばいいのだ。

辻友監督が、伊達の言葉を受けて言った。

「事件についてはどうなっているんですか?」

その問いにこたえたのは、安田検視官だった。

「殺人事件ですからね。たぶん、大森署に捜査本部ができることになりますね」

「殺人事件……?」

伊達が辻友監督に言った。「俺は何も聞いていないぞ」

安田検視官が言った。

「誰にも言ってませんからね」

さきほどたじたじになっていたが、もう立ち直ったようだ。さすがに検視官ともなれば打たれ強いな。楠木はそう思っていた。検視官は、海千山千のベテラン捜査員が任命される。

9

伊達が安田検視官をじろりと睨んだ。辻友監督の顔色が少しばかり悪くなっている。鹿乃子助監督はただその場に立ち尽くすだけだ。

　彼らは主役の機嫌が悪いので困り果てている様子だ。だが、安田はまったく平気な態度だった。

　完全にペースを取り戻したな……。楠木はそう思って安田を見ていた。もともとテキトーな人なので、それほど悩んだり、困ったりしないのだろう。

　伊達が安田に言った。

「誰にも言ってないって、どういうことだ?」

「捜査上の秘密ですからね。いや、それ以前に、本格的な捜査はまだ始まっていませんから、初動捜査で得た情報を外に洩らすわけにはいきません」

「俺は関係者だぞ」

「だからこそ、なおさらです」

「何だって?　どういうことだ?」

「関係者は、それだけ被害者との関係性が強いということでしょう。我々の業界用語で、鑑が濃いというやつです。だから、よけいに情報をお教えすることはできませんね」

　伊達が、ほんの一瞬たじろいだように見えた。だが、すぐに彼は気を取り直した。

「ここは俺の現場なんだよ。船の上で起きた事件を裁くのは船長だって言うじゃないか。だったら、俺も事件のことを知る権利がある。そうじゃないか」

言っていることがめちゃくちゃだ。

だが、めちゃくちゃが通ってしまうのが芸能界なのだろう。ＦＣ室にいると、いろいろと噂話を聞くことになる。

あるベテラン女性歌手の、誕生日ケーキの名前の表記を間違えただけで、怒りを買ってプロデューサーが飛んだとか……。

表記といってもひらがなとカタカナを間違えただけなのだそうだ。大物芸能人というのは、どれだけ自分を偉いと思っているのだろう。そして、そういうものを許している世界って、いったい何なのだろう。

楠木は不思議でならない。

安田が平然と言った。

「ここは船じゃないんで、それは通りません。日本の国土なんで、あなたの意見じゃなくて、法律に従わなければなりませんね」

「そういうことを言ってるんじゃないんだよ」

伊達が声を荒らげた。

そのとき、別の車のドアが開き、柴崎省一が姿を見せた。

伊達弘樹も細身だが、柴崎はさらに細い。

彼は近づいてくると言った。

「なあに？　みんなで何の話をしてんの？」

伊達はそっぽを向いた。

辻友監督が言った。

「今、警察の方から捜査についてうかがっていたんです」

「捜査って、どういうこと？」

辻友監督が慌てた様子で言った。

「あ、これからご説明に上がろうと思っていたんです。どうやら、殺人事件のようで……」

「殺人……？」

柴崎は、それほど驚いた様子もなく言った。「じゃあ、なに？　高平さんは殺されたってわけ？」

「どうやらそういうことのようです」

伊達が相変わらず厳しい口調で言った。

「段取りが決まったら、教えてくれ。出番じゃないのなら、声をかけるな」

そう言って彼は、車の中に戻っていった。

楠木は気づいた。

あれえ、伊達弘樹と柴崎省一は、まったく会話を交わさなかったな。話をしないどころか、一度も眼を合わせなかった。

そういえば、辻友監督は二人いっしょではなく、別々に話をすると言っていた。もしかして、二人は仲が悪いのだろうか。

劇中で仲がよくたって、現実には仲が悪いということはあり得るだろう。彼らにとって、芝居は仕事なのだから、脚本どおり、あるいは監督の指示どおりに演技をする。

実生活は別問題だ。『危険なバディー』のファンは当然のことながら、二人が本当に仲がいいことを望むだろう。

だが、実際にはなかなかそうもいかないことがある。

ＦＣ室の仕事をしていて撮影に立ち会ったりすると、時折知りたくない現実を見ることになる。

今回もそうなんだろうか……。楠木はそんなことを考えていた。

柴崎も伊達が立ち去ったことなど気にしていない様子だ。彼は辻友監督に尋ねた。

「今日は撮影無理でしょう。ホンも直さなくちゃならないし……。俺、帰っていいかな？」

柴崎はまた、伊達とは違った意味で手がかかるタイプのようだ。まあ、大物俳優は誰でも手がかかる。

大物俳優だけでなく、自分を大物と思いたい勘違い俳優はもっと手がかかる。

ＦＣ室の任務に就くたびに、楠木はそれを実感する。

柴崎が「帰る」と言い出して、辻友監督は慌てた。

「いや、撮影はすぐに始めますから……」

「今日は、高平さんのカラミだったたんだろう？　肝腎の高平さんがいなくなってどうするの」

「撮りようはいくらでもあります。任せてください」

「何をどう任せろって言うのさ」

柴崎が嘲笑を浮かべて言う。「俺はね、ホンを読み込んで今日の撮影について、きっちりイメージを固めてきてるんだよ。今さら、別の部分を撮ります、じゃあ困るんだよ。そんなので、いい絵撮れるわけないだろう」

それをやるのがプロの役者じゃないのかなあ……。

楠木は心の中でつぶやいていた。

スターシステムは映画の基本のように言われていたが、今や弊害のほうが大きいんじゃないのか……。

何でも、もともとスターシステムの要素が強かったのは、東映と日活で、東宝、新東宝はプロデューサー主導のプロデューサーシステム、松竹は監督主導のディレクターシステムが強い傾向があったということだ。

まあ、これは聞きかじりだから本当にそうなのか、あるいはそれが実際にはどういうことなのかは、楠木にはよくわからない。

だが、現在の興行成績なんかを見ていると、スターシステムなんてもう過去のものなんじゃないかという気がする。

だいたい、監督より役者のほうが立場が上ってのは、おかしくないかと楠木は思う。

「柴崎さんがお帰りになったら、みんながっかりするわよねえ……」

突然、藍本署長がそう言って、一同の注目を集めた。

みんなの視線に慌てた様子で、藍本署長は続けた。

「あら、だってみんな柴崎さんの演技を拝見するの、楽しみにしているんでしょう？」

柴崎がしばし、藍本署長を見つめていた。

「俺の演技を楽しみにねえ……」

柴崎が面白いことを聞いたというふうに笑みを浮かべて言う。

藍本署長は真顔で言った。

「そうですよ。映画の撮影を拝見できるなんて、滅多にないことですからね」

「ちゃんと演技するためには、それなりの環境が必要なんだよ。監督もそう思うだろう」

辻友監督が言った。

「できるだけ予定に沿って撮影します。変更は、高平さんが出てる部分だけですから、それほど影響はないと思います」

「まあ、そういうことなら、しょうがないかなあ……。それでいつから始めるの？」

「段取りでき次第、鹿乃子チーフが呼びに参りますので……」

「そう。じゃあ、車にいるから」

柴崎も伊達同様に、車に引っ込んだ。

安田検視官が小声で長門室長に言った。

「あの二人は、文句を言うために出てきたのか？」

長門室長も同じく小声でこたえた。

「確かめずにはいられないんだよね」

「何を？」

「自分がどれだけ大切にされているか」

「へえ……。映画スターってみんなそうなのか？」

「俺がこれまで見てきた限りでは、誰でもそうだね」

「スタッフはたいへんなんだな」

「そう。どの世界も楽じゃないんだよ」

長門室長がそう言ったとき、安田検視官の電話が振動した。

「はい、安田」

彼の表情がちょっとだけ引き締まったように、楠木は感じた。電話を切ると安田検視官は藍本署長に言った。

「管理官からです。午後五時に、刑事部長と捜査一課長が捜査本部に臨席するそうです」

「あら、二人そろって?」

「部長が来るのは、捜査員たちに気合を入れるためでしょう。私も出席して、経緯を説明するように言われました。これから、署にうかがおうと思います」

「じゃあ、私もいっしょに戻ることにします」

「そうしていただけると助かります」

署長用の公用車に便乗しようということだろうと、楠木は思った。

やれやれ、検視官と署長がいなくなったら、ようやく本来のＦＣ室の仕事ができるな。楠木はそう思った。

ＦＣ室に呼ばれた当初は、どうしても仕事だとは思えなかった。無理やりバイトをさせられているような気分だった。

原隊と兼務なのだから、当然だ。勤務時間も増える。

実際、ＦＣ室の仕事は時間に制限などない。映画の撮影が長引けばそれだけＦＣ室の仕事も長引くわけだ。

だが、不思議なもので、何度か任務をこなすうちに、いつしか仕事だと思うようになってきた。

藍本署長の後に続き、公用車に向かおうとしていた安田が、立ち止まり、振り向いて言った。

「あ、そうそう。長門ちゃんも捜査本部に来てよ」

長門室長が尋ねる。

「え、どうして俺が？」

「事件の端緒に触れただろう。経緯を報告してもらいたいんだ」

「そういうことは、捜査一課の佐治係長に伝えたよ」

「もう一度報告してくれよ。警察ってそういうところだって、よく知っているだろう」

たしかに、何度も同じことを報告することがよくある。複数の幹部が求めれば、個別に報告しなければならないのだ。

「じゃあ、楠木に行かせるよ」

楠木は驚いて言った。

「え、なんで自分が……」

「だって、佐治係長に報告したの、おまえだろう」

「たしかにそうですが……」

「だめだよぉー」

安田検視官がにやにやしながら言った。「自分だけ楽しようったって……。長門ちゃんは責任者なんだからね」

「わかった。顔は出すよ。でも、報告するのは楠木だ」

「そうだな。責任者が同席していれば、誰が報告しようと問題ないだろう」

長門が言う。

「刑事部長と捜査一課長がやってくるのは午後五時と言ったな。俺たちもその時間に、捜査本部に行けばいいんだな？」

「いやいやいや、管理官や捜査員は、部長たちがやってくる前に、状況を詳しく把握しておきたいんだ。だから、いっしょに来てよ」

安田検視官の言葉に、藍本署長が続けて言った。

「公用車にはまだ二人くらい乗れますよ」

長門がちょっと顔をしかめて言った。

「後部座席に三人乗ることになりますよね」

「そうね。そうなるわ」

「窮屈だなあ」

安田検視官が言った。

「ほんのちょっとの間じゃないか。辛抱しろよ」

「しょうがないなあ」

長門はその場にいた山岡に言った。「そんじゃあ、ちょっと行ってくるから、後のことは頼んだよ」

山岡が渋い顔になる。

「後のことを頼んだよって、俺たち三人だけで対処しろってことですか」

「そうだなあ。俺と楠木が捜査本部に行っちゃうと、三人しか残らないんだから、しようがないよね」

「あの……」

楠木は言った。「自分が残りますから、山岡さんが捜査本部に行かれたらどうですか。いちおう刑事なんだし……」

山岡は刑事部ではなく組対部だが、慣習的に組対部の連中も「刑事」と呼ばれる。

「いちおうは余計だろう」

山岡がさらに顔をしかめる。「いいから、おまえ行けよ。いい経験になるぞ」

いや、別に経験なんてしたくないし……。

山岡も、捜査本部は真っ平だと思っているに違いない。不眠不休で犯人を追うなんて、冗談じゃないと、楠木は思う。

ＦＣの仕事も決して楽ではないが、捜査本部に比べればはるかにましだ。山岡は「しめしめ」と思っているに違いない。

長門室長が言った。

「いいから来るんだよ、楠木」

それから、山岡に眼を転じた。「人手が足りなかったら、大森署に応援を頼もう」

それを聞いて、藍本署長が言った。

「ええ、お手伝いしますよ。いつでも言ってください」

「ありがとうございます」

長門室長が言う。「では参りましょうか」

再び大森署を訪ねることになった。直接講堂に行くように言われる。署長や検視官がいっしょなので、エレベーターが使える。ラッキー。

警察署では幹部以外はたいてい階段を使う。講堂まで階段で上がるのはたいへんだ。

すでに講堂には長机やパイプ椅子が並べられていた。正面の幹部席、いわゆるひな壇もできている。

その脇にはスチールデスクを並べた管理官席の島。

まだ電話は敷設されていないようだ。その広い部屋の中で、捜査員たちがしきりに何事か話し合っている。

署長と検視官が入室すると、誰かが「気をつけ」の声を上げる。捜査員全員が立ち上がって、署長と検視官を迎え入れる。

必然的に、長門室長と楠木も彼らに迎えられる形になった。なかなかいい気分だった。

藍本署長は幹部席に向かう。その姿を眺めながら、安田検視官が言う。

「捜査本部の経験がほとんどないと言っていたのに、堂々としたたたずまいじゃないか」

長門室長がこたえる。

「さすがにキャリアだよね」

「キャリアだからってなかなかああはいかない。何だろう……、持って生まれた品格と言おうか……」

殺人事件の捜査本部なんだから、署長のたたずまいなんてどうでもいいと思うのだが……。

長門室長が長机の捜査員席に向かおうとすると、安田検視官が言った。

「こっちだよ。まずは、管理官に説明だ」

長門と楠木は安田検視官について管理官席に向かった。

管理官席にいる人物が携帯電話で誰かとやりとりをしていた。昔は、捜査本部内に電話が敷かれるまで待たなければならなかったらしいが、今ではこうして携帯電話で連絡が取れる。

わざわざ固定電話を敷設する必要なんてないんじゃないかと、楠木は思うが、そうもいかないらしい。

その人物が電話を切ると、安田検視官が言った。

「池谷(いけたに)管理官、こちらＦＣ室の長門と彼の部下です」

池谷管理官と呼ばれた人物は、安田検視官のほうを見て言った。

「おう、安さんか。ＦＣ室だって？」

それから彼は、楠木たちのほうを見た。「あ、長門管理官じゃないか」

「タニさん、俺はもう管理官じゃないよ」

安田検視官が言う。

「あ、やはりご存じでしたか」

「通信指令本部の長門管理官と言えば有名だったからね」

え、どういう意味で有名だったのだろう。

聞いてみたかったが、たぶん三人とも警視だ。ここは口を出す場面ではない。

池谷管理官はなぜか安堵(あんど)したような表情で言った。

「そうかあ、長門管理官が初動捜査に当たってくれたんだな。こいつは心強い」

「だから俺はもう管理官じゃないんだってば。FC室の室長だよ」

「FC室か……。何だか楽しそうだな。楽そうだし」

「そうでもないんだよ」

「そうなの?」

こんな雑談をしている場合だろうか、と楠木は思った。捜査本部って、もっと緊迫した雰囲気なのかと思っていた。

それにしても、長門室長の評価は意外に高いようだ。そして、この三人の関係性も微妙だ。

長門と安田はタメ口。

長門と池谷管理官もタメ口。

安田は池谷管理官に敬語を使っている。

連立方程式を解くと、安田の立場が一番下ということになる。池谷管理官と長門はほぼ対等だろう。

いつの間にか、こんなことに気を使うようになっていた。楠木は本来、誰の立場が上で誰が下、などということにほとんど関心がなかった。

だが、それでは警察社会で生きてはいけないのだ。

長門が池谷管理官に尋ねた。

「部長と捜査一課長が来るんだって？」

「ああ。その前に事実関係を確認しておきたいんだ。説明してくれるか」

「うちの楠木が説明する」

「楠木？　くすのきじゃなくて？」

また、それか。

10

楠木は、佐治係長に話したのとまったく同じことを繰り返した。

長門室長も安田検視官も、まったく口を挟まず聞いていた。楠木はなんだかテストをされているような気分になってきた。

「ふうん」

話を聞き終えた池谷管理官が言った。「ちょっと違和感があるな……」

長門室長がうなずいた。

「だね」

え、何にどういうふうな違和感があるのだろう。

池谷管理官が安田検視官に尋ねた。

「刺されて死んでたって？　凶器は？」

「ナイフです」

「ナイフか……。そのナイフが、小道具に似てるって言うんだろう」

安田検視官は、ちらりと楠木を見た。そのへんのところは、彼はまだ知らないはず。楠木は言った。

「鹿乃子チーフ助監督によると、凶器は柄の部分とかが撮影に使う予定だった小道具のナイフとよく似ているということでした」

池谷管理官が何事か考えながら言った。

「被害者は衣装を着ていたと言っていたね」

楠木はこたえた。

「はい、そのようです」

「それだよな、違和感の理由は……」

その言葉にまた、長門がうなずく。楠木は、思い切って尋ねた。

「あのう、どういう違和感ですか？」

池谷管理官は、楠木にこたえる前に、長門に言った。

「こいつ、捜査感覚ないなあ。だいじょうぶか？」

長門がこたえる。

「でも、知ったかぶりしないところがいいところでね」

地域総務課なんだから、捜査感覚なんてなくていいじゃないか。それより楠木は、どういう違和感なのか、早く知りたかった。

池谷管理官が楠木を見て言った。

「被害者が衣装を着て死んでいたというところに、何か劇場型の犯罪のにおいがする」

「え……」

楠木は言った。「撮影現場ですよ。出演者が衣装を着ているの、当たり前じゃないですか」

池谷管理官はちょっと顔をしかめた。

「勘だよ。そんな気がするんだ」

長門室長が、池谷に助け船を出す。

「映画関係者の話だと、被害者の高平治の出番は午後だったはずだ。なのに、午前十時にはすでに衣装を着ていた」

「撮影って、本番までにいろいろと段取りがあるんじゃないですか」

「午後に撮影を始めるということは、役者の現場入りも普通は午後だろう」

「そうとは限らないと思いますよ。役作りのためとかで早めに入る役者もいるでしょう」

池谷管理官が言う。

「俺はさ、蓋然性の話をしているんだ。衣装を着た状態で殺害されるってのは、そこに犯人の何らかの意図を感じるというか……」

考え過ぎじゃないかなあ、と楠木は思う。だが、相手は管理官だ。これ以上の反論は許されないだろうと思って、黙っていた。

「そうですねえ……」

安田検視官が言う。「解剖してみないと詳しいことはわからないですが、遺体発見が十時頃ですから、それよりもっと前に殺害されたということですね。……ということは、それよりさらに前に衣装に着替えていたということになります。そんなに早く衣装を着る必要はないですよね」

池谷管理官は、満足げな表情になった。

「そういうことだよ。課長も張り切って、司法解剖やるって言ってたから」

張り切るとか、張り切らないとか、不謹慎だし、事件の被害者に対して失礼だと思うが、それも黙っているしかない。

さらに安田検視官が言う。

「それに、百歩譲って、被害者が気合入れて早く衣装に着替えていたとしても、ナイフの件は不自然です。自分も、池谷管理官が言われるように、犯人の何らかの意図を感じますね」

池谷管理官は、さらにどや顔になった。

「ほら、そういうことだよ」

いやあ、俺みたいな下っ端相手にむきになるのって、どうよ。楠木はそう思っていた。

長門室長が言った。

「問題は、どんな意図かということだね」

「それだよ」

池谷管理官がうなずく。「被害者は、誰かの怨(うら)みを買っているというようなことはないのかね」

「それを調べるのが捜査本部の仕事だろう。俺たちは、ＦＣの仕事をしていただけだよ。たまたま遺体発見に居合わせたんだ」

「またまたあ……。天下の長門管理官が、何も調べてないわけないよね」

「調べてないよ。ただ……」

「ただ、何だ？」

「出演者で、現場に来ているはずなのに、一度も俺たちの前に顔を出さなかった人がいるんで、ちょっと気にはなっているけどね」

え、いったい、誰のことだろう。

長門の言葉を聞いてから、楠木は考えた。

そうだ。署長室にはいたけど、現場では姿を見かけなかった人が一人だけいる。

池谷管理官が興味深そうな顔になる。

「それは、誰だ？」

「桐原美里だ」

「お……」

池谷管理官の眼が光る。「あの桐原美里か？」

「あのって、どれかわからないけど、女優の桐原美里だ」

「よし。俺が話を聞きに行く」

すかさず安田検視官が言う。

「じゃあ、私も同行しましょう」

長門室長が安田に言う。

「なんでおまえが行くんだよ」

「私は、いろいろと役に立つよー」

「いいから、検視官は検視をしてろよ。遺体が霊安室にあるんだろう」

「そうだよ」

池谷管理官が言う。「そっちに行ってくれ」

「しょうがないなあ」

安田検視官は言う。「遺体もきれいになった頃だし、行ってくるか」

長門室長が池谷管理官に言った。

「管理官も聞き込みに行ったりしちゃだめだよ。だれか捜査員に行かせなきゃ」

池谷管理官は落胆の表情だ。

「やっぱりだめか……」

「じゃあ、俺は霊安室に行ってくるわ」

安田検視官がその場を去ると、池谷管理官が捜査一課殺人犯捜査第五係の佐治係長を呼んだ。

　佐治はすぐに管理官席にやってきた。

「何でしょう」

「誰か桐原美里に話を聞きに行かせるんだ」

「は……。あの桐原美里ですか？」

「そうだ。映画の出演者だ」

「じゃあ、自分が行きます」

「君は係長だろう。誰かを動かせばいい」

　池谷管理官は、佐治には行かせたくない様子だ。自分が行けないのに、係長が行くのが悔しいのだろう。

　佐治も残念そうに言った。

「では、誰か行かせましょう」

　長門室長が楠木に言った。

「おまえも行ってこい」

「え、自分がですか……」

「映画関係者の警護は、ＦＣ室の仕事だ。それに、撮影現場ではいろいろ約束事もあるから、おまえがいれば便利だろう」

「はあ……」

池谷管理官と佐治係長が、うらやましそうな顔で楠木を見た。別にうらやましがられるほどのことではないと思った。

ただそばにいて、捜査員が話を聞くのを見ているだけのことだ。楠木は言った。

「では、行ってまいります」

佐治が捜査員の一人に声をかけた。

「矢口。おまえ、行ってこい」

「はあ、何の話ですか？」

「女優の桐原美里から話を聞いてこいと言ってるんだ」

矢口と呼ばれたのは、まだ若い刑事だ。おそらく、楠木とそれほど違わないだろう。それで捜査一課の刑事をやっているのだから、エリート中のエリートだろう。

きっと嫌なやつだろうなと、楠木は想像していた。

矢口は淡々とした態度でこたえた。

「わかりました」

「FC室の、ええと、クスノキだったか？」

「クスキです」

「そうそう、クスキが同行する」

「じゃあ、自分も行きますよ。矢口と組んでるんで」

そう言ったのは大森署の戸高だった。

結局、三人で行くことになった。楠木は自己紹介をした。戸高はうなずいただけで何も言わなかった。

ほんと、無愛想だな、この人。楠木が心の中でつぶやいたとき、矢口が言った。

「どういう経緯で、桐原美里から話を聞くことになったんですか？」

案の定、エリート臭がぷんぷんする切り口上だった。楠木はこたえた。

「今朝、映画関係者が大森署を訪ねて、署長に挨拶をしたんです。そのときに、主役の伊達弘樹と柴崎省一といっしょに桐原美里がいたんです。……で、撮影現場で遺体が発見されたわけですが、伊達弘樹や柴崎省一は監督なんかと話をしましたが、桐原美里は一度も姿を見せないんです」

「……で、彼女はどこにいるんです？」

「ロケバスか、別の車の中だと思いますが……」

署の外に出ると、戸高が言った。

「さて、昭和島までどうやって行くか、だが……」

楠木は言った。

「え、捜査車両とかないんですか？」

矢口がこたえる。

「我々のような下っ端が車両を使えるわけがないでしょう。いつも電車と歩きですよ」

戸高が署の前にいるパトカーに近づいた。運転席の活動帽の係員に何事か話をしている。やがて、戸高が戻ってきて言った。

「地域課のパトカーだ。パトロールのついでに送ってくれるそうだ」

この戸高という刑事、無愛想だが、なかなか役に立ちそうだ。

後部座席に三人が詰め込まれ、窮屈だったが、贅沢(ぜいたく)は言えない。また昭和島に逆戻りだが、それも文句は言えない。

警察官は言えないことが多い。

撮影現場に戻ると、監督が言っていたとおり、すでに撮影が始まっていた。スタッフたちが動き回っている。自分のやるべきことをちゃんと心得ている人々の動きだ。

撮影現場の動きは、鑑識の作業に似ていると、楠木はいつも思う。

「さて、桐原美里に話を聞きましょうか」

矢口が言った。楠木は驚いて言った。

「待ってください」

「なぜです？」

矢口が不思議そうな顔をする。楠木は言った。

「なぜって、今撮影の段取りをしているところでしょう。邪魔しちゃだめです」

「殺人事件の捜査なんです。そんな遠慮は無用です」

ああ、こいつ一般市民に嫌われるやつだ。

楠木は思った。刑事にはそういうのが多い。世の中で捜査が最優先されるべきだと考えている連中だ。

日本の警察は令状主義だから、裁判所の許可がなければ強制捜査はできない。だけど、刑事の多くはそう思っていないようだ。

自分たちは何でもできると考えているのだ。おそらく、戦前・戦中の特別高等警察がそういう連中だったのだろう。

「とにかく、自分が状況を聞いてきますから……」

そう言って楠木は、鹿乃子チーフ助監督に近づいた。

「すいません」

鹿乃子助監督が何か言った。相変わらず滑舌が悪いくせに早口で、しかも声が小さいので、何を言っているのかわからない。

かまわず楠木は言葉を続けた。

「捜査本部の者が、桐原美里さんに話を聞きたいと言っているんですけど、今どういう状況ですか？」

鹿乃子が何か言った。

「すいません。聞き取れないんですけど……」

今度はゆっくり話をしてくれた。どうやら、今は伊達と柴崎の段取りなので、本人さえよければ、桐原美里に話を聞くことは問題ない、というようなことを言っているようだ。

「……で、桐原さんはどこにいらっしゃいますか？」

鹿乃子は何か言いながら、衣装部とメークが使っている会社の建物を指さした。桐原はそこにいるということだろう。

楠木は礼を言って、矢口と戸高のもとに戻った。鹿乃子助監督から聞いた話の内容、正しくはヤマカンで理解した内容を告げると、矢口が言った。

「行ってみましょう」

三人は、撮影拠点から徒歩で移動した。途中、楠木は服部と静香を見かけた。何やら楽しそうに会話をしている。あいつら、本当にデキてんじゃないだろうな。

まあ、どうでもいい。楠木は思った。服部と静香が付き合おうがどうしようが、楠木の知ったことではない。

衣装部とメークの部屋までは、歩いて五分以上かかった。普通の会社の会議室をいくつか借りているのだが、いつ誰がやってきてもすぐにわかるように、案内の張り紙があちらこちらにある。

撮影現場にやってくると、こういうところは本当に徹底していると、いつも感心する。衣装部とメークのエリアは、圧倒的に女性が多い。そして、メーク用品の甘い匂いがする。

楠木はメークスタッフの一人に尋ねた。

「桐原美里さんは、どちらにいらっしゃいますか？」

「隣りの控え室にいると思うけど」

そちらに移動した。その部屋には食堂のようなテーブルと椅子が並んでいた。部屋の奥に、ぽつんと一人で、桐原美里が座っていた。

矢口がずかずかと彼女に近づいていった。楠木が止める間もなかった。女優は、ある意味男の俳優よりも面倒な場合がある。

だいじょうぶだろうか。楠木は思ったが、取りあえずは様子を見ることにした。

別に俺は桐原美里のマネージャーでも何でもないんだ。彼女が面倒な女優だった場合、嫌な思いをするのは俺ではなく矢口なのだ。ここは、黙って眺めていればいい。

「警視庁の矢口と言います。こちらは大森署の戸高」

おい、俺のことは紹介しないのかい。

「あら、刑事さん……？」

「そうです。ちょっとお話をうかがいたいんですが、今、だいじょうぶですか？」

「だいじょうぶよ。どうせ待ち時間だから」

映画俳優は待つのも仕事だと聞いたことがある。撮影が押したりしたら、自分の出番までひたすら何時間でも待つのだ。

「高平さんの件はご存じですね」

「ええ。たいへんなことになったわね」

なんだ、普通に話してくれるじゃないか。桐原美里は心配するほど面倒臭い女優ではなさそうだ。

矢口の質問が続く。

「遺体が発見されてからも、あなたはずっと人前に姿を現さなかったと、みんなが言っています。どこにいらしたのですか？」

「寝てたわ」

お、この人が「寝てた」なんて言うと、妙に色っぽいな。

楠木は密かにそんなことを考えていた。すると、桐原美里が言った。

「あら、誰かと寝てたって意味じゃないわよ。車の中で眠ってたの」

心の中を読まれたような気がして、楠木はちょっとあわてた。

やあ、女の勘はあなどれないなあ。売れっ子の女優ともなれば、勘も人一倍鋭いのではないだろうか。

　矢口が尋ねた。

「どの車で寝ていたのですか？」

「ロケバスよ。主役の二人みたいに自前の車なんて持ち込めないから……」

「寝不足ですか？」

「朝が苦手なの」

「低血圧ですか？」

「たしかに血圧は低いけど、低血圧の人が朝に弱いというのは、根拠がないそうよ」

「そうなんですか」

「そう」

「ロケバスの中でお休みになっていた時間は……？」

「署長室にご挨拶にうかがって……。その後、そのまま眠ってしまったわ」

「それは何時頃のことですか？」

「署長室にうかがったのが九時。署長室を出たのは、九時半頃かしら……」

「遺体が発見されたときの騒ぎに、お気づきになりませんでしたか？」

「ぐっすり眠ってたわね。そんなに騒ぎになっていたの？」

「そりゃあ、役者さんが刺されて亡くなっていたわけですから……。高平さんをご存じでしたか?」

「ええ、もちろん。過去に共演したこともあるわ」

「では、ショックでしょうね」

「まあね」

「まあね……?」

「個人的に親しかったわけではないので……」

「そうですか」

「みんな、さぞかし、ショックを受けたような顔をしているんでしょうね」

おや、この言い方、何だか含みがあるな。楠木はそう感じた。

11

「いやあ、そうでもないんですよ」

矢口が言った。「なんか、主役のお二人は、早く撮影を始めろって、監督にクレームつけてたくらいですから……」

おい、そうじゃないだろう。

意味ありげな桐原美里の発言について追及せんかい。

楠木はそう思いながら、矢口の顔を見た。矢口は、それに気づかない様子だった。

いやはや、捜査一課のエリートといっても、たいしたことはないんだな。楠木はそんなことを思いながら、戸高を見た。

戸高は明らかにやる気のなさそうな態度だ。

桐原美里が、皮肉な笑みを浮かべた。

「早く撮影を始めろ……？　あら、珍しいこともあるわね」

「珍しいこと、ですか？」

「ええ。あの二人、できるだけのんびりとやりたいタイプらしくて、撮影が押すことが当たり前だって聞いていたので……」

「過去にあのお二人と共演されたことは？」

「いいえ、今回が初めてよ」

「彼らが撮影の開始を急がせた理由について、何かお心当たりはありませんか？」

「さあね。ご本人にうかがってみたら？」

矢口はうなずいた。

「じゃあ、そうしてみます」

撮影が始まった今となっては、それはちょっと無理じゃないかなあ……。

刑事が捜査を第一と考えるのと同様で、役者は撮影を第一と考える。

「ところで……」

矢口が尋ねた。「どんな役をやられるんですか？」

「私？　いちおうヒロインだけど」

「役柄は？」

「ヤクザの情婦なんだけど、実は密かに警察の味方をしているという……」

「殺された高平さんがそのヤクザ役ですか？」

「いいえ、あの人は潜入捜査官の役よ」

「ほう……。潜入捜査官……」

「そう。組織に入り込んで、ヤクザになりきっているけど、実は警察官。私はその潜入捜査官と密かに連絡を取り合っているという役よ」

「じゃあ、高平さんとごいっしょするシーンがけっこうあったんですね」

「あるはずだったわね」

桐原美里のこたえに、矢口がうなずく。

「そうか。まだ撮影が始まったばかりでしたね」

「ええ。何もかも、これから。それなのに、ロケの初日でこんなことに……」

この言い方もなんかひっかかるな、と楠木は思った。高平の死を悼んでいるという感じではない。

　仕事の段取りがうまくいかなくて残念だ、と言っているように聞こえる。

　それでも、やっぱり矢口はツッコもうとしない。こいつ、あっさりしたやつなんだな。

　かといって、自分が口出しすることもないと、楠木は思った。殺人の捜査は、矢口たちの仕事だ。自分はただの案内役だと思っていた。

「まだ何かお訊きになりたいことがあるかしら？」

　桐原美里が言った。「そろそろメークを始めなきゃならないんだけど」

　矢口が言った。

「わかりました。ありがとうございました」

　そのとき、戸高が言った。

「高平さんは、誰かに怨まれたりしていませんでしたかね？」

　これは、ありきたりな質問だと思った。だが、桐原美里のこたえはありきたりではなかった。

　彼女は、笑みを浮かべて言った。

「怨んでいる人、いるかもしれませんね」

　戸高がむっつりとした表情のまま尋ねる。

「それ、どういうことです？」

「高平さんの評判をいろいろとお聞きになってみるといいわね」

戸高が抑揚のない声で尋ねる。

「あの人の評判がよくなかったってことですか」

「私の口からは、これ以上は言えないわね」

それを聞いた矢口が言った。

「どんなことでも、はっきりとこたえていただきますよ。これは殺人の捜査なんですから」

桐原美里は、笑みを浮かべたまま言った。

「こたえたくないことには、こたえなくていいんでしょう？　令状がないと強制的な捜査はできないはずよね」

やっぱり、売れっ子女優はしたたかだと、楠木は思った。そうでなければ、生き延びていけない世界なのだ。

矢口が何か言おうとした。それより先に、戸高が言った。

「これで失礼します。ご協力ありがとうございました」

桐原美里は優雅に言った。

「ごくろうさま」

戸高が部屋の出入り口に向かった。それに矢口が従い、二人のあとを楠木が追った。

廊下に出ると、矢口が戸高に言った。

「動機は怨恨(えんこん)だと思いますか？」

「さあね」

「じゃあ、どうしてあんな質問をしたんです」

戸高は面倒臭そうにこたえた。

「いちおう訊いておかないといけないだろう。型どおりってのも必要なんだよ」

「彼女、高平さんが死んでも、ちっとも悲しそうじゃなかったですね」

おや、気づいていたんだ。

戸高がこたえる。

「人の心の中まではわからないよ」

「伊達弘樹と、柴崎省一も、高平さんが亡くなったことよりも、撮影の進行具合を気にしている様子でした」

「だから、人の心の中はわからないって言ってるだろう」

「まあ、そうですね。じゃあ引きあげますか」

あ、やっぱり、あっさりしたやつだな。

「待てよ」

戸高が言った。「せっかくここまで来たんだから、他の連中にも話を聞いていこう」

「自分らは、桐原美里から話を聞いてこいと言われたんですよ。それ以外のことは指示されていません。余計なことはしないほうがいいです」

「俺はついでに何かやりたくなるんだよ」

「捜査本部では勝手なことは許されませんよ。言われたことだけをやればいいんです」

「捜査一課ではそれで済むかもしれないが、所轄では、同時にいろいろなことに目配りしなければ、つとまらないんだよ」

「自分だって所轄の経験くらいありますよ」

「桐原美里は、高平の評判についていろいろな人に聞いてみるべきだと言っていた。その発言を検証しておかないと、上に叱られるかもしれないぞ」

矢口はしばらく考えてからこたえた。

「そうですね。じゃあ、どこからいきますか」

「衣装部だ」

戸高は、同じ建物の中にある衣装部の部屋へ移動した。会議室のような部屋だ。そこに衝立(ついたて)でいくつかのコーナーを作り、着替えができるようになっている。

キャスター付きのバーにハンガーが並んでおり、さまざまな衣服がぶら下がっていた。

壁際には長テーブルが連なっており、その上に小道具がきちんと並べられていた。ここにいる人々も、いかにも職人然とした自信に満ちているように見える。ただ、彼らは幾分か緊張して見えた。

矢口が、中年女性のスタッフに声をかける。

「ちょっと、お話をうかがっていいですか」

「お待ちいただけますか。今から、柴崎さんが入られるんで……」

ああ、主役の一人がやってくるんでみんな緊張しているんだなと、楠木は思った。

「誰が来ようと関係ないですね。いくつか質問させてください」

うわあ、こいつすぐに敵を作るな。

映画スタッフにとって、主役がどんな存在なのか、まるでわかっていない。

そこまで考えて、楠木はふと思った。

あれ、俺はいつから映画関係者側に立ってものを考えるようになったのだろう。警察官なのだから、矢口と同じように考えてもおかしくはない。

たぶん、矢口の態度が気に入らないからだろう。まるで、捜査一課は万能だとでも考えている態度だ。

衣装部のスタッフは、明らかに気分を害した様子だった。一瞬、険悪な雰囲気になりかける。そのとき、戸高が言った。

「うかがいたいことは一つだけなんで、こたえてもらえませんか。柴崎さんがいらしたら、俺たちはすぐに引きあげますから……」

「しょうがないですね。訊きたいことって何です」

「高平さんは、どうして衣装を着ていたんですか？」

「はあ……？」

「撮影の予定は午後からでしたよね。でも、高平さんは午前中の早い時間から衣装を着ていたんでしょう？　それはどうしてです？」

衣装部のスタッフは首を傾げた。

「さあ、どうしてでしょう。私が担当したわけじゃないので、わかりませんね」

「じゃあ、担当者を教えてもらえませんか」

戸高の問いに、衣装部のスタッフはこたえた。

「たしか、三木さんね」

「ミキさん？」

「三木和乃さん」

「その方、どちらにおられますか？」

「あそこにいるわ」

彼女が指さしたほうを見る。三木和乃は、三十代半ばから四十代前半くらいの活発そうな女性だった。

「三木さんですか？」

戸高がそちらに向かったので、楠木と矢口はついていった。

戸高が尋ねると、彼女ははきはきとこたえた。

「はい、三木です」

「大森署の戸高といいます。ちょっとお話をうかがっていいですか？」

「動きながらでよければ……」

彼女は、ハンガーに下がった服にブラシをかけていた。

「かまいません。うかがいたいのは、高平さんのことです。彼の衣装を担当されたそうですね」

「ええ」

「高平さんはどうして、朝早くから衣装を着ていたのですか？」

「は……？」

三木和乃は、手を止めてきょとんとした顔を戸高に向けた。「どうしてって、そういう指示があったからでしょう」

「衣装をつけるのも、撮影の進行にしたがってスケジュールが決められているんですよね」

お、この人、なかなかわかってるじゃん。

楠木は戸高の質問を聞いてそう思った。

「ええ、そうです。たいていは、そのスケジュールに従って、私たちのほうから役者さんたちにお声がけします」

「高平さんの場合も？」

「そうですね。そういう指示があったんだと思います」

「あったんだと思う？　曖昧ですね」

矢口と違って、戸高はツッコミどころを見逃さない。

「よく覚えていないんですよ。今日は伊達さん、柴崎さん、桐原さんがおそろいなので、朝からてんてこ舞いで……」

「指示があるとしたら、どなたからです？」

「そりゃあ、監督とか助監督とか……」

戸高の質問に、他の衣装部スタッフがこたえた。

「監督に助監督……」

戸高が言う。「彼らは、被害者が衣装を着ている理由を知らない様子でしたがね……」

「そうですか」

衣装部スタッフは、気もそぞろの様子だ。それを見て、楠木は言った。

「主役が来る直前はまずいと思いますよ。一時間もすればメークも着替えも終わると思います。その後でも……」

矢口が楠木に言った。

「一時間も待つって？　あり得ないね」

「今、無理やり質問を続けても、ちゃんとこたえてはもらえませんよ。一時間待てば、みんな落ち着いて質問にこたえられるはずです」

戸高は、楠木と矢口のやり取りなど聞いていない様子で、さらに質問を続けた。

「監督や助監督の指示じゃないとしたら、いったい誰の指示だったんでしょうね」

「わかりませんね。私たちは、指示のとおりに衣装を用意して、着替えの段取りをするだけです」

そのとき、部屋の中の空気が変わった。楠木はたしかにそう感じた。

戸口に柴崎省一が颯爽と現れたのだ。

「よろしく」

一言そう言っただけで、すべてのスタッフが動きだした。

まずメークを始める。その間に、衣装と小道具が準備される。

戸高がその様子を見て、楠木に言った。

「さすがに何かを聞き出せる雰囲気じゃないな。出直すか」

さっきからそう言ってるじゃないか。楠木はそう思ったが、黙っていることにした。無愛想な刑事に逆らってもろくなことはない。

三人が出入り口に向かおうとすると、声がかかった。

「ちょっと待ってよ」

三人の警察官は立ち止まり、振り返った。

柴崎省一が自分たちのほうを見ていると気づいて楠木は、まずいなと思った。撮影現場を警察官がうろうろするのは気に入らないだろう。何か文句を言われるのだと思った。

柴崎は言った。

「俺、殺ってないからね」

「殺ってない？」

柴崎の言葉に、戸高が言った。「それは、高平さんを殺していないという意味ですか？」

「あんたらは、それを調べているんだろう？」

「そうです」

「だから、手間を省いてやろうと思ってさ。俺は関係ないからね」

メークや衣装のスタッフは、その場で凍り付いたように動きを止めている。まるで映画のワンシーンのようだと楠木は思った。

スターシステムは過去のものだ、などと思ってみたりしたが、こうして目の前でスターの言動を見ると、さすがに圧倒されるものがある。

いやあ、スターってたいしたものだなあ。楠木は単純にそう感じ入ってしまった。

矢口が言った。

「別に疑いをかけていたわけじゃないのに、そちらからそう言いだすと、怪しいと思ってしまいますね」

それでも柴崎は余裕の表情だ。

「忘れたのかい？　俺たちにはアリバイがあるんだよ。警察署の署長室にいたんだよ。だから、俺、関係ないね」

俺もいっしょにいたんだから、そのアリバイは確かだよなあ。

楠木はそう思っていた。

矢口が言った。

「アリバイについても、精査します。署長室に集まった人たちの犯行は、本当に不可能だったか、ちゃんと調べないといけないと思っています」

「第一、俺には動機がないよ。伊達ならいざ知らず……」

戸高がすぐさま反応した。

「伊達さんには動機がある、ということですか？」

「さあね。伊達に聞いてみたら？」

戸高がさらに言った。

「いい機会なので、質問させてもらえますかね」

「二、三分ならね」

「殺された高平さんのことは、ご存じでしたか？」

「そりゃ、あれだけいろいろな作品に出てりゃ、誰だって知ってるだろう」

「お知り合いだったか、ということです」

「もちろん、知ってたよ」

戸高は、周囲で固まっているスタッフたちを見回して言った。

「人目のないところで、お話をうかがいたいんですが……」

柴崎が言った。

「かまわないよ。メーク室でいいだろう。みんな、ちょっとの間メーク室を出てくれ。警察に協力しなくちゃね」

スタッフたちが、メーク室になっている小部屋を出て行く。入れ替わりで、柴崎と戸高、矢口が中に入った。

ここで待ってようかな。

楠木はそんなことを思ったが、そうもいかないだろうと思い直した。長門室長から何か質問されるかもしれない。そのときに、自分は外にいました、では済まないだろう。

仕方なく、楠木もメーク室に入った。

柴崎は、鏡の前の椅子に横向きに腰かけ、肘を背もたれに乗せた。くつろいだ恰好だがさまになる。

三人の警察官は立ったままだ。

戸高が尋ねた。

「高平さんは、どんな方でしたか？」

「いい役者だったよ。だから、いろいろな作品で使われたんだと思う」

「いい仕事仲間だったということですね？」

「いい仲間だったかって？　それはまた別問題だね」

「どういうことでしょう」

「高平は、周りの連中とうまくやっていこうなんてことは、あまり考えないタイプだったからね」

「評判が悪かったということですか？」

「周囲の評判がどうだったか、なんて、俺は知らない」

「では、柴崎さんは、高平さんのことをどう思っておいででした？」

「俺？　別に……」

「彼を怨んでいたような人はいなかったでしょうか」

「怨んでいる人ね……」

柴崎は天井を見た。即答しない。楠木はその間が気になった。

やがて、柴崎は言った。

「どうだろうね。俺にはわからないね」

「トラブルなどについて、お聞きになったことは？」

「残念。そろそろ時間切れだ」

12

楠木たちは、メーク室や衣装部となっている会議室を出た。

矢口が言った。

「結局、何も聞き出せなかったじゃないですか。もっと粘れたと思いますよ」

戸高は面倒臭そうな顔をしただけで、何も言わなかった。

楠木は尋ねた。

「これからどうします？　地域課のパトカー、行っちゃったし……」

戸高は、質問にこたえずに、何事か考えている。

楠木はどうしていいかわからず、ただ戸高といっしょに歩いていた。戸高は、撮影の現場に向かっているようだ。

矢口が言った。

「捜査本部に戻りましょう。自分らは、桐原美里から話を聞けと言われただけですから」

戸高が言った。

「俺は学校の成績がよくなかったんだ」

矢口が怪訝そうな顔になった。

「は……？」

楠木も、戸高が何を言っているのかわからなかった。

戸高の言葉が続いた。

「先生の言うことを聞かなかったからな。あんたは違うだろう。きっと先生の言うことをよく聞いた優等生だったんだろう」

矢口が言った。

「まあ、勉強はできたほうですね」

「学校の成績ってのは、先生の言うとおりにしていれば上がるんだ。だけど、警察の捜査はそうはいかない。自分で考えて、自分で動かなきゃだめなんだよ」

「捜査において、独断専行は一番いけないことだと教わりました」

「自分で考えることと、独断専行は別なんだよ。まったく、最近の若い刑事はおりこうさんばかりで役に立たない」

矢口はむっとした表情で言った。

「所轄のヒラ刑事に、そんなことを言われたくはありませんね」

「所轄も本部も関係ないよ。要は使えるか使えないかだ」

「使えるって、どういうことです？」

「だからさ、自分で考える頭があるかどうかなんだよ」

「捜査本部には戻らないということですか？」

矢口の問いに、戸高がこたえる。

「もうしばらくここで聞き込みをしたほうがいいと思う」

「自分は、捜査本部に戻って桐原美里から聞いたことを報告して、次の指示をもらうべきだと思います」

「なら、そうすれば？」

「戸高さんはどうするんですか？」

「あんたはあんたのやり方でやる。俺は俺のやり方でやる。それでいいんじゃないのか？」

矢口は冷ややかに言った。

「じゃあ、そうしましょう。係長や管理官に、戸高さんはどうしたと訊かれたら、今言われたことを伝えますよ。いいですね」

「もちろん構わないよ。じゃあな」

戸高は、そのまま撮影場所のほうに進み、矢口は立ち止まった。

楠木が戸高に付いていこうとすると、矢口が言った。

「あんたも、戸高さんと同じ意見なのか？」

「意見なんてないですよ。捜査のことなんか知りませんし……。ただ、自分は撮影現場についてはそこそこ知っているので、戸高さんがここに残ると言うのなら、案内をしないと……」

矢口は、うなずきもせずに、踵を返して歩きはじめた。

楠木は戸高を追った。

「矢口さん、行っちゃいましたよ」

「そうか」

「あの人、どうやって大森署に戻るつもりでしょうね」

三人がここまで乗ってきたパトカーは、すでにどこかに走り去っている。

「さあね」

戸高はただ前を見ている。きわめて冷淡だ。

じきにカメラやモニター、監督らの姿が見えてきた。その手前で、山岡がこちらを向いて立っていた。

楠木たちが近づいていくと、山岡が言った。

「関係者以外、立ち入り禁止だよ」

楠木は言った。

「それ、本気で言ってるんですか？　自分は関係者ですよ」

「その所轄の人はＦＣとは関係ないだろう」

戸高が山岡に言った。

「そこ、どいてくれ。監督と助監督に話を聞きたいんだ」

山岡は戸高を冷ややかな眼で見て言った。

「撮影中だ。後にしてもらう」

戸高も同様の冷ややかな眼差しを山岡に向けて言う。

「あんた、警視庁の警察官だろう。殺人の捜査に協力すべきだ」

「ここは映画の撮影現場で、今撮影中なんだ。監督の号令がすべてなんだよ」

「あんたら、映画会社のガードマンか？」

「何とでも言ってくれ。だが、ＦＣ室としては、撮影中に関係者以外を通すわけにはいかない」

楠木は、完全に山岡に下駄を預けていた。戸高に義理もなければ、殺人の捜査にも興味はない。

いや、まったく興味がないわけではないが、捜査本部で何かの役割を与えられるのは真っ平だった。

山岡と戸高は、しばし睨み合っていた。

やがて戸高が視線を外して言った。

「話が聞けるようになるまで、待つことにするか……」

山岡がうなずく。

「撮影の邪魔をしなけりゃ、何をしていてもいいよ」

なんだ、もっとやり合うのかと思ったら、拍子抜けだな。楠木はそんなことを思っていた。

戸高は、撮影の様子を眺めながら、楠木に言った。

「衣装部の人が独断で役者に衣装を着せることはあるのかな……」

「ああ、高平さんの衣装のことですか？　そうですね。おそらく、衣装も小道具もすでにそろっていたはずですから、あり得ないことじゃないと思いますが……」

「あり得ないことじゃないが……？」

「映画の撮影って、スケジュールがきっちりと決まっていて、それに従って撮影隊全体が動きますから、勝手なことはできないと思うんですよ」

「だが、衣装も小道具もそろっているのなら、別にいつ身につけても同じことだろう」

「役者が衣装をつけるためには、衣装部と役者の双方に連絡が行かなければなりません。衣装部は、指示の順番に衣装をつけていきますから、役者が適当な時間に行ったとしても、待ってくれと言われるでしょうね」

「ふうん……」

戸高は、撮影現場のほうを眺めていた。楠木の話をちゃんと聞いていたかどうかわからない。

戸高は、映画撮影になんか関心がなさそうに見えるが、実はそうでもないのかもしれないなと、楠木は思った。

「あれが、監督だったよな」

戸高が辻友監督を指さして言う。楠木はこたえた。

「そうです」

「隣にいる女性は何だ？」

楠木はクリップボードを持っている女性を見た。年齢はおそらく三十代半ばだ。

「ああ……。たぶんスクリプターです」

「スクリプター？」

「記録とも呼ばれます。撮影では、とても重要な役割だそうですよ」

「それで監督のそばにくっ付いているのか？」

「そうでしょうね」

「どういう役割なんだ？」

「シーンとかカットの時間とか、そのときの小道具とか衣装とかを細かく記録するんです」

「記録する……」

「ぴんとこない様子ですね。映画の撮影というのは、脚本どおりに撮っていくとは限らないんです」

「そうなのか？」

ちょっと考えればわかることだが、映画やドラマに縁のない人はそういうことを考えたことがないのだ。

楠木は説明を続けた。

「ロケの場合、同じ場所でのシーンはまとめて撮ってしまいます。いちいち場所を移動するのは無駄ですからね。逆に、外から室内に入るようなシーンでは、外のロケのカットと室内のセットのカットを別々の日に撮ったりします。また、役者さんの都合で、ある人物のカットをまとめて撮ることもあります。それを編集でつないで、脚本に沿った映画にしていくんです」

「なるほどな」

「そのためには、細かくカットやシーンの記録を取っておく必要があります。また、映画やドラマは長さが決まっています。これを業界用語で尺と言います。それを守るためにカットやシーンの時間を記録しておかなければなりません。それがスクリプターの仕事です」

戸高が楠木に言った。

「スクリプターってのはたいへんな仕事だな」

「そうですね。スクリプターがちゃんとしていないと、いわゆる『つながらない』ということが起きます」

「つながらない……？」

「ええ。たとえば、連続したカットのはずなのに、小道具が違ってしまったとか、服装が変わっちゃったとか、髪形が変わったとか……。そういうの、業界では『つながらない』って言うんです」

「なるほど……」

「『つながらない』シーンを探す映画マニアもいるようですが、極力そういうことがないように、スクリプターが細々と記録を取るわけです」

山岡が楠木たちのほうに近づいてきた。彼は渋い顔で言った。

「柴崎さん待ちらしいぞ。メークと衣装に手間取っているらしい。あんたら、何かやったのか？」

戸高が平然とこたえる。

「話を聞かせてもらった」

山岡が楠木に言った。

「おまえが付いていながら、撮影の進行を妨げるようなことを許しちゃだめじゃないか」

「えーと、捜査一課の矢口という刑事が、映画の撮影よりも殺人の捜査が優先だと考えているようで……」

山岡は顔をしかめる。

「令状がない限り、強制捜査はできないんだ。善意の協力者に迷惑をかけちゃだめだろう」

「はあ……。自分もそう言ったんですが……」

戸高が山岡に言った。

「あんた、マル暴だって?」

「ああ。組対四課だ」

「なら、令状だ善意の協力者だってのが、寝言だってことぐらいわかってるんだろう?」

「そういうことを言っちゃいけないな。違法な捜査で得られた証言や物証は、証拠能力がないんだ」

「だから、捜査はきれい事じゃ済まないんだって言ってるんだよ。あんただってそれくらいのこと、わかってるはずだ」

うわあ、一触即発ってやつだな。

山岡と戸高の会話を聞いていて、楠木は思った。

これは、おもしろいことになりそうだ。

楠木はわくわくしていた。

戸高が小さく肩をすくめて言った。

「ふん……。まあ、仕事熱心だということだな。そいつは悪いことじゃない」

「お互いにな」

なんだ、またかよ。この二人は、喧嘩になりそうでならない。またしても楠木は、肩すかしを食らったような気分だった。

つまんないな。楠木がそんなことを思っていると、山岡が戸高に尋ねた。

「それで、犯人の目星は付いたのか？」

「まだ捜査が始まったばかりだ。目星が付くわけないだろう」

「捜査の進み具合は？」

「部外者に捜査情報を洩らしたら、俺はクビだよ」

「俺は部外者じゃない。警察官だし、初動捜査にも加わった。うちの室長が捜査本部に参加しているしな……」

戸高はしばらく考えてからこたえた。

「遺体は見たか？」

「ああ。見たよ。ナイフが刺さっていたな」

「傷が心臓に達していた。それが致命傷だ。殺害現場は、遺体が発見された場所と同一と見て間違いない」

あ、捜査情報を山岡に伝えはじめた。戸高はどうしてその気になったのだろう。楠木は、そう思いながら、つい、聞き耳を立てていた。

山岡が質問する。

「第一発見者に話を聞いたんだろうな」

「当たり前だ。監督らに、遺体を発見したことを告げに来たスタッフだ」

「たしか、制作部のスタッフだったな」

山岡が楠木に尋ねた。「おまえ、名前をメモしていたよな」

「はい」

楠木はメモ帳を開いてこたえた。「村瀬孝則です。年齢は二十八歳」

戸高が言う。

「捜査員が話を聞いたが、別に怪しいところはなさそうだと言っていた」

山岡がさらに楠木に尋ねる。

楠木はメモを見て、山岡の質問にこたえる。

「えーと……、照明部の山田と、サード助監督の笹井……」

山岡が戸高に尋ねる。

「その二人から話を聞いたか？」

「だから、そういうことには抜かりはないんだよ」

「彼らはどんな話をしたんだ？」

「照明プランについて打ち合わせていたと証言しているようだ。昼間の撮影でも、照明が必要な場合があるということだな？」

「逆光になるのを防いだり、補助の明かりが必要になることはあるだろうな」

「そういうことを打ち合わせていたわけだ。緑地帯の草むらには近づかなかったので、遺体には気づかなかったと言っているそうだ」

「遺体には気づかなかった、か……」

山岡が考え込んだ。

「何だ？」

戸高が尋ねる。「何か気になることでもあるのか？」

「気になるというわけじゃないが、遺体の近くにいたことは間違いないんだ。何か知ってるんじゃないかと思ってな……」

「彼らから話を聞いた捜査員だって、当然そう思っただろう。だが、彼らは特に気づいたことはないとこたえたそうだ」

「そいつは、本当かな。けっこう怪しいと思うんだけどな……。動機を洗ってみたら？」

「あんたに言われるまでもなく、やってるよ」

なんだ。この二人、意外と話が嚙み合っちゃってるじゃないか。楠木はそんなことを思っていた。

山岡が、思案顔で言う。

「動機が見つかったら、その二人は容疑者と見ていいだろう」

戸高が苦笑した。

「殺人の捜査は、そう簡単じゃないよ」

山岡は平気な顔でさらに言う。

「第一発見者を疑えってのも鉄則だろう。制作部の村瀬ってのも、洗ったほうがいいんじゃないのか？」

「だから、そういうことはちゃんとやってると言ってるだろう」

「そうだといいがな」

「逆にこっちから訊くが、撮影現場で何か気になったことはないのか？」

山岡はさらに考え込んだが、やがて、言った。

「気になったことはないが、考えたことはある」

戸高が尋ねた。

「何を考えたんだ？」

「犯人の目的だよ」

「どんな目的だ？」

「被害者は、衣装を着て小道具に似た凶器で殺害されたんだ。犯人は、この映画についての何かをアピールしようとしているんだろう」

「何をアピールしているんだ？」

「さあな。そこまではわからない」

「それじゃ考えたことにならないじゃないか」

「つまりさ、犯人は映画関係者だということだよ」

「そんなことは、わかりきってるじゃないか」

「どうして、わかりきっていると言えるんだ？」

「ロケ現場なんだから、一般人は立ち入れないだろう」

「ところがそうじゃないんだ」

「そうじゃない？」

「ロケ現場を完全に封鎖することはできない。そんなことをすれば、道交法違反になる。彼らはあくまで、道路の使用許可を得てロケをやっているだけで、そのエリアを独占的に使用できるわけじゃない。だから、一般人の通行を妨げることはできない」

「一般の人がロケ現場に、自由に出入りできるということか？」

「まあ、原則はそうだ、という話で、実際には一般人にうろうろされたんじゃ撮影にならない。だから、現場に立ち入らないようにご協力を願うわけだ」

「ならば、封鎖しているのと同じことじゃないか」

「いや、違う。完全に封鎖するのではなく、一時的に通行させなくするだけだ。つまり、役者がいるときや、テストのとき、カメラが回っているときなど、どうしても通行人を排除したいときに足止めする」

「その役を、あんたらがやっているということか？」

「そう。スタッフがやるより、警察官がやったほうが、一般人をコントロールしやすいんだ」

そのとき、大きな声が聞こえてきた。

「柴崎さん、入られます」

13

撮影現場は一瞬にして緊張に包まれた。

監督が柴崎に段取りをつけて、それからテスト、本番と進む。

監督が「本番」と号令をかけると、それをスタッフたちが連呼していく。カメラが回りはじめると、誰も音を立てない。

柴崎が、駆けて来てたたらを踏んで、立ち止まる。そして周囲を見回す。そこで、台詞を一言。

「どこへ行きやがった……」

ただそれだけのシーンだ。それについて、監督と柴崎が話し合い、脚本家が呼ばれ、録音部が何度かテストを繰り返し、照明部がレフ板を操り、ライトで明かりを足す。

段取りが何度か繰り返され、なかなかオーケーが出ない。監督がオーケーを出す前に、柴崎が芝居を止めてしまうのだ。

「へえ……」

戸高が言った。「映画の撮影というのは、手間がかかるもんだな……」

楠木はこたえた。

「人によりますね」

「どうやら、監督たちに話を聞けるような状態じゃないね」

それを聞いた山岡が言った。

「だから、はなっからそう言ってるだろう」

「わかった。じゃあ、飯でも食いに行くか」

楠木は聞き返した。

「え、飯……？」

「一時四十五分だ。へたをすれば、昼飯を食いっぱぐれるからな」

俺としたことが、昼飯のことを忘れるなんて……。楠木は思った。寝食を忘れて仕事に没頭するなんて、考えただけでぞっとする。

食事も睡眠も、楠木にとってはとても大切なものだ。

「ケータリングがあるはずです」

楠木は言った。「行ってみましょう」

「ケータリング？」

「撮影現場で用意される食事です。場合によってはいいものにありつけます」

楠木は戸高を連れて、衣装部やメークのために部屋を借りている会社の近くまで戻った。その敷地内にテントが張られ、ケータリングの用意が整っていた。

戸高が言った。

「これがケータリングか？」

「そうです」

「さっき、ここを通りかかったときに、いい匂いがすると思っていたんだ」

「そのときに昼食にすればよかったですね」

「カレーじゃないか。ケータリングなんて言うと高級そうだが、要するに炊きだしだな」

「まあそうですね」

楠木は、発泡スチロールの容器によそわれたカレーライスを二つ受け取り、その一つを戸高に渡した。

テントがもう一つあり、そこには簡易テーブルと折りたたみ椅子が並んでいた。楠木たちはそこに陣取り、食事をはじめた。テーブルの上には水の入ったポットと紙コップがあり、楠木は二人用の水を用意した。

一口頬張り、戸高がうなった。

「なんだこれ……。うまいじゃないか」

「ケータリングはばかにできないんですよ」

「ロケの食事なんて、弁当で済ませるのかと思ってたがな……」

「長丁場になると、スタッフたちは食事だけが楽しみですからね。ケータリング担当者はいろいろと工夫を凝らしますよ」

「そんなもんかね」

楠木も昼食にありつけてほっとしていた。捜査本部に縛りつけられていたら、食事もまともに取れないかもしれない。

戸高を見ると、カレーライスをほとんど平らげていた。楠木は言った。

「もっとゆっくり食べないと、体に悪いですよ」

「刑事なんだから、しょうがねえだろう」

刑事に限らず、警察官は早飯だ。警察学校時代にそういう習慣がついてしまう。だが、楠木は幸いにしてそうはならなかった。

食べ終わると戸高は退屈そうに周囲を見ていたが、やがて言った。

「あのマル暴が言ったこと、どう思う？」

「マル暴……？　ああ、山岡さんのことですか？　彼が言ったことって……」

「犯人は、映画についての何かをアピールしようとしているんだろうと、あいつは言った」

楠木は戸惑った。

「えーと……。どうしてそんなことを、自分に訊くんですか？」

戸高はこたえた。

「別にあんたじゃなくたっていいんだ。意見を聞いてみたい」

しばらく考えてからこたえた。

「まあ、山岡さんが言うことにもうなずけますよね。映画の中で、遺体が発見される場所で、本物の遺体が発見されたんです。しかも、被害者は映画用の衣装を着ており、なおかつ、凶器は小道具に似たナイフでした」

「被害者は、遺体役の役者だったな」

「そうです。どう考えても、映画に絡んだ殺人ということになるんじゃないですか？」

戸高は考え込んだ。すると、ますます不機嫌そうな顔に見えた。

「誰が知っていたんだ？」

戸高がぽつりと言い、楠木は頬張っていたカレーライスをごくりと飲み下した。

「え？　どういうことです？」

「現場だよ。昭和島でロケをやることはみんな知っていただろうが、その中で、遺体が発見される場所ってのは、いつどうやって決まったんだ？」

「そうですね……。まず、ロケの場所を決めるには、助監督なんかがロケハンをするんじゃないでしょうか」

「助監督か……」

「あ、自分も、さすがに細かなことはよくわかりません」

「じゃあ、やっぱり話を聞く必要があるな」

「撮影の真っ最中で、今は無理ですね」

「助監督の他には？」

「え……？」

きないだろう」

「ロケハンの結果を知っている者だ」

「どうしてそんなことを気にするんですか？」

「犯人は、事前に遺体発見シーンの現場がどこか知っていなけりゃ、あんな犯行はできないだろう」

そうだろうか。

楠木は、あれこれ考えてみた。結局、何もわからなかった。訊かれたことだけにこたえることにした。

「助監督らから報告を受けて、当然監督は知っているでしょうね。そして、場所を最終的に決めるのは監督でしょう」

「監督ね……」

楠木は戸高の質問にこたえて、さらに言った。

「もしかしたら、脚本家のところにも知らせがいっていたかもしれませんね」

「助監督や監督はわかるが、どうして脚本家に……。脚本家というのは、台本を書いたら役目は終わりなんじゃないのか？」

「そう思われがちですが、実は撮影が進むにつれて、脚本の書き直しが出ることがあるんです。特に、今回みたいに役者の発言力が強い場合は、書き直しも多いんじゃないかと思います。だから、脚本家は撮影スタッフと密に連絡を取り合っているんです」

「へえ。まったく知らないことだらけだな……」

「あの、こっちから質問していいですか？」

「何だ？」

「捜査本部では、第一発見者の村瀬や、現場近くにいた照明部の山田、サード助監督の笹井に話を聞いたんでしょう」

「そうだよ」

「その人たちは怪しくないんですか？」

「どうだろうな……」

戸高は何事か考えている様子で、生返事だ。おそらく、その三人はそれほど怪しくはないということなのだろう。

楠木はさらに言った。

「山岡さんが言っていたように、第一発見者を疑えっていうのは、鉄則なんでしょう？」

戸高は面倒臭げにこたえた。

「それは、初動捜査での話だよ。話を聞いて鑑が濃くなければそれまでだ」

鑑というのは、事件における関係性のことだ。もっとわかりやすく言えば、被害者との関わりがどれだけ深いかということだ。

「調べた結果、三人はあまり鑑が濃くなかったということですか?」

戸高はさらに面倒臭そうな顔になる。

「そうなんじゃないのか。俺が話を聞いたわけじゃない。担当者の報告を聞いて管理官がそう判断したってことだ。それが捜査本部の判断ということになる」

「へえ、捜査ってそういうもんなんですね」

「捜査本部ってのは、人海戦術だ。捜査員は何も考えず、ただ命令されたことをやっていればいいんだ。つまんねえんだよ」

「つまんないんですね」

楠木はちょっと驚いた。

「そうだ」

楠木の問いに、戸高はこたえた。「所轄の捜査のほうが、ずっと血が通っている」

戸高は、いかにもやる気がなさそうに見えるが、実はそれはポーズなのではないかと、楠木は思った。

なんだよ、この人、けっこう熱血なんじゃないか。

やる気がある同僚を見ると、ごくろうなことだと楠木は思ってしまう。特に刑事には、熱血漢や正義漢が多いように思う。

もちろん悪いことではないとは思うが、楠木にとってはうっとうしい限りだ。

「何やってんの、こんなところで……」

声をかけられて楠木は振り向いた。

交機隊の制服姿の服部だった。楠木はこたえた。

「戸高さんの聞き込みに付き合ってるんです」

「そっか、おまえ、捜査本部に呼ばれたんだったよな」

「そう」

「それより、これから滝田彩香が来るそうだぞ」

「売り出し中の若手女優ですよね」

「そうだ」

「なんでそんなにうれしそうな顔をしてるんです？」

「えー、滝田彩香、かわいいじゃないか。タイプなんだよ」

「たしか、まだ十八歳ですよね」

「十八歳でもかわいいものはかわいい」

「島原君はいいんですか？」

服部は、あわてて周囲を見回してから言った。

「静香が何だって言うんだ」

「あの人、嫉妬深そうですよ。滝田彩香がかわいい、なんて言ったら、ふくれちゃうんじゃないですか」

服部はさらにうろたえた。

「いや、俺と静香は何でもないから……」

「でも、付き合いたいんでしょう」

「そんなこと、一言も言ったことないぞ」

言わなくたってばればれだ。この人は、いい人だけど女になめられるタイプだな。

楠木は密かにそんなことを思っていた。

戸高が服部に言った。

「これから来る出演者がいるということか？」

「ええ、そうです」

戸高がさらに服部に尋ねる。

「事件のことは知ってるのか？」

「さあ、それはどうだか……」

「その出演者にも話を聞く必要があるな」

「え、話をするんですか」

服部がそわそわしはじめた。

わかりやすい人だな。楠木は思った。

「何だ？」

戸高が言う。「何か問題があるのか？」

服部がこたえた。

「あ、いえ、問題があるとか、そういうことじゃないんですが……」

楠木は言った。

「そのとき、服部さんが立ち会ったらどうですか」

服部の表情がぱっと明るくなる。

「え、いいのかな……」

「いいんじゃないですか。ＦＣ室の仕事でしょう」

「じゃあ、そうしようかな……」

これじゃ静香をモノにできそうにないよなあ……。一瞬付き合いはじめたかのように見えたが、あれもたまたまいっしょにいただけのことのようだ。

やっぱり、どうでもいいけど……。

「それで……」

楠木は服部に尋ねた。「滝田彩香は、いつ入るんですか？」

「サードが知らせてくれることになってるんだ」

「サードって笹井って人？　遺体が発見されたとき、近くにいた人だよね」

「ああ、そうだけど、たぶん事件とは関係ないよ」

「なんで？」

「いいやつだし……」

「警察官が、そう簡単に人を信じちゃだめじゃないですか」

「別に警察官とか、関係ないだろう。いいやつはいいやつだよ」

この人、簡単に人を信用するくせに、虫の居所が悪いと、腹いせに違反切符切ったりするんだよな……。

戸高が言った。

「その出演者が到着したら、知らせてくれ」

服部はうれしそうな顔でこたえた。

「了解しました」

「ところで、その笹井はどこにいる？」

「え……？」

戸高に尋ねられて、服部はきょとんとした顔になった。「サードの笹井ですか？　今カメラが回ってますから、現場に張り付いていると思いますよ」

「手が空いたら、話を聞きたい」

「いやあ、撮影現場では助監督が一番忙しいですからね。捕まえるのは難しいと思いますよ」

「なんとかしてくれ。ＦＣ室だろう」

「そんなこと、言われてもなあ……」

「サードの笹井を連れてきてくれたら、滝田彩香とかいう出演者に会わせてやってもいい」

「マジすか」

服部の表情が変わる。にわかにやる気を出した。

「ああ、マジだよ」

「わかりました。任せてください」

服部が撮影現場のほうに歩き去った。楠木が交機隊の制服の後ろ姿を眺めていると、携帯電話が振動する音が聞こえた。

「はい、戸高」

戸高は電話の相手をしながら、ますます不機嫌そうな顔になった。一言「わかった」と言って切る。

戸高が渋い顔のまま楠木に言った。

「矢口が戻ってくると言っている」

「ははあ。たぶん、管理官か誰かに何か言われましたね」

「係長に、どやされたらしい」

「きっとむくれているでしょうね」

「知ったことか」

戸高は、また周囲を見回した。柴崎の撮影はまだ続いている。

「映画のロケには、誰でも出入りできるってのは本当なのか？」

「基本的にはそうです。映画の撮影隊に、どこかを立ち入り禁止にする権限などありません。だから、自分らＦＣ室がその肩代わりをやるわけで……」

「ＦＣ室がここに来たのはいつのことだ？」

「そうですね……。九時四十五分くらいでしょうか……」

「つまり、それまでは、ロケ場所に誰でも立ち入れたと考えていいんだな？」

「でも、普通は立ち入ろうとはしないんです。叱られるのが怖いんですね」

「だが、犯人なら別だろう」

「犯人なら……？」

楠木は思わず戸高に聞き返していた。

「そうだ」

戸高が言った。「あのマル暴刑事やあんたが今言ったように、一般の民間人はロケ現場には足を踏み入れようとしないだろう。たいていは、遠巻きに撮影の様子を眺めているだけだ。だが、犯人は現場に足を踏み入れた」

「まあ、そうじゃなきゃ殺人は起きませんよね」

「しかも、午前九時四十五分まで、あんたらはここにいなかった。一般人の侵入を妨げる者はいなかったのかもしれない」

「死亡推定時刻は午前六時から八時の間ということですから、自分らがここに来たときにはすでに死んでいた、ということですね」

「午前六時から八時の間、ここにいたのは誰だ？」

「助監督たちはもうやってきて、ロケの段取りをはじめていたと思いますよ。それと、制作部の連中ですかね……」

「監督は来ていないんだな？」

「まだでしょう。監督は自分らといっしょに、午前九時に、大森署の署長室を訪ねて挨拶をしました」

「九時からはアリバイがあるということだな。逆に言うと、九時前のアリバイがないということになる」

「まさか、監督を疑っているんじゃないでしょうね」

「疑っていけないという法はないよ」

それから約二十分後の午後二時三十分ごろ、柴崎の出演シーンの撮影が終了した。すぐに次の撮影の準備が始まる。

その隙を縫って、服部がサードの笹井を連れて楠木たちのもとにやってきた。

笹井は、三十代半ばだろう。髪がぼさぼさで、衣類は薄汚れている。寝不足のせいか、とろんとした目つきをしていて、眼が赤い。

「何か、話が聞きたいんだそうですね」

笹井が挑むような表情で戸高を見ている。戸高は小さく肩をすくめてから質問した。

「制作部の村瀬孝則さんが、遺体を発見したとき、あなたは近くにいらっしゃったそうですね」

笹井は溜め息をついてからこたえた。

「なんか、そうらしいですね」

14

ああ、これはシロだと、楠木は直感した。

楠木は、自分のことをのろまで怠惰な人間だと思っている。だが、勘が鋭いという自信があった。

笹井のうけこたえを見聞きして、そういうふうに感じたのだ。戸高が尋ねる。

「何か気がついたことはありませんか？」

「それ、何回訊かれたかなあ……」

笹井は別に不愉快そうな様子もなく、言う。「でもね、別に何にも気づかなかったんですよ。僕ら、仕事のことで頭がいっぱいでしたし……」

戸高はうなずいてから、まったく別のことを尋ねた。

「亡くなった高平さんは、どういう方でしたか？」

「どういうって……」

笹井は、言いづらそうに楠木と服部の顔を見てから、戸高に視線を戻した。

戸高がさらに言う。

「メークの人や、柴崎さんにうかがったんですけど、あまり評判がよくなかったようですね」

これははったりだ、と楠木は思った。

メーク係も柴崎も、高平のことを悪く言ったわけではない。だが、このはったりは功を奏した。

笹井は声を落として言った。

「ご存じでしたか……」

戸高はポーカーフェイスで言う。

「警察ですからね。たいていのことは知っています」

笹井は声を落としたままこたえた。

「高平さんは、特に女性の評判が芳しくなかったですね」

「女性の評判……？」

「ぶっちゃけ、女癖があまりよくなくて……。あちらこちらで女と揉めたり、怨まれたりしているようでしたね」

「怨まれている……？」

戸高はその言葉に反応した。刑事として当然の反応だ。怨みは犯罪の動機になり得るのだ。

「そういう話を聞きました」

「いったい、誰に怨まれていたんですか？」

「そりゃあ、弄んだ相手でしょう」

「具体的な名前は？」

「そんなこと、俺は知りませんよ」

戸高の笹井に対する質問が続く。

「噂を聞いたことは？」

「噂？　何の噂ですか？」

「高平さんの男女間のトラブルについて、です」

「噂はいろいろありましたよ。共演した女優とか、スタッフとか……」

「女優と男優なら、スキャンダルになりますよね」

笹井は苦笑した。

「週刊誌に載ったりするのは、主役級の連中だけですよ。脇役専門の男優と女優がよろしくやったくらいじゃ、マスコミは相手にしません」

「まあ、そんなもんかもしれませんね」

「昔は、監督が女優をみんな食っちゃった、なんて話がありましたけどね……」

おいおい、そんなこと言っていいのか。

楠木が心の中でつぶやくと、それに気づいたかのように、笹井が言った。

「あ、あくまでも昔の話ですよ。少なくとも、辻友監督は、そんなことないですから……」

本当だろうかと、楠木は思った。慌てて付け加えたところが怪しい。

戸高は関心なさそうな態度で、質問を続けた。

「スタッフというのは……？」

「あくまでも噂ですけど、メークとかの人とできちゃったりとか……」

「この撮影隊のスタッフとも噂があったのですか？」

笹井はさらに慌てた様子になって言った。

「いや、それは知らないです。あくまでも噂は過去のものですから……」

「そこ、重要なんですけどね」

「は……？」

「この撮影隊に、被害者と噂になった人がいたかどうか……」

笹井はぶるぶるとかぶりを振った。

「いや、そんなこと、聞いたことないです」

「今回のメークの人は、高平さんと噂になった人とは別人だということですね」

うわあ、すかさずツッコんでくるなあ。刑事とは友達になりたくない。

「別人ですよ。辻友監督は、同じスタッフをよく使います。辻友組とか言いますが、監督が高平さんと仕事をするのは、おそらく初めてですから……」

戸高は、しばらく無言で考えていた。笹井が言った。

「あの……。そろそろいいですか？　女優が着く時間なんで、出迎えなきゃならないんですが……」

戸高が尋ねる。

「滝田彩香ですか？」

「そうです」

「彼女にも話を聞きたいんですけどね」

笹井がこたえる。

「訊いてみます」

「都合がつくようなら、ここに連れてきてください」

楠木は、服部の顔を見た。彼は、期待に満ちた表情をしている。本当にわかりやすい。

笹井が去ると、戸高が楠木に尋ねた。

「今の笹井の話、どう思う？」

「え、なんでそんなこと、自分に訊くんですか」

「訊いたっていいだろう」

「自分は戸高さんの相棒でも何でもないし……」

「現場で俺といっしょに話を聞いて回っている。俺は他人の意見も聞いてみたいんだ」

「自分の発言は、無責任ですよ」

「参考意見だからかまわない」

「笹井はシロですね」

戸高が顔をしかめる。

「笹井を疑ってなんかいない。あいつが言ったことをどう思うかと訊いてるんだ」

「高平が、共演した女優や女性スタッフと噂になっていたという話ですか？」

「そうだ」

「こういう業界では、別に珍しくないと思いますよ」

「だが、それがトラブルを生むこともある」

「そうですね……。でも……」

「でも、何だ？」

「笹井は、この撮影隊には高平と噂になったスタッフはいないと言っていましたよね」

「この映画の撮影隊の中に犯人がいるとは、ちょっと考えにくいが……」

「じゃあ、なんで、わざわざ衣装を着た高平さんが小道具に似たナイフで、しかも映画の中で遺体が発見される予定の場所で、殺害されていたんですか？」

「そこが問題なんだよ」

戸高がそう言って考え込んだ。

「あ、こんなところにいたんですか……」

矢口がやってきた。

服部が楠木にそっと尋ねた。

「誰、これ？」

「捜査一課の矢口」

「ほう……。いじめたくなるタイプだな」

「話をすると、もっとそう思うよ」

戸高は声もかけない。

矢口がさらに近づいてきて言った。

「何してるんですか。聞き込みしてるんじゃないんですか？」

戸高が不機嫌そうにこたえる。

「今しがた、サード助監督から話を聞いていたところだ」

「何かわかりましたか？」

「特にないな」

高平が女癖が悪かったという話を伝えなくていいのだろうか。楠木は思った。相棒なのだから、情報は共有しておくべきだろう。

戸高に何か考えがあるのかもしれないと思い、楠木は黙っていた。

「おはようございます」

遠くから、元気のいい声が聞こえてきた。若い女性の声だ。

「わあ……」

服部が言った。「滝田彩香だ……」

「えっ……」

矢口が周囲をきょろきょろと見回した。

あ、何だこいつ。素じゃないか。

楠木は思った。どうやら、矢口も滝田彩香のことが気になるようだ。

笹井が滝田彩香を連れて近づいてくる。

服部と矢口は、舞い上がっている様子だ。やがて、彼女がすぐ近くまで来ると、二人はぼうっとした表情になった。見とれているらしい。

なんだ、矢口もかわいいところがあるんだな。その様子を見て、楠木は思っていた。

たしかに滝田彩香はかわいい。人気があるのはわかる。だが、所詮自分とは関係ない人だと、楠木は思っている。

もともと、芸能人にはあまり興味がないほうだが、ＦＣ室の仕事をするようになって、よけいにそう思う傾向が強くなった。

放心状態の二人にはかまわず、戸高が言った。

「撮影の準備に入る前に、ちょっとお話をうかがっていいですか？」

戸高の問いかけに、滝田彩香はうなずいた。

「はい」

まっすぐに戸高を見つめる。

「殺人事件のことは、ご存じですか？」

「今、助監督の方からうかがって、びっくりしていたところです」

遺体発見が、今日の午前十時のことだ。今午後三時になるところだから、テレビやラジオで第一報が流れたかどうかだろう。

警察発表はしていないから、新聞等での詳報はまだだ。滝田彩香が殺人事件のことを、ここに来るまで知らなかったのも無理はない。

「高平さんはご存じでしたか？」

「ええと……。お名前はもちろん存じていました」

ずいぶんしっかりした受けこたえだなと、楠木は感心していた。今どきの十八歳とは思えない。

もっとも、十八歳とはいえ彼女はプロの女優なのだ。これくらい当然なのかもしれなかった。

「過去に会ったことは？」

「いいえ、お目にかかったことはありませんでした」

「彼について、何か聞いたことは？」

「名脇役だということは、ずっと前から知っていました。これまで、数え切れないほどの有名な作品に出演されていましたから……」

「私生活については？」

滝田彩香は、きょとんとした顔になった。

「私生活ですか……？」

「何か噂をお聞きになったことは？」

「いいえ、ありません」

戸高は、服部を見た。

「え……？」

服部はその視線に気づき、戸惑ったようにつぶやいた。戸高が言った。

「何か訊きたいことがあるんじゃないのか？」

「あ……」

服部は慌てふためいた。「いや、あの……。そうですね……。この映画では、どんな役をやられるのですか？」

「高平さん扮する潜入捜査官の娘役です。最初は、父親のことを暴力団員だと思い込んでいて、亡くなった後も反感を持っているんですが、やがて、警察官で危険な任務に就いていたことを知り、号泣する、といった役柄です」

「はあ、たいへんな役ですね」

服部は滝田彩香に言った。「がんばってください」

「ありがとうございます」

後ろにひかえていたサード助監督の笹井が言う。

「そろそろ、いいですか？」

戸高がうなずき、滝田彩香に言った。

「ご協力、感謝します」

笹井が滝田彩香とともにその場を去ろうとした。戸高が言った。

「あ、もし、照明の山田さんの手が空いているようなら、ここに来るように言ってもらえませんか」

笹井がこたえる。

「手が空いているとは思えませんが、いちおう伝えてみます」

服部と矢口は、笹井とともに歩き去る滝田彩香の後ろ姿を見送っていた。はっと我に返った様子の矢口が言った。

「あ、どうして僕に質問させてくれなかったんですか」

自称が「自分」とかではなく「僕」になっている。恰好をつけていられなくなっているらしい。

戸高が言った。

「あれ、何か訊きたいことがあったのか？」

矢口は、ちょっとむっとした顔になり、いつもの厭味な態度になった。

「所轄の捜査員や部外者が質問をしたのに、捜査一課の自分が質問しないのはおかしいでしょう」

「別におかしかないと思うけど」

服部が言った。

「部外者って、俺のことか？」

矢口が言った。

「そうでしょう。あんた、交機隊でしょう？」

「FC室なんだよ。文句あるか」

「これは殺人の捜査です」

「わかってるよ。でもな、殺人の現場が映画の撮影現場だったんだ。だから、こうしてFC室が協力してやってるんだ」

「協力はありがたいですがね。邪魔はしないでくださいね」

お、喧嘩になるかな。

楠木は、内心ほくそえみながら、二人の様子を眺めていた。

「おい、俺を呼んでるってのは、あんたらかい」

だみ声がして、その場にいた四人はその声のほうを見た。

黒いTシャツにジーパンという恰好の中年男が立っていた。Tシャツは色あせて、ほとんど灰色になっている。

首に手ぬぐいをかけている。いかにも職人といった風貌だ。顎鬚（あごひげ）が特徴だ。

戸高が言った。

「照明の山田さんですか？」

「ああ、そうだ。話って何だ？」

「制作部の村瀬さんが高平さんの遺体を発見したとき、サードの笹井さんといっしょに現場付近にいらしたそうですね」

「なんだと。俺を疑ってんのか」

山田は目をむいた。「眠てえこと言ってんじゃねえぞ。何で俺が高平さんを殺さなけりゃならねえんだ」

服部が楠木にそっと言った。

「じゃあ、俺、行くわ」

山田の出現で、服部と矢口のバトルがお預けになった。楠木も小声で言った。

「な、矢口、嫌なやつだろう」

「交通違反見つけたら、絶対に許さない。覆面車でも切符切ってやる」

そう言い残して、服部は去っていった。

彼なら本当に、覆面車に切符を切るだろうなと、楠木は思った。

「いや、疑っているというわけではありません」

戸高が言った。「そのときの様子を詳しくうかがいたいと思いまして……」

「様子をうかがいたいも何も、俺はただ笹井と打ち合わせをしていただけだ」

「現場には何時頃いらっしゃいましたか？」

「そうさな。九時頃だったかな……」

死亡推定時刻からすると、その頃にはすでに高平は死亡しており、例の場所に横たわっていたはずだ。

「それからすぐに、笹井さんと打ち合わせを始めたのですか？」

「すぐってわけじゃねえよ。いろいろ段取りがあるからよ。笹井とあっこで打ち合わせを始めたのは、九時四十五分頃だな」

「そのとき、何か気づいたことはありませんか？」

「気づいたことなんてねえよ」

戸高の山田に対する質問が続く。

「この業界が長そうですね」

「ああ。ざっと三十年になるかな」

「だったら、高平さんの評判とかもご存じですね」

「何が訊きてえんだ？」

「高平さんは、トラブルなどを抱えていませんでしたか？」

「抱えてただろうな」

「ほう。どんなトラブルです？」

「金と女だね」

「金のトラブルですか。誰と揉めていたんですか？」

「誰とというか……。あちらこちらから、少しずつ借りてそれっきりだ。ありゃあ、寸借詐欺ってやつだね」

「女のほうは？」

「それも、いろいろだね。あの人、手が早かったからね」

「高平さんを怨んでいる人に心当たりはありませんか？」

「さあね……」

「メークとかの撮影スタッフにも手を出すという話を聞きましたが……」

山田は、にやりと笑った。

「そういう話をするのは、この業界では御法度だよ」

それを聞いた矢口が言った。

「これは、殺人の捜査なんです。質問にこたえていただきます」

まったく偉そうだな。楠木は思った。

山田が矢口を睨んで言う。

「ふん。あんたらは、この事件が解決したらそれで終わりだろうが、こちとら、映画人としての人生がずっと続くんでね」

矢口が何か言おうとしたが、それを制して戸高が言った。

「一つだけこたえてください。今回の撮影隊の中で、高平さんと噂になっていた女性はいますか？」

「噂はねえな」

このこたえは、笹井の証言と一致しているように思える。だが、戸高はそうは思わなかったようだ。

「意味ありげな発言に聞こえますね。実際、どうなんです？」

「噂になってはいないが、高平と関係を持ったやつはいたかもしれない」

15

戸高がさらに追及しようという姿勢を見せた。そこに照明部のスタッフがやってきて言った。

「山田さん。次は伊達さんのシーンですよ。自然光じゃだめです。お願いしますよ」

山田は溜め息をついてこたえた。

「今行く」

照明部のスタッフは駆けて行った。山田が戸高に言った。

「じゃあ、そういうわけだから……」

戸高が尋ねる。

「高平さんと関係を持った方というのは、どなたなんですか？」

「知らない」

戸高も引かない。

「映画界の仁義も大切でしょうが、こっちも犯人を挙げなきゃならないんです。協力してもらえませんか」

「誰かは知らないんだ」

「じゃあ、どうして高平さんと関係を持った人がいたかもしれないと言ったんです？」

「高平さんが自分で言ってたからね。この組でも一人いただいちゃったって……」

「相手が誰かは言わなかったのですか？」

「言わなかった。だから、俺は知らない」

「心当たりは？」

「ねえな」

戸高がうなずくと、山田は言った。

「じゃあね。俺は仕事があるから、行くよ」

そして、彼は駆けて行った。

戸高は、楠木に言った。

「高平が関係を持った女性が、この撮影隊の中にいるってことか……」

「だから、そういうことは、相棒の矢口さんに言ってください。自分は刑事じゃないんで、そういうこと、わかりませんから……」

「刑事かどうか、なんて関係ないだろう」

「サードの笹井と、山田の証言が食い違うってことですかね……」

戸高はかぶりを振った。

「食い違ってはいない。笹井はあくまで、噂はないと言ったんだ。山田も同じことを言っていた。噂になってはいないが、関係を持ったという事実があり、高平本人がそれをほのめかしていたということだ」

矢口が不満げに言った。

「自分にもわかるように説明してくれませんか」

戸高は顔をしかめて、矢口に言った。

「簡単なことだろう」

「何が、どう簡単なんですか?」

「高平は、映画の中で殺されることになっていたわけだが、その死体が発見される予定の場所で殺害され、しかも衣装を着ており、小道具に似たナイフが凶器だった。犯人は映画の内容を知っていたというわけだ。つまり、出演者やスタッフの中に犯人がいるということだ」

「それはわかっていますよ」

「照明の山田は、高平が金銭や女とのトラブルがあったと言っていた。金銭トラブルは、寸借詐欺だ。それが殺人の動機になるとは考えにくい」

「どうしてです?」

「どうしてって……。おまえ、はした金のために人を殺す気になるか?　そいつはどう考えても割が合わない」

「それでも殺すやつはいるかもしれませんよ」

「可能性の問題だ。女のトラブルのほうが、殺人の動機としては説得力がある。つまり、犯人は、映画に関係した女性であるという可能性があるということだ」

「映画に関係した女性……」

矢口は考え込んだ。「出演者も容疑者ということになりますかね……」

「もし、今回の出演者が、高平とのトラブルを抱えていたらな」

楠木は、矢口の顔を見て言ってやった。

「もしかしたら、滝田彩香が犯人だったりしてな」

矢口は、きっと楠木を睨んだ。

「なんで彼女が……」

「あり得るだろう。高平と何か問題を抱えていたかもしれない」

「彼女はまだ十八歳だ」

「もう十八歳だよ。芸能界の十八歳といえば、すでに立派な大人だ。何があってもおかしくない」

矢口はきっぱりと言った。

「いや、滝田彩香に限って、そんなことはあり得ない」

「それ、単なる思い込みじゃないのかなあ」

矢口はふくれっ面になった。

「おい」

戸高が楠木を引っぱって、矢口から離れる。「あいつをからかって面白いか」

戸高の問いに、楠木はこたえた。

「面白いじゃないですか」

戸高はまた、しかめ面になった。

「本当に、滝田彩香が犯人だと思っているわけじゃないんだろう」

「当たり前ですよ。彼女は、午後になってようやく現場に現れたんですよ」

「それまでどこにいたかを確認しないと、アリバイにはならないぞ」

「まあ、そうですが、彼女が高平とトラブルを抱えているとは思えませんからね」

「初めての共演だと言っていたからな。鑑は薄いな」

矢口が言った。

「二人で、なにごちゃごちゃ言ってるんですか。聞き込みを続けるんですか？」

そのとき、遠くから声が聞こえてきた。

「監督、移動します」

いよいよ伊達弘樹の撮影だ。戸高が言った。

「行ってみようか」

「待ってください」

矢口が言う。「自分らは、ここに聞き込みに来ているのでしょう？　映画の撮影を見学に来ているわけじゃありません」

「せっかくのチャンスだ。俺は撮影を見て行く。おまえは、不満だったら、帰っていいぞ」

矢口がこたえる。

「帰りませんよ。あの……」

彼は、一度そっぽを向いたが、すぐに何かを思い出したように言った。「もしかして、滝田彩香は、次のシーンに出ますかね」

彼女は到着したばかりで、今メークの最中だ。売れっ子が駆けつけたのだから、すぐに撮影に入る可能性もある。

「そうだね。出るかもしれないね」

矢口はそわそわしてきた。

「撮影スタッフの様子を観察するのも、捜査のうちかもしれませんね」

戸高が言った。

「俺は別に、映画の撮影を見学することが捜査だとは思わないよ。ただ見たいだけだ。伊達弘樹のシーンだぞ。見逃す手はない」

ははあ……。戸高も『危険なバディー』のファンだったのかもしれない。楠木はそう思った。

先ほどの柴崎のシーンとは別の場所だった。海の見える場所に移動するということだ。

埋め立て地の島なのだから、周囲は海だらけだが、なかなか絵になる場所は少ない。海というより、運河に囲まれているのだ。

それでも、ロケハンをしてそれなりに美しく水面が見渡せる場所を見つけてくるのだから、撮影隊というのはたいしたものだ。

離れた場所から、スタッフたちの話し声が聞こえてくる。

「じゃあ、滝田さんの立ち位置はここで……。伊達さんはこっちです。この時間、逆光になりますから、アカリお願いします」

照明の山田がこたえる。

「あいよ。でっかいほうのレフ板持ってこい。足りなきゃ、ライトで照らすぞ」

その会話を聞いて、楠木は矢口に言った。

「どうやらこのシーン、滝田彩香も出るらしいぞ」

「そうかあ。やっぱりな」

カメラ位置や、照明の段取りが付くと、スタッフが役者を呼びに行く。

しばらくすると、メークを終え、衣装に着替えた滝田彩香がやってくる。それを見て、矢口が言った。

「わあ、かわいいなあ」

あ、こいつ、また素になってる。

それを聞いて、戸高が言った。

「そりゃあ、女優なんだから、そのへんにいるのとはわけが違うだろう」

楠木は言った。

「伊達さん待ちのようですね」

矢口が楠木を見て、むっとした様子で言った。

「伊達弘樹のほうが、ずっと早くここに来ていたんだろう。どうして、滝田彩香が待たされなきゃならないんだ」

「自分に文句言われても困るんだけどね、そういうもんなんだよ」

「そういうもん？」

「格上の者が待たされることはあり得ないんだ。スタッフはそういうところ、気を使うんだ」

「ふうん……。映画の世界って、面倒臭いんだな」

「警察だって面倒じゃない」

そのとき、スタッフの声が響いた。

「伊達さん、入ります」

伊達は衣装のスーツ姿でやってきた。サングラスをかけている。このシリーズは、サングラス率が高い。主役の二人がサングラスをかけていることが多いのだ。

やはり、主役はオーラが違うと、楠木は思った。柴崎もスターの風格があったが、伊達は撮影現場で見ると、一段と印象が強い。

彼は、監督のほうに向かって歩いていたが、ふと立ち止まり、方向を変えた。楠木たちのほうへやってくる。

楠木と矢口は、思わず顔を見合わせた。戸高は、無言で伊達を見ている。

伊達は、警察官たちの前で立ち止まると言った。

「おたくら、刑事さん？」

楠木はこたえた。

「ええと……。自分は違いますけど」

「見りゃわかるよ。この二人に訊いたんだよ」

サングラスをしているので、どこを見ているのかわからない。

戸高がこたえた。

「俺は、大森署の強行犯係。こっちは警視庁本部の捜査一課だ」

「俺の現場をうろちょろされたくないって言っただろう」

相変わらず機嫌はあまりよくないようだ。

もっとも楠木は、伊達のことなど何も知らないので、機嫌のいいときと悪いときの違いもわからない。

戸高が平然と言う。

「あんたの現場であると同時に、俺の現場でもある」

おお、天下の大スターに喧嘩を売っている。これは面白いことになってきた。楠木はわくわくしていた。

伊達が言う。

「あんたの現場ってのは、どういうことだ。あんたが映画の主役を張るとでも言うのか？」

「死体が出た。殺人事件だ。そいつは俺の仕事なんだ。だから、ここは俺の現場でもあるということだ」

伊達が半歩近づいた。

お、殴るかな……。そうしたら、戸高は傷害か公務執行妨害で逮捕することになる。殺人事件に続いて伊達の逮捕ということになれば、この撮影はめちゃくちゃになる。続行不能かもしれない。

伊達がサングラスを外した。

「命懸けてるだろうな」

伊達が戸高に言った。戸高が聞き返す。

「命……？」

「そうだよ。俺たちはな、カメラが回ってりゃ何でもやるんだ。いい絵を撮るためには、死んだっていいと思っている。それが、映画の現場だ。自分の現場だというからには、それくらいの覚悟があるんだろうなと、訊いてるんだ」

うわあ、思いっきり大上段だよ。

サングラスを外した伊達の眼には迫力があった。役者はやっぱり眼力だよなあと、楠木は思った。

戸高は適当に受け流すだろうと思った。あるいは、茶化すかもしれない。喧嘩を買うには、そっちのほうが効果的か……。

まともに返すタイプじゃないだろうと思った。

警察官が現場でいちいち命を懸けてはいられない。上の連中だって殉職者なんて出したくはないのだ。

戸高がこたえた。

「もちろん、命を懸けています」

楠木はこのこたえに驚いてしまった。

伊達が挑発するように笑みを浮かべる。

「口だけだろう」

そうだよ。せっかく公務員になれたんだから、命なんて懸けることはないんだ。定年まで適当にやって、あとは退職金と恩給で悠々自適に暮らせばいいんだ。

戸高が言う。

「俺たちの現場ってのはね、もともと人の生き死にに関わっているんですよ。警察は、毎日、人の死を扱っています。俺たち刑事には、そういう自覚があります。だから、命を削って捜査をするんです」

伊達は、じっと戸高を見つめた。

さて、どうやって斬り返す……。楠木は興味津々で伊達を眺めていた。

伊達が言葉を押し出すように言う。

「俺たちが命を懸けているという意味が、わかってねえようだな」

戸高が平然と言い返す。

「そちらも、俺たちが命懸けだってことを、わかってないようですね」

伊達が戸高を睨みつける。戸高も伊達を睨み返していた。一触即発の雰囲気だ。楠木はぞくぞくした。

いつしか、スタッフたちが遠巻きに輪を作って、事の成り行きを見守っている。

さて、これからどうなるのかな……。

楠木も二人を見つめていた。

伊達と戸高は、どれだけ睨み合っていただろう。伊達の顔がみるみる赤くなっていく。

あ、怒っているのかな。楠木がそう思ったとき、彼は突然笑い出した。

「え……」

楠木は唖然として伊達を見つめた。

ひとしきり笑った伊達が、戸高に言った。

「刑事は命懸けだって？」

戸高がうなずく。

「そうです」

「だから、俺の現場が、自分の現場でもあると言い張るんだな」

「そうです」

「気に入ったぞ。最近は、映画の世界にもなかなか骨のあるやつがいない」

「警察にはまだ、いくらでもいますよ」

「わかった。好きにやってくれ。この現場では、あんたは何をやってもいい。俺が保証する」

楠木はまたしてもがっかりしていた。

なんだよ。なかなか喧嘩になりそうでならないな。たまには、派手な喧嘩を見てみたいものだ。

伊達が戸高に名前を尋ねる。戸高がこたえると、伊達は周囲のスタッフに言った。

「いいか。この戸高は、好きなときに、好きなところで、好きなことができる。わかったな」

制作部の連中が「わかりました」と声を上げる。映画の現場は、体育会系というか、徒弟制というか、上下関係がはっきりした世界だ。

伊達は満足げにうなずくと、監督のもとへ向かおうとした。戸高が言った。

「じゃあ、さっそく、ちょっとお話を聞かせていただけませんか？」

「今か？」

「好きなときに、好きなところで、好きなことができるんでしたよね」

「女優を待たせているんだ。手短に頼む」

「わかりました。殺害された高平さんとは面識はおありでしたね？」

「ああ。何度か同じ作品に出たことがある。いい役者だったよ」

戸高の伊達への質問が続く。

「役者さんとしては立派でも、そうでない一面もあったようですね」

「女性関係のことを言ってるんだろう」

「はい」

「この業界は、女にもててナンボだよ。もてない男が役者をやったって、誰もそんな映画は見に来ない。そうだろう？」

「もてるのはいいですが、人から怨みを買っちゃまずいですよね」

「男と女がいればトラブルも起きる。世の中そんなもんだ」

「高平さんが、この撮影隊の中の誰かと関係を持ったという話、お聞きになったことはありませんか？」

伊達は、苦笑を浮かべた。

「おい、撮影ははじまったばかりだぜ。俺だってまだ手を出しちゃいないのに……」

お、手を出す気まんまんなんだ。楠木がそう思ったとき、伊達が付け加えた。

「あ、言葉のアヤだよ。俺は手を出す気はないからな」

「噂はお聞きになったことはないということですね？」

「ない」

「では、誰が高平さんを殺害したか、心当たりはありませんか？」

「あったら、警察に言ってるよ」

「仲間はかばいたくなるんじゃないですか」

伊達は、にっと笑った。

「かばいたくなる相手ならかばうよ。そんときは、何があっても口は割らない。だがな、今回は違う。心当たりはないし、誰もかばっていない」

戸高はうなずいた。

「何かわかったら、知らせてくれませんか」

「おう。必ずあんたに知らせるよ。じゃあ、いいかい？」

「ご協力、感謝します」

伊達は監督に近づいていく。滝田彩香がそこで待っている。

監督との打ち合わせの後、撮影の段取りがはじまった。

16

「お、やってるね……」

そんな声がして、楠木は振り向いた。いつの間にか服部がやってきて撮影を眺めている。滝田彩香を見に来たのだろう。通行人の整理は山岡と静香に任せたらしい。

「本番」

監督の声が響くと、撮影現場に緊張感がみなぎる。

暴力団員だと思われていた父親が実は、潜入捜査官だったと、娘役の滝田彩香に、伊達弘樹が告げる、重要なシーンだ。

矢口と服部が、夢中で滝田彩香を見つめている。たしかになかなかの熱演だ。台詞を言っているうちに、涙があふれてきて、頬にこぼれた。

おお、目薬とかじゃなくて、本当に涙を流してるじゃないか。彼女はただのアイドルじゃなくて、ちゃんと演技ができるようだ。

「カット」

監督の声で、一気に緊張が解ける。モニターの確認が済み、オーケーが出た。

伊達と滝田彩香の撮影は、まだ続くようだ。

戸高が楠木に言った。

「いったん、捜査本部に戻ろう」

「え……？」

「カメラが回っている間は、聞き込みもできないだろう」

「そうですね……。つーか、どうして自分に言うんですか。何度も言いますが、相棒は矢口でしょう」

「あいつは、撮影を見ていたいんじゃないのか」

「まあ、そうみたいですね」

「引きあげるぞ」

「置いてっていいんですか？」

「別に構わないだろう」

「大森署まで、どうやって行きます？」

戸高は携帯電話を取り出して誰かにかけた。どうやら相手は地域係のようだ。彼は電話を切ると、楠木に言った。

「パトカーが迎えに来てくれる」

「いいんですか。パトカーをタクシー代わりに使って……」

「文句あるなら、乗らなくてもいいよ」

「あ、乗ります、乗ります」

やがて、パトカーが近づいてくるのが見えた。戸高は無言でそちらに向かう。楠木は、それについて行きながら、ちらりと矢口を振り返った。

矢口はやはり、服部と二人で滝田彩香を見つめている。楠木は肩をすくめて、戸高とともにパトカーに乗り込んだ。

助手席の年かさの地域係員が戸高に言った。

「撮影はどうなんだ？」

「進んでるみたいだよ」

「その人、ＦＣ室だっけ？」

そう言われて名乗ることにした。

「あ、楠木と言います」

「地域課の制服着てるよね」

「ＦＣ室は専任じゃなくて、自分は普段は地域総務課ですから……」

「なんだ、俺たちの元締じゃないか」

「はあ……」

「俺さあ、桐原美里のファンなんだよね」

「そうですか」

「そうですか、じゃなくてさ……。サインとかもらえないかな」

「どうでしょう。向こうも仕事、こっちも仕事ですから……。これまで出演者からサインをもらったことはないですね」

「そうかあ……」

戸高が助手席の地域係員に言う。

「サインなんてもらわないほうがいい」

「どうしてだ？」

「桐原美里も、容疑者かもしれないんだ」

「何だって……？」

地域係員は驚いた様子だったが、楠木も驚いていた。楠木は尋ねた。

「桐原美里が容疑者って、どこから湧いて出た話なんです？」

戸高がこたえる。

「この映画の出演者だ。鑑はある」

「でも、桐原美里は、自分らといっしょに今朝、藍本署長に挨拶に行ったんですよ。アリバイがあるじゃないですか」

「監督や出演者たちが署長に挨拶に行ったのは、午前九時から九時半までのことだな」

「ええ、だいたいそうですね」

「被害者の死亡推定時刻は、午前六時から八時の間だ。アリバイとは言えない」

「えっ。……ということは、伊達弘樹や柴崎省一のアリバイもないってことになりますよ」

「厳密に言うとそうだな」

「なんだか、面倒なことになってきましたね」

楠木は、戸高に言った。「監督にもアリバイはないということですね」

「そうだな。少なくともアリバイで容疑者から排除することはできない」

パトカーが大森署に到着した。降りようとすると、助手席の地域係員が言った。

「桐原美里のサイン、だめかなあ……。別に容疑者でも、俺、かまわないんだけど……」

サインをもらうつもりなど、さらさらないが、面倒なので楠木はこたえた。

「考えておきます」

捜査本部に戻ると、戸高は真っ直ぐに池谷管理官のもとに向かった。長門室長が管理官席にいたので、楠木もそちらへ行った。

池谷管理官が戸高に言う。

「あれえ、今まで何してたの？」

「撮影現場で聞き込みをしていました」

「そっちのクスノキとかいうのといっしょに？」

「あ、クスキです」

訂正したが無視された。

戸高がこたえた。

「撮影現場は、慣れていない者にはわからないことがいろいろとあるので、案内してもらっていました」

「それで、何かわかった？」

「被害者は、女性関係が派手だったようですね。怨恨の線があると思います」

「怨恨ねえ……」

「共演者だけでなく、スタッフの女性にも手を出すので有名だったようですね」

「あら……。やっぱり、映画の世界って、そういう感じなのね」

その声に、池谷管理官と長門室長が同時に立ち上がった。楠木は振り返った。いつの間にかひな壇を離れ、藍本署長がやってきていた。

「あ、座ってちょうだい」

そう言われても、署長が立っているのに座るわけにはいかない。だから、池谷管理官も長門室長も立ったままだった。

戸高が藍本署長に言った。

「被害者の高平は、この撮影隊のスタッフの誰かとも関係を持ったと言っていたそうです」

「じゃあ、その女性の容疑が濃いわよねえ」

「そういうことになると思います」

「うーん」

戸高と藍本署長の話を聞いていた池谷管理官がうなった。「女性の手口かなあ……」

長門室長が池谷管理官に尋ねる。

「手口が女性らしくないってこと？」

「そう。ナイフで一突きだよ。それも、鳩尾から心臓を狙っている。よほど慣れているやつだという気がするけどね」

「そう見えるだけかもしれない」

「それ、どういうこと？」

「素人の女性の犯行でも、はずみでそういう形になることがある」

「そりゃそうだが……。そんなことを言ったら、手口捜査は成り立たなくなる」

そこに安田検視官がやってきて言った。

「何の話……？」

楠木は思わず言った。

「あ、まだいらしたんですね」

安田検視官は、楠木を見て言った。

「そりゃいるよ。俺、検視官だからね。つーか、おまえ、誰？」

うわあ。さっきまでいっしょだったのに、ちょっと離れていると忘れてしまうんだ。俺のことなんて、眼中にないということか。

長門室長が言った。

「FC室の楠木だよ。クスノキじゃなくてクスキ」

「ああ、そうだったな。まあ、どうでもいいけど」

池谷管理官が尋ねる。

「どこに行っていた?」

「トイレですよ。それで、何の話ですか?」

「手口の話だ。心臓をナイフで一突き。女性の手口とは思えないと、私が言うと長門は、そうじゃない可能性もあると……」

安田検視官が長門を見た。長門は言った。

「ナイフで心臓を一突きというと、いかにもプロの仕業という感じだが、はずみでたまたまそうなることだってあるだろう。俺は手口で容疑者から女性を排除することはないと言ってるんだ」

「なるほどね……」

安田検視官は腕組みをして言った。「さすが、長門ちゃんだな」

池谷管理官が安田に尋ねる。

「じゃあ、君は長門の意見に賛成だということかね」

「ええ、まあ、そうですね」

安田検視官が言った。

「要するに、長門ちゃんは、見た目にだまされちゃいけないと言いたいんですよ」

池谷管理官が考え込む。

「見た目にねえ……」

「こんな話があります。アメリカのある有名な検視官の話なんですけどね。ある死体の検視をしたところ、明らかに凶器は22口径の拳銃のように見えたんですね。額に銃弾によるものと思われる穴があいていた。それで、必死で銃弾を探したがどうしても見つからない」

「ほう……」

「それで、調べ直してみたら、その額の穴は、ピンヒールの踵でできたものだったんです。つまり、女性の靴で殴られたんですね」

「まあ……」

藍本署長が、感心した様子で安田検視官を見た。「それ、本当の話ですか」

安田検視官はうなずいた。

「もちろん、本当の話ですよ。ですからね。プロの手口に見えても、それがほんとうにそうとは限らないということです」

池谷管理官がうなるように言う。

「検視官の君が言うと重みがあるな」

安田自身は軽いけどね……。

楠木は心の中でそうつぶやいていた。

藍本署長が池谷管理官に言う。

「犯人は、被害者と関係のある女性ということでしょうか。私には何が何だか……」

池谷管理官がこたえる。

「私にも、まだわかりません。ただ、聞き込みをしてきたそこの捜査員によると、男女間のトラブルが原因という線が有力かもしれません」

藍本署長が戸高のほうを見た。

「この映画のスタッフの中にも、高平と関係を持った女性がいるということなのね？」

「そう証言している者がいます」

「じゃあ、その女性を見つけなきゃ……」

それって、当たり前のことじゃん。

楠木はそう思ったが、池谷管理官はしかつめらしい顔でこたえた。

「おっしゃるとおりです。全力を挙げて洗い出しましょう」

お、どうやら池谷管理官も、藍本署長のご機嫌を取りはじめたようだ。それから、池谷管理官は、戸高に言った。

「詳しい話を聞かせてくれ」

戸高は、衣装部、メーク係、サード助監督の笹井や照明部の山田、そして伊達弘樹らから聞いた話を、池谷管理官に伝えた。

長門室長、安田検視官、藍本署長の三人もじっと話を聞いていた。

話を聞き終えると、池谷管理官は言った。

「聞き込みをさらに進めよう」

戸高が顔をしかめる。

「撮影現場での聞き込みは、なかなか円滑に進みません」

「そのために、ＦＣ室のメンバーがいるんじゃないか。そこのクスノキとかいうやつの出番だ」

「あ、クスキです」

また無視された。

悔しいので、楠木は言った。

「自分なんて必要ないと思いますよ。戸高さんは、伊達弘樹からお墨付きをいただいたんですから」

池谷管理官が聞き返す。

「お墨付き?」

「ええ。戸高さんは、撮影現場の中で、いつでも、どこでも、何でもできるということになったんです」

「そりゃいいじゃないか。じゃあ、撮影現場の聞き込みは、戸高に任せよう。……あれ、そういえば、もう一人捜査一課の若いのがいたな?」

戸高が言う。

「矢口ですね」

「そうだ。彼はどうした?」

「まだ現場にいると思います」

「聞き込みを続けているのか。そいつは感心だな」

滝田彩香に見とれている、なんて言えないよなあ。

安田検視官が言った。

「凶器のナイフの入手先、撮影スタッフや出演者以外で高平に怨みを抱いている人物……。やることは山ほどあるな……」

藍本署長が言う。

「高平さんが、衣装を着て、映画の中で遺体発見現場とされている場所で、殺されていたのはなぜか。その謎も解かないと……」

池谷管理官がうなずく。

「そうですね」

それから戸高を見て言う。「それについては、何かわかったことはないのか？」

池谷管理官の質問に、戸高はこたえた。

「特にありませんね。ただ……」

「ただ、何だ？」

「遺体の発見場所があそこだということを、知っていた人はある程度絞れるのではないかと思います」

「映画の中での、遺体発見場所ということだな？」

「もちろん、そうです」

「脚本に書かれているんじゃないのか？」

その質問にこたえたのは、藍本署長だった。

「いいえ。脚本には、草むらに遺体が横たわっている、と書かれているだけよ。場所が明記されているわけじゃないわ」

監督や主だった俳優が挨拶に行ったときに、藍本署長は脚本を受け取った。その脚本は、決定稿だと辻友監督が言っていた。

決定稿にも場所が明記されていなかったということは、戸高が言うとおり、場所を知っていた人はある程度絞れるかもしれない。

池谷管理官が楠木を見て尋ねた。

「そうなのか？」

「その場所で行われるシーンに関係のない役者さんは、知らなかったでしょうね。それから、スタッフでも、衣装部やメークの人たちは知らなかったでしょう」

「知っていた可能性があるのは？」

「監督、助監督たち、それに制作部の人たちも知っていたはずですね。撮影の段取りをするのに場所を知らないんじゃ仕事になりませんから……」

「なるほど……」

「高平さんに怨みを持っている女性の犯行なんでしょう？」

藍本署長が言う。「監督も助監督も男よね。制作スタッフの中に女性がいて、その人が高平さんと関係を持ったということかしら……」

池谷管理官が慌てた様子で言った。

「あ、いえ……。怨みを持っている女性が犯人、というのは、あくまでも仮説であり、もちろん他の可能性もあるということです」

「男性の可能性も？」

「もちろんです。手口から考えると、男性の、それもプロの犯行に見えます。私は、まだその可能性を捨ててはいません」

安田検視官が言った。

「とにかく、誰がその場所を知っていたか、調べてみることも必要だな」

池谷管理官が時計を見た。午後四時三十分になろうとしている。

「撮影は何時まで続くんだろうな」

長門室長がこたえる。

「夜のシーンがなければ、日暮れまでに撮り終えるだろうね」

「夜のシーンがあったら？」

「何時になるかわからない。だけど、自分の撮りを終えた役者さんは、どんどん帰っていくよ」

安田検視官が言う。

「捜査一課の若いのが、現場にいるんだろう？　撮影がいつまでの予定か、誰かに訊くように言えばいい」

池谷管理官が戸高を見た。矢口は戸高の相棒だから、当然、彼が連絡を取ることになる。戸高は、携帯電話を取り出してかけた。

しばらくやり取りがあり、電話を切ると、戸高が言った。

「すぐに連絡してくれるということです」

あいつは、置いてきぼりを食らったことについて、文句を言わなかったのだろうか。戸高の表情からは何もうかがえない。

やがて戸高の携帯が振動する。

「矢口からです」

電話に出た戸高は、すぐに切って言った。「日没で、撮影は終了だそうです」

「もうじき終わりということだな」

池谷管理官が言う。「撮影が終われば、話も聞きやすいだろう」

戸高がうなずいて言った。

「わかりました。もう一度行ってみます」

ご苦労なことだなと、楠木は思った。

戻ったばかりなのに、また現場に出かけなければならない。刑事は、何度でも同じ場所に足を運ぶと聞いているが、もっと効率よく捜査できないのだろうか……。

「行くぞ」

戸高に言われて、楠木は驚いた。

「え、どうして自分が……」

「案内が必要だと言ってるだろう」

「そうだよ」

長門室長が言った。「しっかり案内するんだ。ＦＣ室も捜査本部の役に立たないとな」

「はあ……」

室長はお気に入りの藍本署長のそばに居られて満足だろう。こっちは、とんだとばっちりだ。

17

戸高が藍本署長に交渉して、捜査車両を一台使わせてもらうことにした。これで移動のときにいちいちパトカーの世話にならなくて済む。

撮影現場に戻ると、柴崎と桐原美里のシーンを撮影していた。桐原美里は、ヤクザの情婦の役だが、どうやら柴崎が密かに思いを寄せるという設定のようだ。

べただなあ、と楠木は思う。

こういう映画って、なんてべたなんだろう。お約束と言ってもいい展開だ。女優がいたら、必ず伊達か柴崎との色恋沙汰がある。

実際にこんなことがあれば問題だよなあ。へたをすれば懲戒免職になりかねない。

「カット」

監督の声が響く。モニターや音声チェックの後にオーケーが出て、その日の撮影は終了した。

九月の半ばなので、日の入りは午後五時五十分頃。今五時半を回ったところなので、もうじき日が沈む。

スタッフたちが撤収作業に入る。

「あら、刑事さん……」

桐原美里が通りすがりに、声をかけてきた。

戸高は仏頂面のままこたえる。

「どうも」

「その後、何かわかりました？」

「高平さんが、ずいぶんもてたということがわかってきました」

桐原美里が笑みを浮かべた。それが妙に色っぽい。

「私も、まんざら縁がなかったわけじゃないから……」

「へえ、そうなんですか」

「後で、あれこれ言われるの嫌だから言っておくけど、高平さんとは関係があった」

まあ、映画業界だから、そういうことはあるよなあ。楠木はそう思った。戸高も特に驚いた様子はない。

「先ほど、お話をうかがったときには、そんなことはおっしゃってませんでしたね」

戸高が尋ねると、桐原美里は平然とこたえた。

「あら、かつて共演したことがあると、言ったと思うけど」

「たしかに、そうですが……」

「当時私は、売り出し前。向こうはベテラン。口説かれたら嫌とは言えなかった」

映画で共演するって、そういうことなのかと、今さらながら楠木は思っていた。これまで、何度も撮影現場を経験しているが、出演者と話をする機会など、そうそうあるものではない。

だから、現場で撮影隊がどういうことをするかはよく心得ていても、映画業界そのものがどういうものかは、実際のところよく知らないのだ。

戸高は別段驚いた様子もなく、桐原美里に質問を続ける。

「お付き合いは長く続いたんですか？」

「一回きりよ」

「一回きり」

「ええ。深い付き合いじゃなかった」

「それはいつ頃のことです」

「私がまだ、二十代の頃の話ね」

「何年くらい前ですか？」

刑事はえげつないなあ。女性に平気で歳の話をするんだ。

桐原美里も平然とこたえる。

「十年くらい前かしら……」

「それ以来、高平さんとは……？」

「いい仕事仲間だったわね。映画やドラマで共演したことは、もう話したわね」

戸高は無言でうなずいた。

「じゃあね」

桐原美里が去って行こうとする。戸高が尋ねた。

「お帰りですか？」

「そうね。高平さんがあんなことになったことですし、飲みに行くというわけにもいかないわね」

「そうですね」

「それとも、刑事さん、献杯に付き合ってくださる？」

お、戸高はどう出るかな……。

「まだ、仕事の最中ですので、残念ながら……」

桐原美里はうっすらと笑みを浮かべた。

「そう」

彼女は去って行った。

楠木は戸高に言った。

「飲みに行っちゃえばよかったのに……」

「彼女は容疑者の一人だぞ」

「誰がそんなこと決めたんです？」

「俺がそう思ってるんだよ」

「そうですかねえ……」

楠木は首を捻った。

戸高が言った。

「そうですかねえってのはどういう意味だ？」

「どうも、彼女が犯人だという気がしないんです」

「根拠は？」

「ありません」

「それじゃ話にならないな」

「そうですよねえ」

刑事は何より、証拠を第一に考える。証拠がなければ送検もできない。起訴もできなければ、公判を維持することもできない。

「しかしまあ……」

戸高が言った。「根拠のない勘というのも、時には必要なこともある」

「ははあ……。刑事の勘というやつですか？」

「刑事に限らず、だ。人間の直感というのはばかにできない」

「でも、俺の勘は当てになりませんよ」

「そいつはわからない」

「戸高さんは本当に、桐原美里が怪しいと思っているんですか？」

戸高はその質問にはこたえず、しばらく何事か考えていた。

「あ、どうしてこんなところにいるんですか」

その声に振り向くと、矢口が近づいてくるところだった。なぜか服部がいっしょにいる。

戸高は何も言わない。

矢口がさらに言う。

「パトカーに乗って、捜査本部に戻りましたよね？」

戸高がようやくこたえる。

「それがどうした」

「それがどうした、はないでしょう。仮にも自分はパートナーなんですから」

やはり、一人前に文句は言いたいらしい。

「仮にも、と言ったな。だったら、仮なんだ。俺のことは気にしないでくれ」

「そうはいきません。捜査本部から組んで捜査するように命じられているんですから。自分を置き去りにしましたね？」

「あんたは、滝田彩香の撮影を見ていたじゃないか。邪魔しちゃいけないと思ったんだ」

「一声、かけてくれたら……」

「声をかけられないくらい、熱中していたじゃないか」

「たしかに、圧巻の演技でしたね。なあ……」

彼は服部に同意を求めた。

矢口に話を振られて、服部はうなずく。そして、二人は満足げに笑みを浮かべた。

こいつら、妙に気が合うようだ。滝田彩香ファンという共通点があるからだろうか。

矢口がさらに戸高に質問する。

「捜査本部にいたのに、またここに戻ってきたのはなぜですか？」

「夕方で撮影が終わりそうだと、あんたが言ったからだ。撮影が終われば、話が聞きやすいんじゃないかと、池谷管理官に言われてな……」

「誰かに話が聞けましたか？」

「今しがた、桐原美里から話を聞いた」

「何か耳寄りな情報は？」

「おい、なんで俺があんたに報告をしなけりゃならないんだ？」

「パートナーだからです」

戸高は、舌打ちしてから言った。

「桐原美里は、過去に一度だけ、高平と関係を持ったことがあると言っていた」

「ほう……。それは怪しいですね」

「そう思うか？」

「だって、男女関係のもつれが動機なんでしょう？　高平と関係を持っていたということは、理論的には容疑の対象となるじゃないですか」

戸高は、ふんと鼻で笑ってから言った。

「理論的には容疑の対象となる、か……。なんだか、この楠木のほうが、捜査感覚がありそうな気がするな……」

矢口が噴き出した。

「彼が自分より、ですか。まさかあ……」

こいつ、失礼なやつだな。

だがまあ、たしかに俺が刑事よりも捜査感覚に優れているということはないだろう。だいたい、捜査には興味がないのだ。

戸高が言った。

「楠木よりも自分が優れているという根拠は何だ？」

「自分は刑事だし、なんせ、捜査一課ですよ」

やっぱりあまり話をしたい相手ではない。

戸高が言った。

「出演者たちは、まっすぐ引きあげるようだな。まあ、共演者が殺されたのだから当然だな」

誰が死のうが、飲みに行くのが役者というものだと、楠木は思っていた。昨今はそうでもないらしい。

「出演者じゃなくて、スタッフに話を聞こう」

戸高が言うと、矢口がこたえた。

「わかりました」

戸高が楠木に言う。

「……というわけで、スタッフのところに案内してくれ」

「スタッフといってもいろいろですよ。撤収作業をしているのは、大道具や制作部のスタッフです。彼らに話を聞けばいいじゃないですか」

「監督や助監督に話を聞きたいんだ」

楠木は服部に尋ねた。

「どこにいるだろう？」

「衣装部の近くに、監督控え室があるから、そこにいるんじゃないか？」

それを聞いて戸高が言った。

「行ってみよう」

楠木は尋ねた。

「自分らもですか？」

「そうだ。案内役だと言われただろう」

戸高が、会議室を貸している会社のほうに歩き出す。その建物の中に、監督控え室もあるはずだ。

戸高と矢口が並んで歩いている。やや間を取ってそれについて行きながら、楠木は服部に小声で言った。

「いいのか、滝田彩香なんかに気を取られていて」

服部も小声で聞き返してくる。

「何のことだ？」

「島原だよ」

「静香がどうした」

「気を抜いていると、大森署の須磨あたりに取られちゃうぞ」

「須磨って、あの地域係のやつか？　朝に案内してくれた……」

「そう。島原のこと、前から知っていたみたいだし」

服部は苦笑した。

「だいじょうぶだよ。あれっきり須磨の姿は見ないし……」

「油断大敵だよ」

「しかしなあ……」

服部はうっとりとした表情になる。「滝田彩香は特別だよ」

「撮影が終わったら、二度と会うことはないと思うよ。それより島原のことを気にしたほうがいいんじゃないの？」

楠木の言葉に、服部は考え込んだ。

本当にわかりやすい人だよなあ。楠木は、心の中でくすくすと笑っていた。

本当は静香のことなど、どうでもよかった。服部の滝田彩香熱に水を差してやりたかったのだ。

やがて、撮影隊が部屋を借りている会社の前にやってきた。退社時間らしく、社員らしい男女が次々と会社から出てくる。

監督控え室はすぐにわかった。衣装部の部屋の二つ隣だった。衣装部の隣に、出演者控え室があり、その隣が監督控え室というわけだ。

出演者控え室といっても、主役級がそこにやってくることはないだろうと、楠木は思った。主役級や女優はスタジオでも個室の楽屋を与えられる。

ロケでは、自前の車やバスなどでスタンバイしているはずだ。

監督控え室では、辻友監督と、鹿乃子チーフ助監督が台本やその他の書類を前に何やら打ち合わせをしていた。

監督の隣には、地味な服装の女性がいる。記録係だ。

四人の警察官が入室すると、監督が言った。

「やあ、刑事さん。その後どうなりました?」

戸高がこたえる。

「鋭意捜査中です。お話をお聞かせいただけますか?」

辻友監督は、鹿乃子チーフ、そして記録係の女性の順に見た。それから、二人に言う。

「じゃあ、そういうことで。何かあったら、電話をください」

鹿乃子チーフが何かを言った。おそらく、「わかりました」と言ったのだろう。相変わらず滑舌が悪いくせに早口だ。

　二人が出て行くと、戸高は立ったまま辻友監督に尋ねた。

「高平さんが、この撮影隊のスタッフの女性と関係があったという話、ご存じですか？」

「関係があったというのは、寝ていたということですか？」

「そういうことだと思います」

　辻友監督はかぶりを振った。

「そんな話は聞いたことがありませんね。もし、事実だとしても驚きませんが……」

「高平さんならあり得る、と……」

「そうですね」

　辻友監督が、しばし何事か考えるための沈黙を挟んで、言葉を続けた。

「そして、そういうことがあったとしても、私は気にしませんよ。スタッフも出演者も、みんな大人ですから……」

「お相手がどなたか、心当たりはありませんか？」

「その女性が誰かってことですか？　いいえ、私は知りません」

「高平さんは、桐原さんとも関係があったということです」

「それが映画界ですよ。高平さんが関係した女性を疑っているんですか？」

「男女間のトラブルが、殺人の動機となり得ますからね」

「高平さんを殺したのは、女性だということですか？」

「その可能性は無視できません」

「ならば、この撮影隊の女性たちに片っ端から話を聞けばいい」

「もちろん、そうするつもりです」

それを聞いて辻友監督は、少々ひるんだ表情になった。本当にそうするとは思わなかったのかもしれない。

戸高が続けて言った。

「……しかしまあ、もっと効率がいい方法があれば、私たちも助かります」

「効率のいい方法……？」

「手がかりが得られるとか、何かの条件で、対象が絞られるとか……」

辻友監督がかぶりを振る。

「私はお力にはなれないと思います」

「高平さんが衣装を着て、小道具に似た凶器で殺害され、さらに映画の中で遺体が発見される予定の場所で見つかったことについて、どう思われます？」

辻友監督はしばらく考えてからこたえた。

「どういうことなのか、私にはわかりません。困惑するばかりですよ」

「あの場所が、遺体の発見場所だと、ご存じでしたね？」

「それは、映画の中の話ですね？」

「ええ」

「もちろん、知っていましたよ。私もいっしょにロケハンをしましたから……」

「他に、あの場所のことをご存じだったのはどなたですか？」

「みんな知ってますよ」

辻友監督が戸高の問いにこたえて言った。「なにせ、例のシーンは今日撮影する予定だったので……」

戸高が質問する。

「例のシーンというのは、高平さん演じる潜入捜査官が遺体で発見される、というシーンですね」

「そうです。それをきっかけに、主人公の二人の怒りに火がつき、後半のクライマックスまで一気に突っ走るという、重要なシーンだったのです」

これまたベタな設定だなあ。

楠木はそう思ったが、黙っていることにした。大衆を相手にする映画はベタなほどいいという話を聞いたことがある。ハリウッド映画が世界を席巻したのは、単純なストーリーに、お約束の設定のおかげなのだという。

戸高の質問が続く。

「高平さんの死亡推定時刻は、午前六時から八時の間です。その時間にはすでに、スタッフがみんな、遺体発見の撮影場所を知っていたということですか？」

辻友監督はふと考え込んだ。

「そうですね……。その時間にはまだ、制作部の連中なんかは知らなかったかもしれませんね」

「その時間帯に、確実に知っていたのは？」

「まず、チーフ助監督の鹿乃子ですね。そして、他の助監督は全員鹿乃子から聞いて知っていたと思います。そして、私です」

「それだけですか？」

「制作部の連中は微妙ですね。午後から撮影の予定ですから、その時間にはまだ場所を知らなかったと思うんですけど……」

戸高が楠木を見た。補足の質問をしろということらしい。面倒くさいなあ。

「ええと、照明部や撮影部、録音部の人たちはまだ場所を知らなかったということですね？」

「知らなかったと思いますよ」

「衣装部とか、メークの人はもちろん知りませんよね」

「ええ。彼女らはロケの場所とか関係ありませんから……」

「他に誰か思い当たる人はいませんか？」

「あとは、記録くらいですかねえ……」

18

他に質問を思いつかない。楠木は戸高を見た。

再び、戸高が質問した。

「助監督の人たちが全員、場所についてご存じだったかどうかは、チーフ助監督にうかがえばわかるわけですね」

辻友監督がこたえた。

「ええ、そうです」

「では、チーフ助監督に質問させてもらえませんか？」

「もちろん、かまいません。呼んでみましょう」

辻友監督は、携帯電話を取り出してかけた。

「まだ帰ってないよね。警察の人が話を聞きたいと言ってるんだけど……」

電話を切ると、辻友監督が言った。

「すぐに来るそうです」

その言葉どおり、鹿乃子チーフ助監督は、ほどなく姿を見せた。

早口で何か言った。たぶん、「何が訊きたいんですか」というようなことを言ったのだろう。

辻友監督は椅子に腰かけ、警察官たちは相変わらず立ったままだ。監督が鹿乃子チーフに言った。

「まあ、かけてよ」

鹿乃子は言われたとおり、辻友監督の隣に腰を下ろした。戸高がさっそく質問した。

「今朝六時から八時の段階で、映画の中の遺体発見場所をご存じでしたね？」

鹿乃子チーフが、滑舌の悪い早口で何か言った。戸高が聞き返す。

「は……？　何です？」

鹿乃子チーフが言い直す。

「はい。昨日から知っていました。監督といっしょにロケハンしていましたから」

なんだ、はっきりとしゃべろうと思えばできるんじゃないか。きっと普段は、あせりすぎるのだろう。何にあせっているのかは知らないが……。

「他の助監督たちは、それを知っていましたか？」

「セカンドとサードですね？　ええ、知っていました。俺が伝えましたから」

監督と助監督全員も、容疑者ということになるのかなあ……。

楠木はそんなことを考えながら、戸高を見た。戸高は、考え込んでいる。

「ついでにうかがいますが……」

戸高が鹿乃子チーフ助監督に尋ねる。「高平さんが、女性スタッフと関係があったという話があるのですが、何かご存じですか？」

鹿乃子はちらりと辻友監督を見た。監督は渋い顔をしているだけで何も言わなかった。戸高に眼を戻した鹿乃子チーフが言う。

「高平さんが、そういうことを言っていることは知っていました。でも、相手は知りません」

「高平さんから、直接聞いたのですか？」

「いや、あの人がそういう話をしている、というのを聞いたんです」

「あの人というのは高平さんのことですね？」

「そうです」

「誰からその話を聞いたのですか？」

「さあ、覚えてませんね」

「思い出せませんか」

そう言われて、鹿乃子チーフはしばらく考え込んでいた。やがて、彼は戸高を見て言った。

「思い出せませんね。高平さんが誰と関係を持とうと、別に関心ありませんでしたから」

「ほう……。関心がなかった……」

「ええ。撮影のことで頭がいっぱいですから……。今日は主役が二人に、女優も来ていて気を使わなけりゃなりませんでしたし……」

そうだなあ……。いかにも男女のことには関心なさそうなタイプだなあと、楠木は思った。冴えない眼鏡に口髭と無精髭。髪はぼさぼさ。よれよれのダンガリーシャツにジーパンという恰好だ。年齢はおそらく五十歳を過ぎている。女性にもてるとは思えない。

戸高がうなずいて言った。

「他に二人の助監督に、遺体発見の撮影場所を知らせたのは、いつのことです？」

「昨日ロケハンしてからすぐに……」

「サードの笹井さんにはすでにお話をうかがいました。彼も、昨日の段階で、遺体発見の撮影場所を知っていたのですね？」

鹿乃子がこたえる。

「そうです」

「セカンドの方にもお話をうかがいたいので、呼んでいただけますか？」

「わかりました」

鹿乃子が言う。「私はもういいですか？」

「ええ、けっこうです」

鹿乃子チーフが部屋を出て行った。

しばらくすると、年齢不詳の男が部屋に入ってきた。

「鹿乃子チーフから、ここに来るように言われたんですけど……」

戸高が尋ねた。

「あなたは？」

「セカンドの大谷といいます。大谷篤志……」

「ああ、ちょっとお話をうかがいたいと思いまして……」

「はあ……」

「あなたは、映画の中で、高平さん演じる潜入捜査官が遺体で発見される場所を、ご存じでしたね？」

大谷は、にわかに用心深い表情になった。

「つまり、実際に遺体が見つかった場所、ということですか？」

「ええ、そこで遺体発見の撮影が行われる予定だったことを、ご存じでしたか？」

大谷は、警戒するように、ちらりと辻友監督のほうを見た。

なんだか、おどおどしてるな。大谷を見て、楠木はそう思った。こういうやつを見ると、いじめたくなるよな……。

辻友監督は何も言わない。大谷が、眼を戸高に戻してこたえた。

「ええ、知っていました」

「いつ、それをお知りになりましたか？」

「昨日の夜です。チーフ助監督から、連絡を受けましたから……」

「では、今朝六時の段階では、その場所をご存じだったということですね？」

「ええ、知ってました。それが何か……」

戸高はこの質問を無視して、さらに質問を続けた。

「高平さんのことは、以前からご存じでしたか？」

お、さすがに刑事だな、と楠木は思った。刑事は尋問する際に、相手からの質問にはこたえないものだと聞いたことがある。

大谷がこたえた。

「同じ現場になったことはあります。あの人は売れっ子でしたし、俺もいろいろな現場から声がかかりますから……」

「面識がおありだったのですね？」

「向こうは俺のことを知らなかったと思いますよ」

「親しい間柄というわけではなかったということですか？」

戸高の質問に、大谷はかぶりを振った。

「あちらは売れっ子の役者で、こちらはただの助監督です。親しいはずがありません」

「そういうものなんですか？」

「高平さんは、脇役専門ですがベテランだし、売れてました。俺たちのことなんて、はなも引っかけませんでしたよ」

いろいろな人に話を聞けば聞くほど、高平の印象が悪くなっていく気がする。亡くなった人のことだから、これでもみんなひかえめに言っているはずだ。

戸高の質問が続く。

「では、噂とか評判をお聞きになったことは……？」

「もちろん、仕事をしていれば、いろいろ耳に入ります。女癖が悪かったようですね。でもまあ、役者さんなんて、多かれ少なかれそんなもんです」

そりゃ、公務員なんかとは違うよなあ。だいたい、地味で引っ込み思案なタイプなら役者になろうなんて思わないだろう。楠木はそんなことを思っていた。

「高平さんは、共演者だけでなく、撮影スタッフの女性とも関係を持つことがあったようですね」

「そのようですね」

「この撮影隊では、どうだったのでしょう？」

「辻友組の中に、彼と寝た女性がいるかどうか、ということですか？」

「ええ……」

「さあ、どうでしょう。そんな話は聞いたことがありませんね」

「噂も聞いたことはありませんか？」

「ありません」

戸高はうなずいた。

「わかりました。質問は以上です。ありがとうございました」

辻友監督が言った。

「じゃあ、私たちはもう引きあげていいですね？」

戸高はうなずいた。

「ご協力ありがとうございました」

うーん、心がこもっていないなあ。いかにも形式的な言葉だ。楠木がそう思っていると、戸高が言った。

「俺たちも、捜査本部に戻るとしよう」

戸高が部屋を出た。矢口が慌ててそのあとを追う。さらに楠木と服部が続いた。

建物を出て、捜査車両を駐車した場所に向かいながら、戸高が楠木に言った。

「監督と三人の助監督の言うことをどう思う？」

「だから、自分に訊かないでくださいと言ってるじゃないですか。戸高さんのパートナーは矢口君でしょう？」

「俺はあんたの意見を聞きたいんだ」

「自分はいい加減なことしか言いませんよ」

「そうそう」

服部が言う。「こいつの言うことなんて、当てになりませんから……」

いや、あんたにコメント求めてないし……。

戸高が服部の言葉を無視して、さらに楠木に尋ねた。

「高平が殺害されたのが、午前六時から八時の間。その時点で、遺体発見現場が、映画の中の遺体発見場所だということを知らなかった者は、容疑者のリストから除外していいということだな」

「自分にそういうことを訊かれてもわかりませんから……」

楠木はそう言ってから、ふと思いついたことがあった。「でも、犯人は殺害の時刻よりも、ずっと前にその場所が遺体発見の撮影場所だということを知っていなければなりませんよね……」

戸高が怪訝そうに眉をひそめる。

「どういうことだ？」

「高平さんをその場所で殺害することを事前に計画したわけでしょう？　衣装を着て、小道具に似たナイフで殺害されていたんだから、計画的な犯行と見ていいと思いますが……」

戸高は立ち止まり、しげしげと楠木を見た。

楠木は、戸惑って言った。

「何ですか……。自分は何か変なことを言いましたか？」

「いや、おそろしくまともなことを言ったんで、意外に思っていたんだ」

「なんだか、失礼なことを言われているような気がするんですけど」

「たしかに、あんたが言うとおり、事前にその場所を知っていなければ、犯行を計画できない」

楠木は言った。

「だとしたら、その時間に知ってたかどうか微妙な制作部のスタッフたちも容疑者から除外できるんじゃないですか？」

戸高がうなずいた。

「あんたの言うとおりだ。これで、かなり容疑者を限定できる」

戸高が楠木に言った。「なんだ、あまりにまともなことを言うんで、なんだか肩すかしを食らったような気分だな」

「自分が的外れなことを言うのを期待していたんですか？」

「まあな。捜査にも娯楽は必要だ。まるっきり捜査感覚がないやつに質問すれば、笑えることを言うんじゃないかと思ったんだが……」

「自分も警察官ですからね。捜査感覚がなくても、そうそうばかなことは言いませんよ」

「いや、捜査感覚はありそうだな。矢口に何か訊いても、杓子定規なこたえが返ってくるだけで、ちっとも面白くないが、あんたの言うことはけっこう面白い」

それを聞いた矢口が言った。

「捜査に面白いこたえなんて必要ないでしょう。重要なのは事実ですから」

戸高が楠木に言った。

「ほらな。つまらないだろう」

「本当ですね」

駐車中の捜査車両に近づくと、そこに山岡がいた。彼は、服部に言った。

「こういう駐車違反を取り締まらなきゃだめじゃないか」

「今日は滝田彩香に会えて機嫌がいいんで、そういうのやらないんです」

「遠くから見てただけだろう。そういうの、会ったとは言わねえぞ」

矢口が驚いた顔で言った。

「それ、我々の捜査車両ですよ」

山岡が矢口に言った。

「捜査車両だろうが何だろうが、車は車だ。駐車禁止の場所に駐めてあったら、こいつは駐禁の切符を切るよ」

「え……」

何か言いたそうな矢口を無視して、山岡が服部と楠木に言った。

「今日の撮影は終了したから、FC室の仕事も終わりだ。俺は引きあげるぞ」

服部が言う。

「じゃあ、俺も帰ろうかな……。あれ、静香はどうしたんです?」

「ああ……。地域課の制服を着たやつといっしょにいるところを見かけたがな……。たぶん、大森署員だ」

服部の顔色が変わった。

「どこで見たんです?」

服部が尋ねると、山岡は東のほうを指さして言った。

「あっちのほうで、いっしょに通行人の整理なんかやってたぞ」

楠木は服部に言った。

「それ、きっと須磨だよ。ねえ、言ったでしょう。滝田彩香なんかより、ちゃんと島原のことに気を配っていないと……」

「だから、俺は静香とは何でもないんだって」

そうは言ったものの、服部は落ち着かない様子だった。それを見て、楠木は楽しくなってきた。

「須磨は今頃、島原とすっかり仲よくなっているかもしれないよ」

服部はますます落ち着きをなくす。そこに噂の本人たちが近づいてきた。静香と須磨だ。

静香が言った。

「撮影、終わりですって？　じゃあ、私たちもお役御免ね」

山岡がこたえた。

「ああ。俺はこれで引きあげるよ。おまえさん、どうするんだ？」

「なら、私も帰宅するわ」

服部が言う。

「じゃあ、いっしょに帰ろう」

「いや、これからちょっと……」

ちらりと須磨を見た。須磨がかすかにほほえんだように見えた。その微妙なやり取りを服部が見逃すはずはないと、楠木は思った。

案の定、すっかりうろたえた様子の服部が言った。

「ちょっとって何だよ。一度交通部に戻るだろう？　いっしょに本部庁舎まで行こうって言ってるんだよ」

「だって、服部さん、白バイじゃない。いっしょには行けないでしょう」

服部は言葉を呑んだ。

静香が山岡に言った。

「じゃあ、私は帰宅していいですね？」

「いいんじゃねえの」

静香と須磨は並んでその場を去って行った。そのときの服部の情けない顔は見物だった。

矢口が言った。

「なあに、君はあんなのがいいわけ？　滝田彩香と比べたら、月とすっぽんじゃない」

だから、芸能人と一般人を比べちゃいけないんだよ、と楠木は思った。

「そうだよな。月とすっぽんだよな」

服部はから元気を出すように言った。「誰も滝田彩香にはかなわないんだ」

山岡が楠木に尋ねた。

「おまえはどうするんだ？」

「自分も帰りたいんですけどねえ……」

すると、戸高が言った。

「あんた、捜査本部に吸い上げられたんだ。帰れないよ」

「別に吸い上げられたわけじゃないと思いますよ。端緒に触れたんだから、いろいろ報告しろと言われただけで……」

「それ、吸い上げられたって言うんだよ」

「そうか……」

山岡が言った。「じゃあ、がんばってくれ」

「待ってください。長門室長が捜査本部に詰めているんですよ。自分だけじゃなくて、みんなで捜査本部に行くべきじゃないですか」

こうなれば、みんな巻き込んでやる。

山岡がこたえた。

「いや、室長とおまえがいれば充分だよ。俺は室長から、後のことは頼むと言われたんだしな……」

服部が言う。

「そうだよ。安田検視官は、おまえと長門室長にだけ、捜査本部に同行するように言ったんだ。俺たちは関係ない」

楠木は心の中で舌打ちをした。結局、俺が損をすることになるんだ……。

「そういえば……」

山岡が言った。「現場に桐原美里がいたのを見たぞ」

戸高がその言葉に反応した。

「現場って、遺体の発見現場ってことか？」

「そう。一人だった」

「一人で……？　どんな様子だった？」

「立っていた」

「立っていた？」

「そう。ただ、何もせずに立っていたんだ」

「どんな様子だった？」

「そうだな……。ちょっと思い詰めたような様子にも見えたな」

「それは、いつのことだ？」

「つい、さっきだよ」

戸高が楠木を見た。

いや、だから俺のほうを見ないでくださいよ……。

「行ってみよう」

19

山岡が戸高に尋ねた。

「行くって、現場にか？」

「そうだ」

「桐原美里なら、とっくにいなくなってるよ」

「どこに立っていて、どこを向いていたか詳しく知りたい。あんたも来てくれ」

山岡が顔をしかめた。

「俺、もう帰るところなんだけどな……」

「あんたも刑事だろう。捜査に協力するのが当然だろう」

「いやあ、そんな義理はねえなあ」

そう言いながら、この人は絶対に付き合うよ。楠木がそう思っていたら、案の定だった。

山岡が言った。

「しかしまあ、別に帰ってもやることもないから、付き合ってやるか」

服部が言う。

「じゃあ、俺はこれで……」

山岡が服部に言った。

「なんだよ。俺や楠木が捜査の協力をするって言ってるんだよ。おまえだけ帰るのか？」

「静香だって帰ったじゃないですか」

「あいつは大切な用がありそうだからさ……」

服部が眼の色を変える。

「大切な用って何ですか」

「いいから、おまえも来い」

ぞろぞろと五人で移動することになった。遺体発見現場にやってくると、戸高が山岡に尋ねた。

「桐原美里はどこに立っていた？」

「ここだ」

そこは、遺体があった場所を間近に見下ろす場所だった。

「どこを見ていた？」

「下を向いていたよ」

「遺体の発見場所を見ていた、ということか？」

「そのように見えたがな……」

「どうしてここに入れたんだ？　まだ一般人は立ち入り禁止のはずだ」

「さあな……。見張りの眼を盗んだか、あるいは見張りが許可をしたのか……」

「見張りは誰だった？」

「大森署の地域係員だ。ここを見張りながら島原といっしょに通行人の整理をやっていた」

服部が反応した。

「え、須磨？　じゃあ、すぐに須磨を呼び戻して話を聞かなきゃ」

「いや、それはたいして重要じゃない」

戸高が言った。「わざわざ地域係を呼び戻すことはない。大切なのは、桐原美里がそこで何をしていたか、ということだ」

服部はそれを聞いて、少しばかり気落ちした様子だった。

山岡が戸高に言った。

「共演者だからな。いろいろと思うことはあるだろう」

一度男女の関係があったということは、この場では言わないほうがいいだろうと、楠木は思った。戸高も同じことを思ったようだ。

「ただ、じっと立っていたと言ったな」

「ああ、そうだった」

「表情は？」

「顔は見えなかった」

「そうか」

「もういいだろう。俺は帰るぜ」

「そうだな」

山岡の言葉に、戸高はうなずいた。「俺たちも捜査本部に戻らなければならない」

「じゃあな」

山岡と服部が去っていき、楠木、戸高、矢口の三人は捜査車両に向かった。

車に乗り込むと、戸高が独り言のように言った。

「桐原美里はいったい何をしていたんだ？」

独り言ならいちいちこたえることはないと、楠木は思い、黙っていた。桐原美里が何をしていたか、よりも、いつ捜査本部から解放されるのか、ということのほうが重要だった。

　捜査本部に戻ったのは、午後七時十五分だった。戸高が池谷管理官のもとに向かったので、楠木と矢口もそれについていった。管理官席には長門室長と安田検視官もいる。池谷管理官が尋ねた。

「何かわかった？」

　戸高がこたえる。

「被害者の死亡推定時刻に、遺体の発見場所が、映画の中でも遺体発見場所になる予定だということを知っていた人はけっこういるのですが、犯行が可能だった人物となると、けっこう絞られてくると思います」

　池谷管理官が眉をひそめる。

「どういうこと？」

　戸高は、楠木が言ったことを、池谷管理官に伝えた。

　話を聞き終えると、池谷管理官が言った。

「なるほどね。犯行場所にそこを選んだということは、事前にそこが映画の中の遺体発見現場だということを知っていなけりゃならなかったということだよね」

　安田検視官が言った。

「現場の状況から見て、被害者はあそこに呼び出されたんだろう。しかも、衣装を着て来るように言われたんだ」

長門室長が言う。

「それ、断定できないよ」

安田検視官が平気な顔で言う。

「状況から筋を読むことも大切なんだよ。もし、犯人が被害者をあそこに呼び出したんだとしたら、かなり前からそこが映画の中の遺体発見場所だと知っていたはずだと言いたいんだよね」

戸高がうなずいた。

「そして、それに該当するのは、前日にロケハンをして場所を決めた監督、チーフ助監督の二人。そして、チーフ助監督からそれについて連絡を受けていた、セカンドとサードの二人の助監督、ということになります」

長門が思案顔で言う。

「それ、みんな男だよね……」

「そうだなあ……」

池谷管理官が腕を組む。「男女間の怨恨の線で考えていたんだろう」

署長が席を立つのが見えた。管理官席のほうにやってくる。池谷管理官、安田検視官、長門室長の三人は、それを見てまた立ち上がった。

藍本署長が言った。

「いちいち立たなくていいわよ」

池谷管理官が言う。

「いえ、そういうわけにはいきません」

「問題の女性は見つかったの？」

「それが……」

池谷管理官がこれまでの話を伝えた。

池谷管理官の話を聞き終えると、藍本署長は、目を伏せて考え込むような表情になって言った。

「たしかに、被害者を映画の中の遺体発見現場で殺害しようと考えたら、その場所を事前に知っておく必要があるわね……」

安田検視官が言う。

「犯人は、そういう計画を立てたわけですからね」

それに対して、長門室長が言う。

「計画的な犯行とは言い切れないだろう」

安田検視官が顔をしかめて言う。

「夜の警視総監と呼ばれた長門管理官が、そういうこと言うかね」

「あら、夜の警視総監って？」

「いや、別にヒワイな意味じゃありませんよ」

安田検視官が説明する。「彼は、かつて通信指令本部の管理官だったんです。一一〇番通報の内容をいち早く把握して、担当部署に振り分けるのがその役目でして、判断力のいる重要な役割です。二十四時間態勢で、真夜中も働いているので、夜の警視総監なんて呼ばれるんです」

「まあ、たいへんな仕事をされていたのね」

藍本署長は感心したように長門室長を見た。美人の署長にそういう眼で見られてまんざらでもなさそうだ。

しかし、やっぱりこの署長は天然だな。楠木はそう思った。警察署長が、通信指令本部の管理官のことを知らないなんて……。

そのとき、楠木は、はっと思った。もしかしたら、知らない振りをしているだけなのではないだろうか。

天然で何も知らないような顔をして、男たちを油断させているのかもしれない。もしそうなら、その美貌と相まってたいていの男たちはころりと騙（だま）されてしまうだろう。

女キャリアならではの処世術かもしれない。それは充分にあり得る。なめてかかったら、たいへんなことになる。気をつけようと、楠木は思った。

もちろん、長門室長をはじめとする中年の男どもに忠告してやる気などさらさらない。彼らはおそらく、騙されていたほうが幸せだろう。

藍本署長が質問する。

「事前に、ロケハンの結果を知っていた人の中に女性はいないわけ？」

池谷管理官が戸高に尋ねた。

「どうなんだ？」

「今のところ、女性は確認されていませんね」

藍本署長が言う。

「あらあ、でも犯人は女性なんでしょう？」

池谷管理官が困ったような顔でこたえる。

「いえ、そうと決まったわけではありませんので……」

安田検視官が言った。

「手口の件もありますしね。犯人が女性とは限らんかもしれません」

「困ったわね」

藍本署長が、本当に困った顔で言う。「男女関係のトラブルが動機だと思っていたのに、手口は女性のものとは思えない……。そして、事件を計画できた人物の中に女性が見つかっていないというのね？　つまり、今までの方針を考え直さなければならないということ？」

池谷管理官がこたえた。

「もともと、犯人が女性だったという根拠はないんです。それは一つの可能性でしかありませんでした」

「でも、女性じゃないとしたら、動機がわからなくなるわよね」

安田検視官が言った。

「この映画に怨みを抱いている者の犯行かもしれません」

「え、どういうこと？」

「被害者は、映画の設定とまったく同じ状態で殺害されていたわけでしょう。つまりそれは、映画関係者に対するメッセージなんじゃないでしょうか」

長門室長が尋ねる。

「どんなメッセージ？」

「そりゃあわからないよ。でもさ、映画の設定どおりに人が殺されたわけだからさ……」

「犯人は映画関係者じゃないかというのは、当然考えている」

池谷管理官が言った。「その線を追っている捜査員もいる。報告を待とう」

藍本署長が言った。

「今朝、署長室に挨拶に来てくれた人たちは、容疑者から除外されたと思っていたけど、それはアリバイにはならなかったんでしたね？」

池谷管理官がうなずく。

「そうです。死亡推定時刻が、午前六時から八時の間なので……。彼らが署長室にやってきたのは、たしか九時でしたね」

池谷管理官の発言を聞いて、藍本署長が言った。

「理屈で考えればそうよね。でもね、私、ドラマなんか観ていていつも思うの。そんなに理屈どおりにいくものじゃないって……。署長室にやってきた人の中に犯人がいたとしたら、その人は、昭和島で被害者を刺し殺してから署長室に来たわけよね」

池谷管理官がこたえる。

「そうですね」

「心臓を突き刺したんでしょう？　服は血まみれだったんじゃない？　その服はどうしたの？」

「えーとですね……」

安田検視官が言った。「刃物で刺した場合、ひどく出血するのは抜いたときなんです。今回の場合、凶器は遺体に刺さったままでした」

「それでも血は出るわよね」

「もちろん出血します。でも、刺したばかりのときはそんなに量は多くないはずです」

「でも、昭和島で人を殺して、それから何事もなかったような顔で警察に挨拶に来たりするかしら……」

池谷管理官が言った。

「逆にこちらから質問させていただきたいのですが、彼らの中で様子がおかしい人はいませんでしたか？」

「様子がおかしい人……？」

「そうです。妙に緊張していたり、興奮した様子だったり……。たしか、署長室を訪ねたのは監督ら四人でしたね？」

「ええ。監督に、伊達さん、柴崎さん、そして桐原さんの四人」

「何か妙だと感じたことはありませんでしたか？」

「さあ、みなさん普通だったわね。……というか、彼らの普通がどういうものか知っているわけじゃないけど、一般的な意味で普通だったわ。あなたは、何か感じた？」

藍本署長は、長門室長のほうを見た。あのとき長門室長も同室していた。長門はかぶりを振った。

「いいえ、特に何も感じませんでした」

池谷管理官が腕組みをする。

「うーん。でも、彼らは役者だからなあ……」

そのとき、戸高が言った。

「桐原美里なんですが……」

その場の全員が、戸高に注目した。戸高はひるむ様子もなく言った。

「不審とも言える行動を取っていたんです」

池谷管理官が尋ねる。

「不審とも言える行動……？」

「はい。撮影が終了してからのことです。彼女が遺体発見現場で、たたずんでいるのを見たと、ＦＣ室の者が言っていました」

「ＦＣ室の者……？」

長門が楠木に尋ねた。「誰なんだ？」

「あ、山岡さんです」

安田検視官が言う。

「ああ、あのマル暴……」

「それで……」

池谷管理官が戸高に質問する。「たたずんでいたというのは、どういうことなんだ？」

「山岡によると、ただ立っていただけです。思い詰めた様子にも見えたということですが……」

安田検視官が首を捻る。

「好奇心かなあ……」

「桐原美里は、被害者と男女の関係があったということです」

戸高のこの一言に、池谷、安田、長門の三人が即座に反応した。戸高に注目したのだ。

池谷管理官が、うめくように言った。

「高平は、桐原美里にまで手を出していたのか……」

戸高がこたえる。

「ええ。一度だけの関係だったと、本人は言っていますが……」

安田検視官が痛みに耐えるような表情で言った。

「芸能界って、そういうところなんだなあ」

長門室長が言う。

「かつて思いを交わした人が亡くなった場所を見つめていたということかな……」

安田検視官が言う。

「だが、関係は一度きりだったんだろう」

「そういうのって、回数じゃないわよ」

藍本署長が言って、三人の中年男たちは、ぎょっとした表情になった。女性の生々しい見解だ。

池谷管理官が言う。

「そりゃまあ、そうなんでしょうが……」

藍本署長がさらに言う。

「人の思いって、付き合った時間とか情交の回数に比例するわけじゃないわ」

「じゃあ、桐原美里は高平に対して今でも特別な感情を抱いていて、それで遺体発見現場にやってきた、ということですか？」

藍本署長の言葉を聞き、安田検視官がそう尋ねる。やはり辛そうな顔をしている。

桐原美里が特定の男性に心を寄せているのかもしれないということが耐えられないらしい。

滝田彩香にのぼせている服部や矢口と同じだ。男はいくつになってもミーハーだなあ、と楠木は思った。

戸高が言う。

「もう一つ考えられることがあります」

池谷管理官が尋ねる。

「何だ？」

「犯人は必ず現場に戻ってくるということです」

再び、池谷、安田、長門の三人が、戸高の顔を見つめた。

安田検視官が言った。

「おい、滅多なことを言うもんじゃないぞ。それじゃ桐原美里が犯人だと言っているように聞こえる」

戸高は平然と言った。

「彼女は自ら、高平と関係があったことを認めています。そして、今日の謎の行動です。容疑者から彼女を外すことはできません」

「でも……」

安田検視官はあくまでも抗議しようとする。「彼女は、ロケハンの結果を知らなかったんだろう。つまり、映画の中の遺体発見現場があそこだということを知らなかったわけだ」

「それは確認していません」

一同は考え込んだ。

楠木は、いったいいつになったら帰れるのか、それが一番気になっていた。

そこに、ぞろぞろと捜査員たちがやってきた。捜査一課の佐治係長たちだった。

佐治が藍本署長に一礼してから、池谷管理官に言った。

「今回の映画に関わっている人たちの聞き込みに回っていた捜査員たちが戻って来ました」

池谷管理官がいつもの威厳を取り戻して言った。

「何かわかったか？」

「今回の映画は、大きな収益が見込める数少ない国内映画の一つだということです。それで、制作、配給ともに、大歓迎ということで、トラブルの話もありません」

20

報告を聞いた池谷管理官が、佐治係長に尋ねた。

「大きな収益が見込めるからこそ、トラブルの種もあるんじゃないのか？」

佐治係長はかぶりを振った。

「監督をはじめ、制作陣の選択などにも何の問題もなかったそうです。もともと、監督と気心の知れたチーフが人選を進めたようです」

「制作陣や出演者の周辺はどうだ？　選ばれなかったことで怨みを抱いているようなことはないのか？」

「そういう話は一切ありませんでした。選に洩れて怨みに思う、というような世界ではないようですね。売れっ子はスケジュールがいっぱいですし、売れない俳優やスタッフは、拾ってもらえれば御の字というスタンスのようですから」

佐治の言うとおりだと、楠木は思った。

キャスティングはたいてい、プロデューサーや監督とプロダクションの話し合いで決まるし、スタッフはいつも顔を合わせる人たちが集められることが多い。

そこに怨みや嫉妬が入り込む余地はほとんどないのだ。

池谷管理官がさらに質問する。

「今回、映画化するに当たり、妨害とか嫌がらせなどはなかったのか？」

「そういう話もありません。ファンも心待ちにしていますし、制作は順風満帆でスタートしたはずだったんです」

池谷管理官が考え込む。

「じゃあ、外部の者の犯行ではなく、やはり、撮影隊や出演者といった内部の犯行ということになるのかな……」

佐治係長が、再びうなずいて言った。

「聞き込みの結果、そう考えていいと思います」

「被害者の鑑取りは？」

「深刻な金銭トラブルもなく、特に怨みを買っていたという話もありません」

「やはり、男女関係かな……」

「たしかに、女性関係についてはお盛んだったということですね。その線が一番濃いんじゃないでしょうか」

「ふうん……」

池谷管理官が再び考え込む。

なんとかチャンスを見つけないと、いつまで経っても帰れない。楠木はそう思っていた。

「よし」

安田検視官が、力強くうなずいて言った。「俺が、桐原美里から話を聞いて来よう」

それを聞いて、池谷管理官が眉をひそめた。

「なんで、検視官が話を聞きに行かなきゃならないんだ？」

「あ、いや、私も刑事ですから、捜査をしてもかまわんでしょう」

「検視官が行くくらいなら、私が行く」

「いや、管理官には捜査本部にいていただかないと……。情報の交通整理は重要です」

池谷管理官は、長門室長を見て言った。

「俺がいないあいだ、あんたが代わりをやってよ」

長門室長が虚を衝かれたような顔でこたえた。

「なんで俺が代わりをやらなきゃいけないわけ？」

「だって、夜の警視総監だったんだろう？　一一〇番通報をさばいていたんじゃないか」

「だからって、捜査本部で管理官の役はできない」

そりゃそうだ、と楠木は思った。捜査には流れというものがある。野球の試合の途中で、急に監督をやれと言われても困るだろう。

安田検視官も池谷管理官も、ただ桐原美里と話をしたいだけなのだろう。それじゃ、尋問にならないじゃないか。

安田検視官が言った。

「やはり、管理官が捜査本部を空けるというのはまずいでしょう。私が行きますよ」

「話を聞きに行くくらいのあいだ、捜査本部を離れたって、別に問題はないだろう」

そのとき、藍本署長が言った。

「あら、管理官がいなくなったら、とても困るわね」

「あ……」

池谷管理官は、藍本署長の顔を見て、しまったという表情になった。桐原美里のことに気を取られていて、署長のことを忘れていたのだろうか。

この中年どもは……。楠木は思った。藍本署長に会った瞬間に、すっかりのぼせてしまったくせに、桐原美里と聞いたらころりと態度を変えてしまう。

「ほら」

安田検視官が勝ち誇ったように言う。「やっぱり、私が行くしかないようだ」

長門室長が言った。

「検視官や管理官がわざわざ話を聞きに行くことはない。俺が行ってくるよ」

安田検視官と池谷管理官が目を丸くして長門室長を見た。安田検視官が言う。

「なんで、あんたが……」

長門室長は平然とこたえる。

「だって俺、ＦＣ室だぜ。映画関係者については責任を持たなきゃ」

「何の責任だ」

安田検視官が言う。「殺人の捜査にＦＣ室は関係ないだろう」

「ほう……。俺たちは、協力を依頼されたから、こうして捜査本部に詰めているんだ。端緒に触れたのは俺たちだから報告しろと言ったのは、あんただよ。だから、捜査に関係ないということはないだろう」

その口調はあくまでも冷静だ。というか、ほとんど感情の動きを感じさせない。だが、むっときていることは明らかだ。

ここで長門室長がキレれば、帰れるかもしれない。楠木はちょっと期待した。室長が啖呵(たんか)を切って捜査本部をあとにする。楠木はそれに付いていく。そんなことを想像していた。

だが、結局そうはならなかった。

「長門の言うとおりだよ」

池谷管理官が言った。「殺人の捜査は、本来FC室の仕事じゃない。それを付き合ってもらっているんだ」

その一言で、長門室長は立場を保てた。安田検視官が不満げに言う。

「だからと言って、長門ちゃんが桐原美里に会いに行くなんて……」

「だから……」

池谷管理官が言った。「長門に行ってもらおうとは言ってないよ」

安田検視官が言う。

「じゃあ、誰が行くんですか？」

そのとき、あきれたような口調で、戸高が言った。

「桐原美里に、ここに来てもらえばいいじゃないですか」

三人の中年たちは、ぽかんとした顔で戸高を見た。それから、互いに顔を見合わせた。

池谷管理官が長門室長に尋ねた。

「それは可能か？」

「今後も、待ち時間はあるだろうから、何とかなると思うよ。殺人の捜査なんだしな」

安田検視官が言った。

「善は急げと言うだろう。今から桐原美里を呼びに行ったらどうだ？」

何が「善」なのか、と楠木は思った。

池谷管理官が言う。

「いやあ、今日は撮影が終わって帰宅したんだろう？　それを呼んでくるってのは、どうかなあ……」

「殺人の捜査ですよ。そんなこと、気にすることないじゃないですか」

池谷管理官は、後ろめたさを感じているのだ。捜査というのは名目で、桐原美里と話がしたいだけなのだろう。

長門室長が言った。

「任意同行だからな。断られたら終わりだ」

それに対して、安田検視官が言った。

「警察官に署まで来てくれと言われた一般人は、断ることができるとは思わないよ。任意と強制捜査の区別がつくやつなんていない」

うわあ、無茶言うな、この人。

だが、たしかにそれが現実だ。怪しければ引っぱれ。警察官はそう考えている。地域係のときに、教わったことがある。

警察署に無理やり引っぱると人権問題になりかねない。交番はそのための緩衝地帯でもある。

交番に引っぱっていくだけなら、警察署に身柄を運ぶよりも抵抗が少ない。

池谷管理官が時計を見て言う。

「もう八時を回っている。桐原美里がどこに住んでいるかわからないが、これから捜査員が訪ねて行って、署に来てもらったら、どう考えても九時を過ぎるだろう。それから話を聞きはじめたら、帰宅してもらうのが深夜になりかねない」

安田検視官が言う。

「被疑者や参考人を引っぱるのに、そんなこと、いちいち気にしないでしょう？」

「ＶＩＰは別だよ。口うるさい弁護士が乗り出してきたりしたら面倒だろう」

「あら、もうそんな時間？」

藍本署長が言った。「私、帰っちゃいけないかしら……」

池谷管理官が言う。

「捜査幹部の方が、我々といっしょにお泊まりになることは、あまりありません。捜査も大詰めというわけじゃないですし、いったん帰宅されてはいかがですか」

「あらあ、それはありがたいわ」

安田検視官と長門室長が、ちょっと悔しそうな顔をしている。池谷管理官が点数を稼いだと思っているのだろう。

これを潮に、俺も帰るわけにはいかないかな……。楠木はそう思って、周囲の雰囲気を探った。捜査員たちは、誰も帰ろうなどと思ってはいない様子だ。

幹部席にいるのは、捜査一課長だけだ。午後五時に刑事部長と捜査一課長がやってきたはずだ。刑事部長はすでに姿を消している。

池谷管理官が藍本署長に言った。

「あとは捜査一課長に任せておけばいいと思いますよ」

「じゃあ、そうさせてもらおうかしら……」

藍本署長が幹部席に戻っていった。それに従うように、池谷管理官も課長のもとに向かった。

捜査一課長の名前は田端守雄（たばたもりお）だ。威勢のいい叩き上げの課長だと聞いている。

その田端課長の声が聞こえてきた。

「ああ、もちろんいいですとも。後は私に任せて、お帰りください」

男は誰も彼も、藍本署長に気に入られようとするようだ。

藍本署長が捜査本部をあとにすると、田端課長と池谷管理官が何事か話し合っていた。それから池谷管理官が大声で言った。

「これから、捜査会議を始める」

マジか。

楠木は、隣にいた戸高にそっと言った。

「捜査会議をやる意味なんてあるんですか？」

「あまりない。最近は会議をやらないで、管理官に情報を集約するやり方が増えてきている。そのほうが、記者なんかに情報が洩れるリスクも少ない」

「へえ……」

「だが、それだと捜査員たちがただの駒になってしまう。田端課長はそういうのを嫌うんだ。全員で捜査情報を共有して、捜査員一人ひとりが頭を使うことを理想としている」

会議が始まるとなると、ますます帰りにくくなる。長門室長はどっかりと腰を落ち着けている様子だ。

安田検視官も帰ろうとしない。桐原美里効果だろうな、と楠木は思った。

捜査会議で捜査員たちの報告を聞いたが、どれも楠木の知っていることばかりだった。話を聞き終えると、田端課長が言った。

「あの現場が、映画の中の遺体発見現場になるはずだったというのは聞いている。その場所をあらかじめ知っていたのは、監督を含めて四人の男性ということか」

池谷管理官が、戸高を指名した。戸高は立ち上がり、こたえた。

「確認できているのが、今のところその四人だということです」

「今後、その人数が増えることもあり得る、ということか？」

「あり得ると思います」

田端課長は、ふうんと考え込んでから、さらに戸高に尋ねた。

「捜査の過程で、何度か桐原美里の名前を耳にしているように思えるが……」

「はい」

「実際のところ、どうなんだ？　彼女は疑わしいのか？」

「何とも言えません」

「捜査員としての意見を聞きたいんだがな」

「現時点では、判断できかねます」

「そうか……」

そのとき、安田検視官が言った。

「ですから、桐原美里を引っぱって話を聞こうってことになっているんです」

田端課長が安田検視官を見て言った。

「ずっと訊きたいと思っていたんだが……」

「何でしょう」

「なんで、安さんがここにいるんだ。検視官の役目はもう終わったんじゃないのか？」

「私は責任感が強いんです。課長もそれはご存じでしょう」

「そうだっけな……」

「乗りかかった船ですからね。今さら捜査から外れるわけにはいきません」

「検視官は忙しいんじゃないのか？」

「いや、課長ほどじゃありませんよ」

相変わらず、とんでもなく調子がいい。田端課長は、話題を変えることにしたようだ。佐治係長を見て言った。

「映画の周辺から聞き込みをしたところでは、特にトラブルがあった様子はないということだな？」

「ええ。まったく……」

田端課長はまた、思案顔になった。

「それで、内部の犯行だと……」

田端課長が佐治係長に言った。

「ええ。そう考えていいと思います」

「わからないな……。映画の衣装を着た役者を、映画の設定どおりの現場で、さらに設定どおりの手口で殺害したというんだろう？　どう考えても、映画に対する嫌がらせじゃないか。それが内部の者の犯行だって言うのか」

佐治が困ったような顔で言った。

「しかし、外部には犯行の動機が見当たりませんので……。設定どおりの場所と手口で殺害、というのも内部の者にしかできないことでしょう」

「長門ちゃん」

田端課長が呼びかけた。課長にも「長門ちゃん」などと呼ばれていることに、楠木はちょっと驚いた。

「はい」

「そのへんのところ、どうなの？」

佐治が着席して、長門室長が起立する。

「少なくとも、脚本の内容を詳しく知っていて、衣装や小道具についても把握しており、しかも、犯行前日に行われたロケハンの結果をいち早く知っていた者にしか、犯行は不可能だと思います」

「内部に、この映画の撮影を妨害してやろうって者がいる可能性は？」

「なくはないですが、考えにくいですね」

「そうなのか」

「スタッフは誰だって何事もなく撮影を終えたいと思っているはずですからね。役者だってそうでしょう。出演する映画でトラブルがあれば、困るのは関係者全員です」

「だが、犯行はあった」

「ですから、理屈を超えた激しい感情が動機なのではないかと思います」

「男女間のトラブルとか……？」

「ええ。被害者の高平治は、女性関係が相当派手でしたからね」

「そういうのって、逆に怨まれないんじゃないの？」

「逆に怨まれない……？」

「しょうがないなって思われるだけで、激しく怨まれたりはしないんじゃないのかなあ」

さすがに捜査一課長だ。世情に通じている。楠木は、そう思った。

長門室長がこたえる。

「関係がこじれることだってあるでしょう」

「もちろん、そういうことはあるだろうよ」

田端課長は、長門室長に言った。「だが、どうも女性関係が派手な男ってのは、殺されるほど一人の女性に憎まれることって、あまりないような気がするんだけどなあ……」

「そうでしょうかね……。男と女の間には、どんなことが起きても不思議じゃないと思いますが」

「まあ、それも事実だけどね」

田端課長は釈然としない表情だ。それ以上質問はないと踏んだのだろう、長門室長が着席した。

被害者が女に怨まれようがそうでなかろうが、どうでもいいんだけどなあ……。

楠木はそんなことを思っていた。とにかく、早く帰りたい。

まあ、捜査本部の人たちにとっては大切なことなのだろう。なにせ、動機に関わることなのだ。

会議が退屈なので、楠木もそのことについて少し考えてみることにした。どちらかというと、田端課長の意見に分があるような気がした。

たしかに派手に遊んでいる男性に対して、周囲は苦笑混じりに「しょうがないなあ」という反応を見せる。男性たちは、いくらか羨望(せんぼう)や賞賛の思いも抱くに違いない。

また、女性は一種の諦めのような気持ちをもってそういう男性を眺めるのではないだろうか。

そして、たいていの女性は、そういう男性と自分は何の関係もないと考えがちだ。ところが、気がつくと、深い関係になっていたりする。女性関係が派手な男性というのは、それだけもてるということだ。

自分は決して、そういう軽薄な男性と関わりは持たないと思っている女性が、あっさりと関係を持ってしまうことは珍しくないのだ。

まあ、楠木にはあまり縁のない話だ。だからこれは一般論でしかないのだが、なんとなくそういう気がする。そういう男性は女性のあしらいがうまいので、殺されるほど関係をこじらせたりはしないのではないかと、楠木は思うのだった。つまり、田端課長と同意見というわけだ。ただし、長門室長が言っていることも理解できる。

そんなことを考えているうちに、いつしか捜査会議が終わっていた。

21

結局、楠木が帰宅できたのは午後十時頃だった。

午後九時半頃、捜査会議が終わり、捜査一課長が捜査本部を去っていった。

管理官席にいた安田検視官が言った。

「俺も帰ろうかなあ……」

池谷管理官が言った。

「なんだよ、あんた。今さら帰ろうってのか」

「いや、だって、この時間じゃもうやることないでしょう」

「捜査はまだまだ続く。俺はここで情報の集約と整理をしなけりゃならないんだ」

「明日また来ますよ。午前八時でいいですね？」

池谷管理官は渋い顔で長門室長を見た。

「長門ちゃんはどうするつもりだ？」

楠木は、管理官席のそばでそのやり取りを見守っていた。楠木が帰れるかどうかは、長門の返答次第だ。

長門室長がこたえた。

「端緒についての報告もしたし、今日はもう撮影現場の案内も必要ない。帰るよ」

やったあ。

楠木は、心の中でぐっと拳を握っていた。

池谷管理官がますます渋い顔になる。

「結局、泊まり込みは俺だけかよ」

長門室長が言う。

「管理官って、そんなもんだよ。じゃあね」

「あ、待てよ。桐原美里はどうすんだよ」

「わざわざ自宅に訪ねていくこともないだろう。撮影現場にやってくるんだからな。現場からここに呼べばいい」

「それ、長門ちゃんがやってくれる?」

「ああ、いいよ」

「必ず連れてきてくれよ。自分だけ話を聞こうなんて思うなよ」

「わかってるよ」

これ、まるで子供の会話だ。男というのは、いくつになっても子供なのだ。

「そうだよ」

安田検視官が言う。「絶対に連れてきてくれよ」

長門室長が安田検視官に言う。

「あんたは明日、別の事件に呼び出されるかもしれないぞ」

「こっちを優先するよ」

そんなことが許されるのか。楠木は眉をひそめた。

山岡が車を持って帰ってしまったので、楠木と長門室長は、電車で帰らなくてはならなかった。

別れ際に、長門室長が言った。

「じゃあ、また明日」

「あの……」

楠木は尋ねた。「明日、自分はどこに行けばいいんですか？　もう捜査本部には行かなくていいんですよね」

「撮影現場に入ってくれ。撮影の準備が早朝から始まるはずだから、集合は午前七時だ」

うわあ、早いなあ。

警察官の仕事はたいてい朝が早い。まあ、これは仕方のないことだ。

「わかりました。午前七時、昭和島集合ですね」

「桐原美里のスケジュールを調べて、待ち時間を確認しておいて。その時間に捜査本部に来てもらうから」

「その交渉は、自分がやるんですか？」

「それは俺がやる。池谷管理官にそう言われたからな」

「了解しました」

面倒臭い交渉事をやらなくて済みそうだ。楠木はほっとしていた。

十時過ぎにようやく解放されたと思ったら、朝七時に集合だ。だが、徹夜で捜査を続けている刑事たちのことを考えたら、文句は言えない。

とにかく一刻も早く帰って、少しでも長く眠ろうと思った。


翌朝七時に昭和島の撮影現場に行くと、すでに山岡と服部がいた。長門室長から、集合時間のお達しがあったのだろう。

「あれえ、捜査本部に行くんじゃないの？」

服部が楠木に言った。

「報告は済ませましたからね。お役御免だと思いたいですよ」

そこに、静香がやってきて、服部が尋ねた。

「昨日は、どこかへ行ったのか？」

明らかにさりげなさを装っている。

静香は聞き返した。

「何それ。どういうこと？」

「いや、どういうことって……。訊いてみただけだよ」

「私がどこに行こうと、あなたに関係ないでしょう？」

「いや、そりゃそうだけど……」

静香の言葉に、服部はひどくうろたえて言った。「なんか、ほら……。ちょっと、気になるじゃないか」

静香が言う。

「何が気になるのよ」

服部は言葉を濁している。彼の代わりに、山岡が言った。

「昨日、大森署の地域課のやつといっしょに帰っただろう？　何といったっけ、あいつ。須磨だっけ？」

「たしかにいっしょに帰ったけど……」

「服部はさ、そのことを気にしているんだよ」

「どうして気にするの？」

何だか機嫌が悪そうだ。朝早いからだろうか。

服部ではなく、山岡がこたえる。

「そりゃ気になるだろうよ。何かあったんじゃねえかって……」

静香が服部をちらりと見て言う。

「私のことより、滝田彩香のことが気になるくせに」

服部は慌てて言った。

「いや、そんなことはないよ……」

何だよ、やきもちかよ。

一瞬、服部を気の毒に思ったが、ばかばかしくなった。楠木は山岡に言った。

「桐原美里のスケジュールを確認するように、室長に言われているんですが……」

山岡の顔色が変わる。

「何だと？　なんで、そんなことが必要なんだ？」

「話を聞くために、彼女を捜査本部に呼ぶようですよ」

「どうして？」

「彼女が被害者と関係を持ったことがあるので、それが問題になっているようです」

「役者の世界だぞ。そんなことといちいち気にしてられるかよ」

「管理官は気にしているようですよ。安田検視官や室長も……」

「ああ、あのC調な検視官か……」

C調って、死語だよなあ。軽くて調子がいいやつのことを言うんだろうけど、楠木の世代では馴染みがない言葉だ。

「大森署の戸高って刑事も、桐原美里に疑いを持っているようです」

山岡はふんと鼻を鳴らしてかぶりを振った。

「どいつもこいつも、眼は節穴か」

山岡が言った。楠木は尋ねた。

「桐原美里は容疑者なんかじゃないということですか？」

「当たり前だ。なんで彼女が高平を殺さなきゃならないんだ」

「男女の関係があったからじゃないですか。捜査本部では、男女間のトラブルが動機だと考えているようですよ」

「映画の世界だよ。共演者がヤっちゃうなんて、別に珍しいことじゃないだろう」

静香が言った。

「ちょっと。そういう言い方しないでよ」

「どんな言い方しようが事実は事実だ。そんなの動機になるかよ」

楠木はさらに言った。

「昨日、撮影が終わった後、桐原美里は遺体発見の現場を見下ろすように、たたずんでいたんですよね？」

「何か考え事でもしていたんだろう」

「とにかく、彼女のスケジュールを調べて、任意同行をお願いしなければなりません」

「そんなこと、俺が知るかよ」

「何を考えていたんでしょう」

「おまえが連れて行くのか?」

「室長が交渉すると言っていました」

「しょうがねえなあ。行ってこいよ」

楠木は、誰か桐原美里のスケジュールを知っていそうな人を探すことにした。助監督の誰かを捕まえればいいと思った。

すでに撮影の準備が始まっている現場の中を歩き回り、鹿乃子チーフ助監督を見つけた。楠木が声をかけると、鹿乃子チーフは振り向いて、何か言った。

やはり滑舌が悪いくせに早口なので、何を言っているのかよくわからない。

「すいません。もっとゆっくりしゃべってもらえますか?」

「なんだよ。なんでゆっくりしゃべらなきゃならないの?」

落ち着いてしゃべってくれれば、ちゃんと聞き取れるのだ。

「あ、すいません。自分は映画撮影のペースに慣れていないもので……」

こういうときは当たり障りのないことを言っておくに限る。

「何か用？」

「桐原美里さんの予定を知りたいんです」

「なんで？」

鹿乃子助監督が楠木に尋ねる。

「えーと……。上司にそう言われたからです」

「なに、あんた、上司に言われたら、何も考えずに、それに従うわけ？　主体性とかないの？」

主体性は、そんなにないかもしれないなあ。でも、何を言ってるかわからないような助監督に絡まれたくはなかった。

「理由はありますよ。お話しできないだけです」

本当は話してもかまわないと思った。だが、教えてやるのが悔しかった。

「ふうん……」

「捜査に必要なんです。桐原美里のスケジュール、わかりますか？」

「そりゃ、俺はチーフだから、何でも知ってるよ」

「じゃあ、教えてください。彼女の撮影は何時からの予定ですか？」

彼は脚本に挟んでいた紙を取り出して見た。それに、出演者たちの予定が書き込まれているのだろう。

「今日は、午後からの予定だね。午後一時に撮影開始だ」

「入りは何時ですか？」

「その二時間前。だから、午前十一時だ」

「撮影の待ち時間はありますか？」

「できるだけ、そういうのをないように段取りを組んでいるんだけどね……」

「でも、あるんでしょう？」

「午後三時から、主人公の二人といっしょのシーンがあって、おそらく伊達さんと柴崎さんのどちらかの入りを待つことになると思う。あるいは両方を……」

「二人が遅れてくるということ？」

「たぶんね」

「じゃあ、一時からのシーンが終わったら、桐原美里はしばらく時間があるということですね？」

「そういうことになるけど、だから、何だって言うの？」

「いや、まあ。それはこちらの話なんです」

「こちらの話はないだろう。桐原さんはね、この映画のヒロインなんだよ。できれば、警察に雑音を入れてほしくない」

「雑音ですか」

「そうだよ。撮影の妨害とも言える」

「それは、ひどい言い草だなあ」

楠木は鹿乃子助監督に言った。

「何がひどいんだよ。実際に、撮影隊をずいぶんと引っかき回してくれてるじゃないか」

この人は、気弱そうな顔をしているくせに、ずいぶん辛辣なことを言うんだな。こうなったら、意地でも桐原美里の身柄を捜査本部に運ぶことは言わないでおこう。

楠木は反論する代わりに言った。

「すいませんね。殺人の捜査なもんで……。捜査情報を洩らしたりしたら、自分なんてたちまちクビになってしまいますから……」

「え、それ、桐原さんが事件に関わっているってこと？」

「自分はそうは思ってませんよ」

「そう思っている人が、別にいるってこと？」

「上の人たちが一度話を聞きたいって言ってるんです」

鹿乃子チーフ助監督は、難しい顔になった。

「容疑者ってことなの？」

「だから、自分は違うと思っているんですってば」

「警察って、絶対に妥協しないよね。交通違反で捕まえたら、何が何でも処分するよね」

「妥協はしませんねえ」

鹿乃子チーフが溜め息をついた。

「撮影に支障を来そうがなんだろうが、桐原さんを引っぱっていくんだろう？」

「いや、ですから、できるだけご迷惑がかからないように、空き時間とか待ち時間とかをうかがっているわけでして……」

「予定は教えたよ。あとは本人次第だからね」

「わかっています」

楠木は礼を言って、鹿乃子チーフのもとを離れると、長門室長に電話した。

「はーい、長門」

「楠木です。桐原さんの予定がわかりました」

鹿乃子チーフから聞いた内容を伝えた。

「わかった」

長門室長が言った。「じゃあ、俺は桐原美里がやってくる時間を見計らって、そっちに行くから。おまえは、監督に一言断りを入れておいてくれ」

「監督に、ですか？」

「そうだよ。話が長引くことだってある。そうなれば、撮影をしばらく待ってもらうことになるだろう」

「わかりました」

電話を切ると、楠木は監督を探して歩いた。制作部のスタッフなどに尋ねて、監督控え室にいることがわかった。

衣装部やらメーク係やらと同じ建物だ。楠木は、そこに監督を訪ねた。

辻友監督は、テーブルに向かい、記録係の女性と打ち合わせをしていた。

楠木が部屋に入っていくと、辻友監督が言った。

「その後、捜査のほうはどうなんです？」

「進んでいると思います」

楠木にはそれしか言えない。

「じゃあ、犯人の目星は付いたんですか？」

「すいません。そういうことにはおこたえできないんです」

「俺は監督ですよ。この撮影全体の責任者です。容疑者がいるのなら聞いておきたい」

「そういうことをしゃべると、クビが飛びかねないんです」

「あんたがクビになろうと、知ったこっちゃないんだけどなあ。俺は容疑者のことを知りたい」

鹿乃子と同じく、監督もけっこう辛辣だ。絶対に何も教えたくない、と楠木は思った。

「それでですね、上司が桐原美里さんからお話をうかがいたいと申しておりまして……。鹿乃子チーフに予定をうかがいましたら、桐原さんは一時から撮影で、それが終了した後、もしかしたら、次の伊達さん、柴崎さんといっしょのシーンの撮影まで、しばらく待ち時間があるかもしれないということなので、そのタイミングで、桐原さんに署のほうにおいでいただくことになると思います」

途中でツッコまれないように一気にしゃべった。

「署に……」

辻友監督が眉をひそめる。そして、記録係の女性に確認した。「本当に待ち時間なんてあるのか？」

記録係がこたえた。

「三十分くらいは空くかもしれませんが、撮影の具合で何とも言えませんね」

楠木はその女性のほうを見ていた。彼女は、決して楠木のほうを見ようとはしなかった。

あれ、俺嫌われてんのかな。それとも、警察が嫌いなのか……。個人的に嫌われる理由は思いつかないから後者だろう。

辻友監督が楠木に言った。

「出演者が現場を離れると困るんだけどね……。話なら、控え室とかロケバスの中で聞けばいいじゃないか」

「いろいろと事情がありまして、桐原さんには署のほうにいらしていただきたいんです」

辻友監督はさらに怪訝そうな表情になる。

「普通に聞くと、彼女が容疑者というふうに聞こえるな……」

「いえ、決してそういうことではありません」

「それって、警察の常套句じゃないか」

「本当に、そうじゃないんです」

上司たちが、桐原美里に会いたがっている、なんてとても言えない。

辻友監督は記録係の女性に尋ねた。

「どう思う？」

彼女はやはり楠木のほうを見ずにこたえた。

「仕方がないですね。どうせ、『そういうことをされると困る』と言ったところで、警察は無理やり連れていくのでしょうし……」

そう言えば、彼女の名前を聞いていなかったな。別に必要はないかもしれないが、一応聞いておこうか。

「あの、すいませんが、お名前を教えていただけますか？」

「俺？　辻友だけど」

「いや、記録係の方の……」

彼女は、ようやく楠木のほうを見た。険しい表情だった。

「どうして、私の名前が必要なんですか？」

「あ、いや、監督やスタッフの方のお名前はたいていうかがっていたもので……」

「今関です。今関良美」

どういう字を書くのかを説明してもらい、さらに尋ねた。

「失礼ですが、年齢をうかがってもよろしいですか」

「三十五歳です」

「すいませんね。ちゃんと調べておかないと、上司に叱られるもので……」

今関良美が、楠木を無視するように辻友監督に言った。

「おそらく、桐原さんなら、テークが重なることもないでしょうから、一時からの撮影は比較的早く終わると思います。そして、三時スタートはおそらく押すでしょうから、桐原さんの待ち時間はあると思います」

それを長門室長に伝えることにした。

22

午前十一時頃、言っていたとおり長門室長が撮影現場にやってきた。

「桐原美里は？」

楠木はこたえた。

「ロケバスにいると思います」

彼女はまだ現場に到着したばかりだった。

「じゃあ、会いに行こう」

「え、会いに行こうって、自分も行くんですか？」

「いいだろう。付き合えよ」

仕方がない。室長に言われたら嫌とは言えない。

「まだ、メーク前ですよ。いいのかなあ、会いに行って……」

楠木が言うと、長門室長は悠然とこたえた。

「警察官は、そんなことは気にしないの」

長門室長がロケバスのドアをノックする。特に返事がないので、長門室長が大声で宣言する。

「開けますよ」

ドアを開け、ステップを上がると、最後尾の座席に桐原美里がいた。

長門室長が声をかける。

「失礼します。警視庁の長門です。こちらは楠木……」

彼女はうなずいてからこたえた。

「そちらの制服の方は、お会いしたことがあります」

「実は、撮影の合間に、署のほうにおいでいただけないかと思いまして、お願いに参ったのですが……」

「任意同行ということですか？」

「あー、まあ、そういうことになりますが……」

「お断りすると、得にはならない。そういうことですね？」

「いえ、そこまで深刻な話じゃないんです。ここでお話をうかがってもいいんですが、俺一人であなたと話をすると、他の者が悔しがるんです」

「あら……」

桐原美里は、かすかにほほえんだ。実に女優らしいほほえみだ、と楠木は思った。

「一時の撮影と、三時の撮影の間に、待ち時間がありそうだということなので、その時間にいらしていただければ……」

「一時の撮影が押したら、待ち時間なんてなくなっちゃうわね」

桐原美里の言葉に、長門室長は笑みを浮かべた。

「そうならないように、一発オーケーでお願いしたいですね」

長門室長が笑顔を見せるのは珍しい。そう思いながら、楠木は二人のやり取りを眺めていた。

ロケバスを出ると、長門室長は言った。

「うーん。安田や池谷が会いたがるのも無理はないなあ」

「室長だって会いたがっていたじゃないですか」

「俺は会おうと思えばいつでも会えるじゃないか」

「そうですね。今、ひょっとして優越感に浸っています？」

「そうだね。安田や池谷に自慢してやりたいね。捜査本部に彼女を連れて行くんだから、感謝してほしいよね」

「それで、彼女は容疑者だと思いますか？」

長門室長は、しばらく考えてから言った。

「違うと思いたいがなあ……」

「つまり、怪しいと思っているわけですね？」

「被害者と男女の関係があって、遺体の発見場所で不審な態度を取っていたわけだろう。署長室に挨拶に来たこともアリバイにはならないということがわかった。彼女にとって不利な要素が多い」

「そうですかね……」

「おまえは、どう思ってるんだ？」

「あの人、犯人じゃないような気がするんですよね」

「なぜだ？」

「たぶん、彼女は高平さんのこと、怨んでませんよね」

長門室長は、また考え込んだ。しばらく無言だったが、やがて言った。

「他に誰か怪しいやつがいるのか？」

楠木はかぶりを振った。

「いいえ。自分には見当もつきません。第一、自分はＦＣ室の仕事でここに来ているんです。殺人の捜査で来ているわけじゃありません」

「了見が狭いねえ。警察官なんだから、殺人だろうが何だろうが、犯罪者を捕まえなきゃだめだろう」

いや、俺は安定した給料をもらい、ただ定年まで過ごせればそれでいいから。あとは恩給をもらって悠々自適で暮らすのだ。

予定どおり午後一時から撮影が始まった。桐原美里は、ほとんど一回か二回のテークでオーケーを出し、充分な空き時間を確保できた。

「さすがだなあ……」

長門室長がつぶやく。楠木は言った。

「感心していないで、早く彼女を署に案内しないと……」

「わかってるよ。おまえ、運転できるよね」

「もちろん。パトカーに乗っていたこともありますからね」

「じゃあ、ＦＣ車の運転頼むよ」

「ここに来るときは、どうしたんですか？」

「しょうがないから自分で運転してきたよ」

「車、自分らが使っていいんですね？」

「桐原さんのためだよ。じゃあ俺、迎えに行ってくるから……」

長門室長は、桐原美里が控え室代わりに使っているロケバスに向かった。そして、ほどなく彼女を伴って戻ってきた。

三人でＦＣ車と名づけた車両に乗り込み、楠木は車をスタートさせた。長門室長は助手席に座り、桐原美里は後部座席だ。

彼女は車に乗り込んでから一言も口をきかない。長門室長も話しかけなかった。

なんだか、緊張感があるな。

被疑者を逮捕したときよりも、ずっとぴりぴりしている。楠木はそう感じた。人にもよるが、検挙された者と捜査員らは意外といろいろな話をする。

話題は、多くの場合、検挙されたことへの不満や苦情の類だが、これからどうなるのかを心配そうに尋ねる被検挙者もいるらしい。

たまにだが、世間話をするのもいる。常習犯になると、検挙後の流れもわかっているので、落ち着いたものだ。捜査員のほうも、そういうのが相手だと比較的気楽なので、ついつい世間話、ということになるようだ。

大森署に到着すると、まっすぐに捜査本部に向かった。通常なら、落ち着いて話ができる取調室とか会議室に案内するのだが、長門室長は、本当に桐原美里を連れて来たのだということを、捜査本部のみんなに知らしめたいに違いない。

桐原美里が、講堂に足を踏みいれたとたんに、ほうっという溜め息まじりの声があちらこちらから洩れた。池谷管理官と安田検視官がじっと楠木たちのほうを見ていた。

「ようこそ、お越しくださいました」

まず声をかけたのは、安田検視官だった。それを制するように、池谷管理官が言った。

「撮影の合間にお越しいただいたとうかがっております。話はできるだけ手短に済ませたいと思います」

桐原美里は優雅にうなずいた。

「お願いします」

幹部席から、藍本署長と田端課長がやってきた。田端課長が言う。

「ご足労いただき、恐縮です」

もう、そういう挨拶はいいから、早く話を始めれば？

楠木は心の中でそう言っていた。

田端課長が池谷管理官に尋ねた。

「さて、どこでお話をうかがおうか……」

「どこか、会議室とかを使えれば……。ここだと、捜査員たちの眼もあるし……」

たしかに、本部内に残っている捜査員たちは、桐原美里のことを気にしている様子だ。わざと無視するような連中もいるが、彼らもちらちらと時折視線を飛ばしてくる。意識しているのは見え見えだ。

そのとき、桐原美里が言った。

「私はここでかまいません。それとも、取調室に行きますか？」

田端課長が慌てた様子で言った。

「取調室なんてとんでもない。そうだな……。これからどこかへ移動していただくのもナンだ。ここで話をうかがったらどうだ？」

池谷管理官が、近くの空いている椅子を持ってきて言った。

「では、ここにおかけください」

桐原美里がその椅子に腰かける。池谷管理官が自分の席に腰を下ろして言う。

「では、いくつか質問させてください」

「どうぞ」

「亡くなった高平さんとは、どういうご関係でしたか？」

池谷管理官の質問に、桐原美里は落ち着いた様子でこたえた。

「仕事仲間です。……そうこたえても、満足はしていただけないでしょうね。お訊きになりたいのは、男女としての関係のことでしょう？」

「はあ、そういうことです」

池谷管理官のすぐそばに、安田検視官が立っている。また、その後ろには、田端課長と藍本署長が立っていた。

長門室長と楠木は、桐原美里の斜め後ろに立っている。

みんなで彼女を取り囲んでいるような恰好だ。プレッシャーを感じそうな状況だが、桐原美里は平然としている。

女優ってのは、たいしたもんだなあ。

楠木はそんなことを思っていた。もし、ここに藍本署長がいなければ、もっと存在感が増していただろう。つまり、中年男たちが、もっと舞い上がっていたはずだ。

藍本署長にも、それくらいの存在感はあった。美人というのは、常に男を落ち着かなくさせるのだ。

桐原美里が言った。

「高平さんと関係を持ったことがあります。でも、それは一度だけです」

「ええと……。そういうのは、回数とかの問題じゃないと、署長が申しておるんですが……」

桐原美里は、藍本署長を一瞥(いちべつ)してからこたえた。

「たしかにそうかもしれませんが、私と高平さんはそれきりでした」

「深くお付き合いされたわけではない、と……」

「付き合ったというほどではありません」

「高平さんは、女性関係がかなり派手だったとうかがっておりますが」

「ええ。手が早いので有名でしたね」

「それについて、あなたはどうお考えでしたか？」

「どうって……」

桐原美里はかすかにほほえんだ。「別に何も……」

「何も、というのは、何もお考えではなかったということですか？」

「ええ、そうです」

「ご立腹のこととか、なかったのですか？」

桐原美里が池谷管理官の質問にこたえる。

「そういうことはありませんでした」

「高平さんと喧嘩などされたことは？」

「いいえ。ありません」

彼女の態度には動揺が微塵もない。池谷管理官の質問が続く。

「昨日の撮影終了後のことです。あなたは、高平さんの遺体が発見された場所にたたずんでおられたそうですね」

「そうですね」

戸高は桐原美里に疑いを抱いている様子だが、根拠の一つはその行動だったはずだ。

そう言えば、戸高はどこにいるのだろう。捜査本部内にはいないようだ。どこかに聞き込みに出かけているのだろうか。

「そこで何をなさっていたのですか？」

「お別れを言っていました」

「高平さんに？」

「そうです。もう二度とお会いできないのだな、と思いまして……」

「一度関係を持たれたけれど、お付き合いしたわけではない。そうおっしゃいましたね？」

「ええ。でも、いい仕事仲間でしたから。好意は持っていました。でなければ、関係を持ったりしませんから」

「わかるわ」

藍本署長が言った。「男と女の関係って、微妙なものよねえ」

「お別れを言っておられた……。ただ、それだけだったのですか？」

「それだけです。冥福を祈りました」

山岡はたしか、彼女がただ遺体発見現場に立っていただけだと言っていた。話は矛盾していない、と楠木は思った。

池谷管理官が振り向いて、田端課長の顔を見た。課長がそれにこたえるように言った。

「他に何か質問がある者は？」

安田検視官が言った。

「この後も撮影があるんですよね？」

桐原美里がこたえる。

「ええ。午後三時からの予定です」

「がんばってください」

「ありがとうございます」

田端課長が、ちょっと悔しそうに言った。

「おい、安さん。そんな質問をしろと言ったわけじゃない」

「いやあ、すいません。この際だから、何か訊いておこうと思いまして……」

田端課長が池谷管理官に言った。

「俺も訊くことはない。桐原さんには、お引き取りいただいていいと思うんだが……」

何か言いたそうだ。池谷管理官が尋ねた。

「何でしょう？」

田端課長は言いづらそうだ。

「ええと、そのう……。お帰りになる前に、サインなんていただけないかと……」

桐原美里はうなずいた。

「もちろん、かまいませんよ」

田端課長がほっとした顔になって言う。

「いやあ、なんだか職権乱用みたいで、恐縮なんですが……」

「そんなことはないと思います。お話をするついでですから……」

「そう言っていただけると、助かります」

課長は私用の手帳を取り出して、ペンといっしょに桐原美里に手渡す。彼女は、開かれたページに手慣れた仕草でサインをした。

池谷管理官が、それを見て言った。

「あの……。差し支えなければ、私にもサインをいただけないでしょうか」

負けじと、安田検視官も言う。

「あ、私にも……」

さすがに長門室長はサインを求めたりはしなかった。ＦＣ室の責任者だという自覚があるのだろう。

捜査幹部が、事情聴取のためにやってきた人物にサインを求めるなど、普通はあり得ない。

彼らの桐原美里に対する思いは普通ではないということだ。

楠木は、長門室長にそっと言った。

「こんなことが、刑事部長なんかに知られたらヤバイんじゃないですか」

長門室長は平然とこたえる。

「たぶん、部長もサインをほしがるだろうな」

三人分のサインを書き終えた桐原美里を撮影現場まで送ることになった。再び、長門室長と楠木が彼女を案内してＦＣ車に乗せた。

撮影現場に戻ったのは、次の撮影予定の午後三時ぎりぎりだった。車を降りて、三人でロケバスに向かっていると、鹿乃子チーフ助監督が近づいてきて何か言った。

相変わらず滑舌が悪く、早口だ。長門室長が聞き返すと、彼はゆっくりした口調で言い直した。

「撮影スタート、押しそうです」

「あら、そう」

桐原美里はそう言うと、ロケバスの中に消えていった。

長門室長が鹿乃子チーフ助監督に尋ねた。

「主役の二人の入りが遅れてるの？」

「いいえ。もう二人とも来てるんですが……」

「何待ちなの？」

「二人の体調が回復するのを待ってます」

「ああ……。二日酔いなの？」

「体調は表情に出ますからね」

「どれくらいかかりそう？」

「じきに始まると思います」

鹿乃子チーフはそこまで言って、声をひそめた。「あの……。桐原さんは疑われているんですか？」

長門室長がこたえる。

「いや、そんなことはないと思うよ」

「じゃあ、どうして警察署に連れて行かれたんです？」

「ここだけの話だけどね」

「はい」

「管理官や検視官が会いたがったからだ。課長までがサインを欲しがってさ」

えー、そんなこと、言っちゃっていいのかな。

鹿乃子チーフが苦笑を浮かべて言った。

「桐原さん、苦情は言ってませんでしたか？」

「いや、とても協力的でしたよ」

「桐原さんは容疑者じゃないということですね」

「どうやって彼女が殺せるのさ。不可能だろう」

楠木は長門室長に言った。

「捜査情報を洩らしちゃまずいんじゃないですか」

「こんなの情報のうちに入らないよ」

「そうかなあ……」

そのとき、楠木は戸高と矢口の姿を見つけた。戸高も楠木たちに気づいて、近づいてきた。

「桐原美里を引っぱったんですよね？」

戸高の問いに、長門室長がこたえた。

「引っぱったって、人聞きが悪いよ。事情聴取で来てもらっただけだ」

楠木は言った。

「戸高さんは、彼女のこと、怪しいと思っているんですよね」

鹿乃子チーフが戸高の顔を見つめた。

23

戸高が、顔をしかめて言った。

「一般人がいる前で、そういう話をするなよ」

楠木はこたえた。

「一般人といっても、鹿乃子チーフは関係者ですよ」

「だったら、なおさらじゃないか」

そうなのかな。楠木は思った。別に、鹿乃子が聞いても問題ないと思うけど……。

「そうですよ」

矢口が言った。「そういう発言は不注意です」

こいつ、訊かれてもいないのに。気に入らないので無視することにした。

楠木はさらに戸高に言った。

「長門室長は、犯人は桐原美里さんじゃないと言ってるんです」

「だから……」

戸高はさらに顔をしかめる。「ここでそういう話をすべきじゃないと言ってるんだ」

すると、長門室長が言った。

「いいじゃない。きっと鹿乃子チーフは口が固いよ」

なんとずる賢い発言だろうと、楠木は思った。こういう言い方をされると、べらべらしゃべるわけにはいかなくなる。

人間の良心につけ込んだ、実に巧妙な口封じだ。

まあ、鹿乃子助監督にそういう良心があるかどうかは別問題だが。

長門室長がさらに言った。

「池谷管理官は、桐原美里のことをシロだと思っているよ。安田検視官や田端一課長もそうだ。まあ、安田はどうでもいいけど、大切なのは田端課長だ。課長と管理官がシロだと思っているってことは、捜査本部がそう判断したということなんだ」

戸高が言う。

「捜査幹部の判断なんて、知ったこっちゃないですね」

「でも、あんただって、彼女が犯人だと思っているわけじゃないんだろう」

「そりゃまあ、そうですが……」

「え……」

楠木は思わず声を上げていた。戸高と長門が同時に楠木を見た。楠木は言った。

「いや、だって、戸高さんはずっと彼女が怪しいって言ってたじゃないですか」

「そんなあ……」

楠木は言った。「戸高さんは、何度も彼女を疑っているようなことを言ってましたよ」

「俺は、あくまで彼女を容疑者から外すことはできないと言っただけだ。自ら高平との関係を認めているし、遺体発見現場で不審な行動を取っていたというしな。理屈としてはそうなる。この矢口が好きな理屈だ」

矢口が言った。

「そうです。理論は大切です」

戸高が、矢口を無視するように言葉を続けた。

「だが、ホンボシかと問われれば、俺だってそうじゃないと思うさ」

楠木は言った。

「自分はてっきり、戸高さんが本気で彼女を疑っているんだと思っていましたよ」

「あんたが、彼女は犯人じゃないと思っているようだったから、わざとそういう言い方をしたんだ」

「捜査本部でも、遺体発見現場での彼女の謎の行動を指摘したじゃないですか」

「幹部たちが舞い上がっているようなんで、頭を冷やしてやろうと思ってな」

長門室長が言った。

「これで、桐原美里を疑っている者はいなくなったということになる」

「でも……」

戸高が言った。「彼女には、自ら疑われたがっているような言動が見受けられましたね。その理由がわからない……」

長門室長が言った。

「それが女優というものだ」

戸高が聞き返す。

「女優というもの？」

「そう。どんな形であれ、常に人々の関心と注目を集めていたい。そう考えているんだよ。いや、考えているというより、それが彼女らの習性なんだ」

「それが捜査を攪乱（かくらん）することにもなりかねません」

長門室長が肩をすくめた。

「女優ってのはね、そういう生き物なんだ。責めることはできないよ。ね、チーフ」

話を振られて、それまでずっと黙って話を聞いていた鹿乃子チーフが言った。

「ともかく、桐原さんが警察に疑われていないと知ってほっとしました」

そのとき、遠くから誰かの声が聞こえてきた。

「柴崎さん、入られます」

鹿乃子チーフの顔色が変わった。

「じゃあ、俺、忙しくなりますんで……」

サングラスをかけた柴崎省一が、悠々と歩いてくる。鹿乃子チーフはそれに駆け寄った。短いやり取りがあり、柴崎が楠木たちのほうに近づいてきた。

「刑事さんたち、犯人は捕まった？」

長門室長がこたえた。

「いや、まだですね」

ここにいる警察官の中で、一番立場が上なのは長門室長だ。だから彼がこたえるのが当然なのだ。

柴崎が言う。

「へえ……。じゃあ、犯人の目星は？」

「そういうことは、ちょっと申し上げられないんです」

「あ、そうだったよね。俺も長年、刑事役やってるからさ、そういうことはわかってるつもりなんだけどね……」

刑事役をやっているからといって、警察の事情に詳しいとは限らない。特に、一昔前の刑事ドラマの設定はめちゃくちゃだった。

長門が何も言わずにいると、柴崎は、さらに近づき、声を落とした。

「大きな声じゃ言えないが、俺は伊達が怪しいんじゃないかと思ってる」

「ほう……。それはどうしてですか？」

「ここだけの話にしてくれるよね？」

柴崎にくっついている鹿乃子チーフが不安げな顔をしている。彼には聞かせないほうがいいのではないかと、楠木は思った。

だが、長門室長はそうは思っていないようだった。柴崎の問いにうなずき、長門が言った。

「もちろん」

「伊達は、以前から高平のことを気に入らないと言ってたからね」

「でも、それは現場じゃよくあることでしょう」

柴崎は、さらに声を落とす。

「高平の野郎、殺してやる……。あいつがそう言うのを、俺、聞いちまったんだよね」

矢口が言った。

「それは殺意の裏付けになりますね」

その言葉を全員が無視した。

長門が柴崎に尋ねた。

「それは、どういった状況で発せられた言葉ですか?」

「高平は、共演者だろうがスタッフだろうが、女と見れば口説いていた。当然その中の何人かはゲットする。それが、伊達には面白くないんだ。あいつ、世界中の女は自分のものだって思ってるから」

まさか、と楠木は思った。だが、そういうタイプの男がいることは事実だ。

戸高が尋ねた。

「以前、お話をうかがったときには、たしか、高平さんを怨んでいる人には心当たりはないとおっしゃいましたよね？」

「怨んでいる人には心当たりはない。伊達は怨んでいるわけじゃないからね。腹を立てていたんだ。たぶん、自分よりモテる男がいることに我慢ならないんだろう」

戸高がさらに尋ねる。

「それで人を殺しますかね……」

「どうだろうね。はずみということもあるし……」

「今回の殺人は、はずみで起きたわけじゃありません。周到な計画があったんです。高平さんは、映画の中で遺体で発見される場所で、衣装を着て、小道具によく似た刃物で殺害されていたんです。明らかに計画的な犯行ですよ」

それを聞いた柴崎は肩をすくめた。

「会うまでは計画的だったろうさ。でも、殺したのは、はずみだってこともあり得るだろう」

「どういうことです？」

「会って、ちょっと脅しをかけるつもりが、揉み合いになって刺しちまうとか……」

戸高はしばらく考えてからさらに質問した。

「高平さんが、共演者だろうが、スタッフだろうが、見境なく手を出すのが許せないと、伊達さんが言っていた……。そういうことですよね」

「そうだよ」

「高平さんが、この撮影隊のスタッフにも手を出したということでしょうか？」

それだ。楠木は思った。たしか、照明の山田がそう言っていた。高平本人が、その事実をほのめかしていた、と……。

「そうかもしれないね。もし、その事実を伊達が知ったら、黙っていないだろうね」

戸高が柴崎に言った。

「高平さんと、桐原さんが、かつて一度関係を持たれたことがあるのをご存じでしたか？」

「関係を持たれたって、ヤっちゃったってことでしょう？　いや、知らなかったけど、高平さんだったら、そういうことがあっても不思議はないね」

「それを知ったら、伊達さんはやっぱり気分を害すでしょうね」

「そりゃあそうだよ。なんせ、世界中の女が自分のものだって思ってるわけだから」

そのとき、また遠くから声が響いてきた。

「伊達さん、入られます」

それを聞いた柴崎が言った。

「おっと、おしゃべりの時間は終わりだ」

彼はメークと衣装部がある建物に向かった。入れ替わりのような形で、伊達が警察官たちのところにやってくる。

「おい、柴崎のやつは、ここで何をしゃべっていたんだ？」

まだそこに残っていた鹿乃子チーフがこたえた。

「別に、ただの世間話です」

「殺人の現場で、警察官相手に世間話か？」

「ええ、まあ……」

「ええ、まあ、じゃねえだろう」

それから伊達は、長門室長に向かって言った。

「犯人が捕まったっていうニュースをまだ聞いてないんだが、どういうことだ？」

長門は平然とこたえる。

「捜査中です」

伊達は一度周囲を見回してから、鹿乃子チーフに言った。

「おまえ、ちょっとあっちに行ってろ」

「は？　いや、でも……」

「行けって言ってんだよ。すぐに撮りはじめるから段取りきっちり決めとけ」

「はい……」

主役のスターには逆らえない。鹿乃子チーフはその場から駆けて行った。

それから伊達は声を落として言った。

「柴崎が何を言ったかしらんが、あいつが怪しいんじゃないかと、俺は思っているんだ」

長門が片方の眉を吊り上げる。

「ほう……。それはまた、どうしてですか？」

「柴崎のやつはな、高平に弱みを握られていたらしい」

「ほう、弱みを握られていた……」

長門室長が伊達に尋ねた。「どういう弱みなんですか？」

「柴崎の酒癖の悪さは知ってるだろう？」

「いえ、知りません」

「何だよ。警察は何でも知ってるんじゃないのか」

「調べようと思えば、どんなことでも調べられますが、柴崎さんの酒癖の悪さは今のところ、捜査の対象外ですね」

「なら、今から調べることだな。あいつは、酒でいろいろと失敗をやらかしている」

「高平さんの前で、何か失敗をしたということですか？」

「何人かでいっしょに飲んでいるときのことだ。そのとき、高平もいっしょだった。

柴崎はすっかり酔っ払って、ヤクザの女に手を出そうとしたんだ」

「そりゃあまずいですね」

「もちろんヤクザはかんかんになった。そういうの、冗談じゃ済まねえんだよ。それを取りなしたのが高平だったんだ」

「高平さんが……？」

「映画業界に長くいると、ヤクザなんかにも顔が利くようになってくる。今はそうでもねえかもしれねえが、昔はヤクザなしでは成り立たなかった業界だからな」

長門室長がうなずく。

「そのへんの事情は、よく知っているつもりです」

「高平が間に入ることで、その件はなんとか丸く収まった。もし、高平がいなけりゃ、柴崎は東京湾に浮かんでいたかもしれねえよ」

「まさか、殺しはしないでしょう。天下の大スターですよ」

伊達は長門室長を睨んだ。今の一言が気に入らなかったようだ。スターはこの世で自分だけだと思っているのかもしれない。

「相手はね、誰だろうが容赦しないやつだったんだよ」

「そんな相手と、高平さんはよく話をつけられましたね」

「高平はな、そのヤクザの弱みも握ってたんだ。そういうやつだったんだよ、あいつは。人の弱みを握って、巧妙にそれにつけ込む。女を口説くときも、その手を使ったんだ」

「それは初耳ですね」

「捜査のやり方が甘いんじゃねえのか？」

「いやあ。それ、捜査本部長に言ってやりたいですね」

長門は伊達の厭味をさらりと受け流した。さすがだなあ、と楠木は感心していた。戸高も矢口も何も言わない。

伊達は顔をしかめて柴崎が歩き去った方向に眼をやった。あたかも柴崎の後ろ姿を見ているような仕草だが、柴崎の姿はすでにない。

「この撮影開始が押しているんだって、あいつが昨夜飲み過ぎたからだ」

え、二人とも二日酔いだって聞いたような気がするな……。自分のことは棚に上げているわけだ。

長門が言った。

「開始が押しても、お二人なら一発オーケーで、終了の帳尻は合うんじゃないですか？」

伊達は長門を見て、凄みのある笑みを浮かべた。

「あんた、なかなかわかってるじゃねえか」

「FC室の責任者ですからね」

「警察がフィルムコミッションをやってくれるってやつだな？　気が利いてるじゃねえか」

「『危険なバディー』は国民的な作品ですからね。我々も責任重大だと思っています」

「ふん」

伊達は笑みを浮かべたまま言った。「そう思うんなら、さっさと犯人を捕まえて、事件を解決するんだな」

長門の、ものすごくわかりやすいヨイショで、伊達は機嫌がよくなってきたようだ。けっこう単純なのだ。

伊達が、大声で鹿乃子チーフ助監督を呼んだ。鹿乃子は慌てて駆けて来た。

「何でしょう？」

「柴崎のメークと衣装の着替えが終わったら教えてくれ。俺もすぐに準備する」

「わかりました」

伊達は再び車の中に姿を消した。

鹿乃子チーフがメークと衣装部が入っている建物のほうに駆けて行った。

楠木は長門に言った。

「いっしょにメークしないんですね」

「あの二人が並んでメークする、なんてことはないだろうな」

矢口が意外そうに言う。

「え、そういうもんなんですか？」

「両雄並び立たず、だよ。それより、二人が言ったこと、どう思う？」

楠木は長門に尋ねられ、聞き返した。

「二人が言ったことって……？」

「柴崎は伊達を怪しいと言い、伊達は柴崎を怪しいと言った。これって、無視したら捜査本部に叱られるよなあ……」

「え、あんな話を真に受けるんですか？」

「あんな話とか言うなよ。事件についての重要な証言だろう」

この人、本気で言ってるんだろうか。

どうも、長門室長の考えていることはよくわからない。

戸高が言った。

「俺たちには報告の義務がありますね」

「今の、証言と言えますかねえ……」

楠木が言うと長門室長がこたえた。

「怪しいと言ってるんだから、無視はできないだろう」

「たぶん、二人とも冗談のつもりだったんですよ。管理官に報告なんてしたら、捜査の混乱を招くことになるんじゃないですか？」

「混乱するかなあ……」

「柴崎省一と伊達弘樹の二人を引っぱるって言いかねませんよ。そんなことになったら、一大事ですよ」

「話を聞くためなら誰だって引っぱるさ。それが警察だ」

「マスコミが大騒ぎしますよ。それでなくても注目されているのに……。たぶん、桐原美里についても、今後いろいろな臆測記事が出るんじゃないですか」

「まあ、マスコミはそれが仕事だからねえ……。じゃあ、おまえは二人の話を無視していいって言うんだね？」

「無視していいでしょう。ただ……」

「ただ、何だ？」

「どうしてあんなことを言うのか、気になりますけどね」

「そこなんだよなあ、おまえのあなどれないところ……」

「期待されたりすると面倒なんで、あなどってくれていいんですけど……」

「どういうふうに気になるのか、聞かせてくれよ」

「えー？　俺の意見なんて参考にならないでしょう」

「いいから言ってみろよ」

長門に続いて、戸高が言った。

「俺もそいつを聞いてみたいな」

24

「世の中の人は、伊達弘樹と柴崎省一は仲がいいと思っているわけでしょう？　実際、自分もそう思ってました。何せ、二十年もシリーズで相棒を演じているわけですからね……」

楠木は当たり障りのないことを言おうと考えていた。長門室長や戸高だって、本気で自分に質問しているわけではないだろう……。

「ですから、あの二人が互いに濡れ衣を着せようとするのが、ちょっと理解できないんですよ」

長門が言った。

「濡れ衣じゃないのかもしれない」

「はあ……？　じゃあ、室長は二人のどちらかが言ったことが本当だっておっしゃるんですか？」

「あくまでも可能性の問題だよ。可能性はゼロじゃない」

「だって、主役のどちらかが殺人の容疑者だなんてことになったら、映画が飛んじゃいますよ。そうしたら、あの二人だって困るじゃないですか」

「困らないのかもしれない」

「え……？」

「あの二人は、金に困っているわけじゃないだろうし、今さら昔のドラマを映画化するなんて、たいして乗り気じゃないのかもよ」

「いやあ、それは臆測でしょう。自分が主役の映画を潰そうとするなんて、そんなこと考えられませんよ」

「世の中、いろいろなことがあるんだよ」

「じゃあ、室長は、こうお考えなわけですか？　あの二人は仲が悪くて、映画にも乗り気じゃないので、撮影が中止にでもなればいいと思っている、と……」

「可能性の問題だと言っただろう。さまざまな可能性があると思うよ」

「どんな可能性ですか？」

「おまえ、わかってて訊いてるんだろう」

「そんなことないですよ」

「わざと無難なこと言ってるくせに」

まあ、そうなんだけど……。

「主役の二人の仲が悪いなんて、思いたくないですね」

「それは誰だってそうだ。だけど、現実なんてそんなもんだろう。海外でも日本でもそうだけど、ドラマでいかにも仲がよさそうな相棒ほど犬猿の仲だったりするらしい」

「はあ……」

楠木は、少しはまともに考えてみることにした。

犬猿の仲だからといって、長年の共演者が犯人かもしれないなどと警察に告げ口するのには、何か理由があるとしか思えない。

長門室長が言った。

「もし、二人が本気で互いを嫌っていたとしたらどうだろう。長年、何作もシリーズをやり映画を撮り、もう勘弁してほしいと思っているところに、降ってわいたような二十周年記念映画だ」

「降ってわいたような話かどうかはわかりませんよ。二人も企画に嚙んでいるかもしれません」

「そのへんは調べてあるよ。二人にとってはまさに、寝耳に水の企画だったようだ」

「なら、企画段階で断ればいいじゃないですか」

んだろう」

「『危険なバディー』は国民的な人気作品だ。簡単に断れるような状況じゃなかった
「じゃあ、二人にとって撮影現場での殺人事件は、都合がよかったということになり
ますね」

「そう。都合がいいんだよ」

その長門の一言は、意味ありげだった。

「え、本当にあの二人のどちらかが犯人だとおっしゃりたいんですか？」

「もし、そうだと仮定したらどうなる？　互いに罪をなすりつけようとするんじゃな
いのか？」

「あるいは……」

楠木は考えながら言った。「柴崎省一は、伊達弘樹が犯人だと、また伊達弘樹は柴
崎省一がやったと、本気で思っているかもしれない……」

「そういう可能性もある」

楠木は、ふと思いついて言った。

「ほかにも可能性がありますね」

「どんな？」

「あの二人が本当の犯人を知っている場合です」

「それは、あの二人以外ってことだね？」

「そうです。彼らは自分たちに警察の眼を向けさせることで、その誰かをかばおうとしているのかもしれません」

「その場合、柴崎と伊達は結託しているということになるね」

「そういうことです」

楠木は長門室長に言った。「二人は、互いに、警察が疑うようなことを言い合い、捜査の眼を自分たちに向けさせようとしたのかもしれません」

長門室長がしばらく考え込んでから言った。

「誰をかばっているんだろうな……」

「さあ、それは自分にはわかりませんね」

「桐原美里かな……」

「いやあ、それはないでしょう」

「なぜだ？」

「だって、桐原さんは犯人じゃないんでしょう？　室長にもそれはおわかりのはずです。戸高さんもそう言ってましたよね？」

戸高がうなずいた。

「まあ、そうだな……」

長門室長が言う。

「そう。桐原美里は犯人じゃない。でも、柴崎と伊達が犯人だと思い込むことはあり得る」

「どうでしょうね。柴崎さんに、桐原さんの話をしましたが、まったく関心がない様子だったじゃないですか」

「たしかに、高平が桐原美里と関係していたと話しても、彼ならそんなことがあっても不思議じゃないと言っていたな……」

戸高が言った。

「俺の印象でも、柴崎と伊達は鑑が薄いと思いますね」

長門室長が楠木を見て言った。

「彼らがかばうとしたら、誰だろう……」

「いや、ですから、自分にはそういうことはわからないんです。捜査員じゃないですし」

そのとき、ずっとおとなしくしていた矢口が言った。

「すぐに捜査本部に報告すべきです」

長門が矢口を見て言った。

「俺もそう思うんだけどね、報告したら捜査が混乱するかもしれないと、楠木が言ってるじゃない」

「混乱などしません」

「そうかなあ……」

「そうです。池谷管理官や佐治係長が、ちゃんと情報の整理をしてくれます」

「じゃあさ、おまえが報告してよ」

長門室長にそう言われ、矢口は戸高を見た。

「それで、よろしいですか？」

戸高が仏頂面でこたえた。

「かまわねえよ」

矢口と戸高が捜査本部に向かった。

「じゃあ、いつもどおり、ＦＣ室の仕事を始めてよ」

長門室長に言われて、楠木はこたえた。

「了解しました」

撮影現場内の見回りをし、監督や助監督からの要求にこたえるべく、できるだけのことをする。たまには、クレーム処理もする。

それと、野次馬の整理だ。それがＦＣ室の主な仕事だ。実質的に現場を仕切っているのは山岡なので、その姿を探した。

山岡は、モニターのそばにいた。楠木が近づいていくと、彼は言った。

「三時からの撮影、押している」

「そのようですね。でも、じきに始まると思いますよ。柴崎さんがメークに入りました」

「伊達弘樹は？」

「その後です」

「日が高いうちに撮影を終えたいと、監督が言っていた」

「自分は何をしましょう」

「捜査本部のほうはいいのか？」

「いいと思いますよ。室長もこっちに来ていますし……」

「美人署長を眺められるだけでも、捜査本部にいたほうがいいよなあ……」

「そうですかね」

「おまえ、島原といっしょに、野次馬の整理やってよ。制服着てると、便利だからさ」

「島原なら、服部さんと組ませてやればいいのに……」

山岡はにっと笑った。

「絶対に組ませてやらない」

うわあ、この人やっぱり「どS」だよなあ。

「島原、どこにいるんです？」

「西のほうにいると思うよ」

「それで、どうなんでしょうね」

「何が？」

「島原と大森署の地域課のやつです。須磨っていいましたっけ？」

「ああ……。別に何でもねえだろう」

「でも、服部さんは気にしているようですよ」

山岡はくすくすと笑う。

「だから、それが面白いから、二人に何かあると思わせてんじゃねえか」

「なるほど……」

山岡でなくても、そうしたくなるな。楠木はそう思いながら静香を探した。

静香は、規制線の前に立っていた。規制線というのは、例の黄色いテープだ。

楠木は言った。

「これ、誰が張れって言ったんだ？」

静香は楠木に気づいて言った。

「別に誰にも言われてないけど……」

「勝手に規制線なんて張っていいのか？」

「別にいいんじゃない？　これ張ってると、一般人もマスコミも入って来ないし
……」

たしかに黄色いテープは便利だ。これがあるだけで、その内側は特別な場所となる。

「山岡さんが、いっしょに野次馬の整理をやれってさ」

「三時から、主役二人の出るシーンでしょう？　ファンはどこからそういう情報を入手するのかしらね。ご覧の通りよ」

贈り物や花束を手にした女性が集まっている。年齢はさまざまだ。だが、若い女性が中心だ。

二十年も続いたシリーズなので、ファンの年齢層は高いのではないかと、楠木は思っていたが、若い世代にもファンが多いようだ。

「撮影の香盤なんかは、助監督あたりから洩れることが多いようだよ」

「それと、役者の事務所ね」

「そうだな。何だかんだ言っても、ロケにファンの姿がないと、淋しい思いをするだろうからな」

「内部の情報って、意外と下っ端からは洩れないのよね。ばれるとクビを切られかね

ないから……。上の人が洩らすことが多い。自分なら秘密を洩らしたところで誰も文句は言わないっていう優越感みたいなものがあるのよ」

「ええと……」

静香の一言がふとひっかかった。「高平さんのスケジュールも、上のほうから洩れた可能性はあるよな？」

静香が怪訝そうな顔をした。

「なあに、それ……」

「撮影隊内部の犯行だとみんな思っているようだけど、要するに、高平さんがどういうシーンをどこで撮影するかを知っていれば、今回の犯行は可能だってことだ」

静香は肩をすくめた。

「まあ、犯行が可能かどうかと言えば、可能よね。でも……」

「でも？」

「私は、内部の犯行だと思うわ」

「なぜだ？」

楠木は静香に尋ねた。

「たしかに、情報を知れば、犯行は可能よ。でも、なぜあの場所で、あの服装で殺されたの？」

「それは……」

「ね？　外部の人が殺害したのだとしたら、映画のシーンのまま殺害する理由がわからなくなる」

「内部の犯行だとしても、理由はわからないけどね」

「捜査本部ではどう言ってるの？」

「どうだっけな……」

「なによそれ。話聞いてないの？」

「俺、下っ端だからね」

本当は管理官や長門室長たちの会話を、ほぼ洩れなく聞いているわけだが、それでも動機だとか、犯行の理由などについて、はっきりしたことはわかっていない。それを説明するのが面倒だった。

「ふうん……」

「ところでさ」

「なあに？」

「大森署の須磨ってやつとは、どうなの？」

「どうって、何が？」

「いや……。この先、付き合ったりするのかな、なんて思って……」

「なんでそんなこと訊くの？　あなた、私に気があるわけ？」

「まさか」

「何で、まさかなのよ」

「服部さんが気にしてる様子だから、訊いただけだよ」

「須磨さんとは、別に何でもないわ」

「昨日、いっしょに帰っただろう。食事にでも行ったんじゃないのか？」

「パトカーに乗れるって言うんで、大森署までいっしょに行っただけよ。制服から着替えなきゃならないし……」

「でも、何だか思わせぶりだったと思うけど」

「ふん、だ。滝田彩香なんて、どこがいいのよ」

「あ、それが悔しくて、わざとあんなふうに……」

「別に服部さんがどうこうというんじゃないのよ。あの態度にむかついたのよ」

そのとき、楠木の携帯電話が振動した。長門室長からだった。

「はい、楠木です」

「今、何してる？」

「通行人やマスコミの整理です」

「ちょっと来られる？」

「どこへですか？」

「伊達弘樹や柴崎省一の車の近くだ」

「わかりました」

　電話が切れた。楠木は静香に言った。

「俺、室長に呼ばれたから、ちょっと行ってくる」

「また私を一人にするわけ？」

「服部さんでも呼ぼうか？」

「あ、いい。一人でやる」

　楠木は、先ほど柴崎や伊達と話をした場所に戻った。長門室長は、そこで辻友監督と話をしていた。

　楠木に気づくと、長門室長は言った。

「今しがた、捜査本部から連絡があってさ。伊達弘樹と柴崎省一を、本部に連れて来てくれと言うんだ」

　マジか。

「矢口が報告したからですね」

「そういうことだ」

「二人が言ったことを、真に受けたということですか？」

「どうかね……。二人を捜査本部に呼ぶ口実が見つかったと思っているのかもしれないよ」

「わあ、怖いもの知らずですね」

「桐原美里でいい思いをしたからね」

「女優と同じと思ったら、大間違いなのに」

「連れて来いと言われたら、そのとおりにするしかない。後のことは知ったこっちゃない」

「まあ、そうですね」

「そういうわけで、おまえが連れて行ってよ」

「えっ。何で自分が……」

「出演者のエスコートはＦＣ室の仕事だろう。いいから、行ってよ」

相手は室長だ。さすがに、あんたが行けとは言えない。

「二人をいっしょに連れて行くんですか？」

それを聞いて、辻友監督が言った。

「あの二人、同じ車には乗らないかもしれませんよ」

長門室長が言った。

「じゃあ、パトカーを呼ぼうか……」

辻友監督が慌てた様子で言う。

「そんなことしたら、マスコミが何と言うか……」

長門室長が辻友監督に言った。

「あのね、警察はそういうことは気にしないの」

「警察が気にしなくても、こっちは気にしますよ。週刊誌なんかに、あることないこと書かれると、とんだ迷惑です」

「迷惑どころか、ラッキーなんじゃないの？」

「ラッキー？」

「ただで宣伝になるじゃない」

「警察沙汰は宣伝にはなりませんよ」

「そうかなあ……。刑事役のスターがパトカーに乗り込むんだよ。絵になると思うけどなあ……」

ふと辻友監督が真顔になる。

「本当にそう思いますか」

その気になってるんじゃないよ、まったく……。

楠木は言った。

「二人とも車で来てるんでしょう？　その車で大森署まで来てもらえばいいじゃない

ですか」

「それじゃ身柄を引っぱったとは言えないな」

「任意同行なんでしょう？　それでいいじゃないですか」

長門室長は、しばらく考えてから言った。

「まあ、いいか。署に来てもらえばいいんだからな」

「ところで、撮影はどうなっているんです？」

楠木が尋ねると、辻友監督が言った。

「柴崎さんのメークと着替えが終わったところだ。これから、伊達さんのメークが始まる」

「開始、一時間押しってところですか？」

「そうだね。でも、始まったら速いよ。ワンテークかツーテークでオーケーだから」

長門室長が言った。

「何だかんだ言っても、さすがだね」

辻友監督が肩をすくめた。

「早く仕事を終えて、飲みに行きたいんですよ」

二日酔いなのに、今日も飲みに行こうというのだろうか。楠木はあまり酒を飲まないので、彼らの気持ちがよくわからない。

二日酔いで飲んでも、酒はうまくないはずだ。ならば、飲まなければいいのに……。ただ、体にダメージが蓄積するだけじゃないか。

「やあ、おまたせ」

柴崎がやってきて、現場の緊張度が高まった。

25

辻友監督が言ったとおり、一時間遅れで始まったが、撮影はとんとん拍子に進んだ。誰も台詞を嚙んだりしない。

伊達弘樹も柴崎省一も桐原美里も、監督の要求にばっちりこたえる。いや、要求以上のこたえを出しているのではないだろうか。

こうしていい演技をして、すばらしい映像を残せるのなら、役者の私生活なんてどうだっていいじゃないかという気になってくる。

品行方正だからって、いい仕事ができるわけではないだろう。むしろ逆のような気がする。あらゆる経験が芸の肥やしになる。

また役者は、男も女も色気とか艶（つや）といったものが大切だ。たぶん政治家などもそうなのだろう。要するに人間的な魅力だ。

真面目な堅物にそういう魅力を期待できるはずがないと、楠木は思う。でもまあ、その一方で、もてる男が週刊誌などで不倫を叩かれたりすると、ざまあ見ろと思ったりもする。

午後四時過ぎに始まった撮影は、六時には終了していた。

「じゃあ、俺は上がる」

伊達が現場を離れようとすると、長門が言った。

「あー、申し訳ないのですが、伊達さんと柴崎さんには、ぜひ署のほうにいらしていただきたいのです」

伊達が長門をしげしげと見て言う。

「警察に？　何の用だ？」

「先ほどのお二人のお話を詳しくうかがいたいんです」

伊達は柴崎をちらりと見て言った。

「柴崎が何を言ったのか知らないが、俺はもう言うことはねえよ」

「捜査幹部が直接、お話を聞きたいと申しておりまして……。ご協力願えれば、ありがたいのですが……」

「いいじゃない」

そう言ったのは、柴崎だった。「何度でも話をするよ」

柴崎は伊達のほうを見ない。伊達が長門室長に言った。

「さっきの話をもう一度すればいいんだな？」

「はい、そういうことです」

「パトカーで連行されるのか？」

「いえ、みなさんのお車でいらしていただければ……。我々が先導しますので」

「しょうがねえな……」

「あら、お二人が警察にいらっしゃるの？」

背後から声がして、楠木は振り返った。

桐原美里が立っていた。

柴崎が彼女に言う。

「警察に協力するのは、市民の義務だからね」

すると、桐原美里は言った。

「じゃあ私も行こうかしら」

この言葉に、長門室長もさすがに驚いた様子だった。

「なぜ、あなたが……？」

「私への疑いが完全に晴れたわけじゃないんでしょう？」

もともと疑いなんてなかったのになあ……。

楠木はそう心の中でつぶやいていた。

結局、彼女に警察まで来てもらったのは、中年男性どもが会いたかったからなのだ。戸高だって本当に疑っていたわけではなさそうだし……。

長門が桐原美里の問いにこたえた。

「いや、まあ、誰にどの程度の疑いがかかっているか、というようなことは、申し上げにくいのです。捜査上の秘密でして……」

彼女を連れて行けば、また安田検視官や池谷管理官たちが喜ぶに違いない。

「はっきりさせるために、私も、もう一度警察署にうかがわせていただくわ」

以前から気になるのだが、芸能人はどうして過剰な丁寧語を使うのだろう。楠木はそんなことを思っていた。

「うかがわせていただく」なんて、一般ではあまり使わない言葉だ。「うかがう」で充分なのだ。

おそらく芸能人が「○○させていただく」というような言い方をするのは、そうしないと口うるさい先輩からいじめられたりするのかもしれない。

あるいは、プロデューサーとかスポンサーといった偉い人の心証を考慮しているのだろうか。

長門室長が言う。

「こちらとしては、またお話をうかがえるのはありがたいことですが……」

するると、辻友監督が言った。

「ちょっと、主役とヒロインを連れて行かれるのは問題ですね」

その言葉に長門室長が尋ねた。

「今日の撮影は終わっているんでしょう？　何が問題なんです？」

辻友監督が長門室長の質問にこたえた。

「警察の取り調べが、明日の撮影に影響するかもしれないでしょう。監督は、映画すべてに責任を負うんです」

それを聞いた伊達弘樹が言う。

「いっしょに来てくれるなら、監督よりも弁護士のほうがありがたいな」

辻友監督が伊達に言った。

「必要なら、映画会社の顧問弁護士を呼びましょうか？」

伊達は苦笑をうかべた。

「冗談だよ。弁護士なんて必要ない。ちょっと話をしてくるだけだ」

「とにかく、俺も同行させてもらいます。いい加減、事件のことをはっきりさせてほしいですし……」

「うーん」

長門室長が言った。「自発的に警察にいらしていただけるのはありがたいんですが、それで事件のことがはっきりするとは思えませんね」

「いずれにしろ、うかがうことにします。ちょっと、今後の段取りとかを、記録係に訊いてきますから、待っててもらえますか？」

楠木はふと考えてから、長門に言った。

「記録係の人なら、すべての出演者の動きを把握しているはずですよね……」

「出演者の動きを把握しているかどうかはわからないが、少なくともどの出演者がいつどんなシーンを撮ったかは把握しているだろうね」

「記録係の人がいれば、裏を取ったりするのに便利ですよね」

「たしかにそうだな。どうせなら、いっしょに来てもらおうか」

辻友監督が言った。

「え、記録係がいっしょに、ですか？」

長門室長がうなずいた。

「ええ。お願いしますよ」

「わかりました。呼んできましょう」

出演者の三人は、それぞれの車で、辻友監督と記録係の今関良美は、ＦＣ車で、大森署に向かうことになった。

楠木がハンドルを握り、移動する。

大森署の捜査本部に到着すると、その場にいた捜査員たちが啞然とした様子で、伊達、柴崎、桐原美里の三人の姿を眺めている。ひな壇の田端課長と藍本署長が立ち上がった。

池谷管理官と安田検視官が駆け寄ってきた。

「これはこれは……」

池谷管理官が言った。「伊達さんに、柴崎さん。ようこそ、お越しくださいました」

安田検視官は、桐原美里に声を掛けた。

「またお目にかかれるとは思ってもいませんでした」

田端課長と藍本署長も、幹部席からやってきた。

長門室長が田端課長や池谷管理官に言った。

「紹介します。辻友監督と、記録係の今関良美さんです。署長は監督をご存じですね？」

田端課長が言った。

「どこか応接室のような場所はありませんか？　お話をうかがうのに、ここでは……」

「あら……」

桐原美里が言った。「先ほど、私はここで話をさせていただきましたけど……」

田端課長が慌てた様子で言った。

「あ、いや、それはそうですが……」

困ったように藍本署長を見る。藍本署長が言った。

「そうよねえ。ここだと落ち着かないわねえ。応接室を用意させるわ」

課長も署長も、管理官さえも、楠木から見ると雲の上の存在だ。そんな彼らが慌てている様子が面白かった。

伊達が言った。

「こういう場合、一人ひとり別々に話を聞くんじゃないのか？　俺も長年刑事役やってるから、それなりに詳しいぞ」

田端課長がこたえた。

「いや、そういうのは時と場合によりますね」

藍本署長が言った。

「取りあえず、応接室にどうぞ」

大森署員がやってきて、彼らを案内していった。

やれやれ、これでお役御免だろう。楠木がそう思っていると、田端課長が長門室長に言った。

「あんたも来てくれ。役者とかの扱いには慣れているだろう」

長門室長が言った。

「警察官として質問するんですから、相手が役者だろうが何だろうが、関係ないと思いますが……」

「そうは言ってもな……。『危険なバディー』の主役だぞ。気を使わなきゃな」

課長の指示とあれば断れない。長門室長は応接室に向かうことになった。楠木はそっと言った。

「自分は行かなくていいですよね」

「ばか言うな」

長門室長が言った。「俺一人、行かせるつもりか」

「いや、でも、課長は室長をご指名でした」

「おまえはお供だよ。いいから来るんだよ」

「はあ……」

FC室とはいえ、なるべく出演者とは関わりたくなかった。たいていは大物になればなるほど気難しい。

おそらく周囲がどれくらい気を使うかで、自分の価値を確認しているのだろう。そんなことを判断基準にしているなんて、たいしたやつらじゃないと思うのだが、やはり大物は大物だ。

　そして、世間一般の人たちも芸能人には弱い。そういう風潮も、大物芸能人を天狗にさせるのだ。

　外面のいい芸能人もいるが、それはたいてい演出だ。そういう演技をして周囲にアピールしているに過ぎない。一皮むけば、みんな同じ穴のムジナだ。

　いかんな……。つい感情的になってしまう。

　楠木は思った。

　それだけＦＣ室の仕事で嫌な思いをしてきたのだ。楠木は密かに溜め息をつきながら、長門室長のあとについていった。

　大森署の応接室はそれなりに立派だった。これなら、ＶＩＰを案内しても恥ずかしくないなと、楠木は思った。

　伊達がソファにどっかと腰を下ろしている。その隣に桐原美里がいた。さらにその隣が柴崎だ。

　向かい側に田端課長、藍本署長、池谷管理官がいる。さらに脇の席に辻友監督と今関、そしてなぜか安田検視官がいた。

　この人はちゃんと仕事をしているのだろうか……。

　長門室長と楠木は立ったままだった。

「話を聞いたのは、長門だったな？」

田端課長が話の口火を切った。「経緯を説明してくれ」

「伊達さんと柴崎さんは、お互いのことについて言及されていますが、この場で話してよろしいですか？」

田端課長が池谷管理官に尋ねた。

「どう思う？」

「は……。経緯を聞くだけなら、問題ないか、と……」

「そういうわけだ」

田端課長が、長門室長に眼を戻して言う。「俺も問題ないと思う」

いやあ、問題はあると思うけどなあ。

そんな楠木の心配をよそに、長門室長は話しはじめた。

「では、報告させていただきます。これは柴崎さんの証言なんですが、伊達さんはかねてから被害者の高平さんのことを憎悪していたらしく、『殺してやる』と発言したのを聞いたことがあるということです」

田端課長が言った。

「高平さんを憎悪していた？」

伊達は何も言わない。仏頂面だ。

長門室長の言葉が続いた。

「ええ。高平さんは、女性関係が派手で……。もっと有り体に言えば手が早くて、伊達さんはそれについて不愉快に思われていたということです」

田端課長が沈黙を守っている伊達に尋ねた。

「今の話は事実ですか？」

「事実じゃねえなあ……」

「高平さんを憎悪していたわけではないと……」

「……つーか、あんな小者のことは、眼中になかったよ」

「殺してやると言ったのは……？」

「そんなことを言った記憶はない」

そのとき、柴崎が言った。

「いいや、たしかに言ったよ。俺はこの耳で聞いたからね」

「ふん」

伊達が、柴崎のほうを見ないまま言った。「その耳なんか、当てになるもんか」

「俺が嘘を言ってるというのか？」

「ああ、でたらめだよ」

伊達と柴崎が言い合いをはじめそうになった。

お、いいぞ。派手にやってくれ。

楠木がそう思ったとき、田端課長が言った。

「まあまあ、落ち着いてください。まずは、報告の続きを聞くことにしましょう」

その言葉に促されて、長門が話しはじめた。

「高平さんは桐原さんと、一度関係を持たれており、もしそれを伊達さんが知ったら、容赦しないだろうと、柴崎さんはさらに証言されています」

田端課長は、ちらりと桐原美里を見た。彼女は顔色一つ変えない。

「その辺はどうなんですか？」

田端課長が尋ねると、伊達はうんざりした表情でこたえた。

「誰が誰とやろうと、俺の知ったこっちゃないんだよ」

長門室長が言った。

「伊達さんは、世界中の女性が自分のものだと考えているので、それを知ったら、さぞかし気分を害するだろうと……。これも、柴崎さんの証言です」

伊達が、やはり柴崎のほうを見ずに言う。

「こいつの与太話を信じるわけじゃないだろうな」

田端課長が言う。

「それは後ほど、総合的に判断します」

長門室長の言葉が続く。

「続いて、今度は伊達さんの証言になりますが、柴崎さんは高平さんに弱みを握られていたということです」

柴崎が長門室長を見て言った。

「何だい、その弱みって……」

「ひどく酔われて、ヤクザの女に手を出しそうになったとか……。間に高平さんが入って事なきを得たということですね」

「そんな話は知らないな。でたらめじゃないの？」

「でたらめなもんか……」

伊達がそっぽを向いたまま言う。「高平がいなかったら、今頃おまえは、海の藻屑だったかもしれねえぞ」

「よしんば、そんなことがあったとしてもだよ、それなら、高平に感謝こそすれ、怨みに思うなんてあり得ないじゃないか」

「高平のことだ。弱みにつけ込んで、何だかんだ言ってきたんだろう。おまえは、それで高平が邪魔になった……」

伊達の言葉に、柴崎はふんと鼻で笑って言った。

「好き勝手言ってくれるじゃない。そっちこそ怪しいもんだ。高平が女に手を出すのが悔しくて仕方がなかったんだろう」

「悔しいというのはな、モテないやつが言うことだよ」

「自分になびかない女を、高平が落としたら悔しいだろう」

伊達の視線が動いた。

あれ……。何でそんなほうを見るんだ……。

楠木はそう思った。

伊達は、辻友監督のほうを見たのだ。

田端課長が言った。

「お二人は互いに、疑いを持たれている様子ですが、今ここでお話しになることは、冗談では済まないのですよ。正式な証言として記録されることもあります」

柴崎が言った。

「正式に記録されようが何だろうが、かまわないよ。伊達が高平のことを、『殺してやる』と言っていたのは本当のことだ」

伊達が言った。

「柴崎が、高平に弱みを握られていたのは、事実なんだよ」

田端課長が、長門室長に言った。

「さらに、報告することはある？」

「えーと……」

長門室長が言った。「報告は以上なんですが、お二人に訊きたいことがありまして……。いいですか？」

田端課長がうなずく。

「もちろんだ」

長門室長が、柴崎に尋ねた。

「今、自分になびかない女を、高平が落としたら、とおっしゃいましたね」

柴崎が、わずかだがうろたえたように視線を泳がせた。

「……そんなこと、言ったかな……」

「たしかにおっしゃいました。何か具体的なことをさしておっしゃったのでしょうか？」

へえ、長門室長って、意外と鋭いんだな。

「そうじゃないよ」

柴崎がぶっきらぼうにこたえる。

明らかに指摘されたことが不愉快なのだ。つまり、隠し事をしているということだろうか。人は訊かれたくないことを訊かれるとこんな態度を取る。

26

長門室長の、柴崎に対する質問がさらに続く。

「そうじゃない？　では、どういう意味でおっしゃったのですか？」

「どういう意味もこういう意味も……」

柴崎はさらに不機嫌そうになる。いつも飄々（ひょうひょう）としているのだが、今は明らかに戸惑ったような様子だ。

高平に弱みを握られていると言われても、それほど態度を変えなかったのに、この態度の変化は何なのだろうと楠木は考えていた。

この場で何かが明らかになれば、今日は早く帰れるかもしれない。

柴崎が続けて言う。

「一般論だよ、一般論。伊達ってのはそういう男だということだよ」

あのとき、伊達が辻友監督のほうを見たのはなぜだろう。楠木は疑問に思ったが、黙っていることにした。

余計なことを言ったら、事態がよりややこしくなるかもしれないと思ったのだ。そうしたら、また帰りが遅くなる。

長門室長の質問が続く。

「ほう、一般論ですか」

「そう。一般論だよ」

長門は、次に伊達のほうを見て尋ねた。

「柴崎さんの言葉に、何か思い当たる節があるようなご様子でしたが、どうですか？」

「思い当たる節だって」

嘲笑するように唇を歪める。「なんでそんなこと言うんだ？」

「そういうふうに見えましたので……」

「それはとんだ言いがかりだよ」

「そうですか……」

いったん質問を中断する。

なんだ、もっとがんがんツッコめばいいのに……。

楠木がそんなことを思っていると、田端課長が長門室長に言った。

「さて、伊達さんと柴崎さんは、互いに怪しいとおっしゃっているわけだが、それについての、あんたの意見は？」

長門室長が、即座にこたえた。

「もちろん、お二人とも犯人ではありません」

そのこたえに、田端課長はうなずいた。

「まあ、そうだろうね」

「ただし、何か隠しておられるのは明らかです」

「心外だな」

長門室長の言葉に、伊達が憤慨した様子で言った。「俺は、善意で協力しているんだ。痛くもない腹を探られるのなら、帰らせてもらう」

「同感だね」

柴崎が言った。「これ以上、俺たちがここにいても、話せることはない。言いたいことは、すべて言った。あとの判断は、警察に任せるしかない」

「おや……」

長門室長が言う。「やっぱりお二人は、息がぴったりですね」

伊達と柴崎は、何も言わない。伊達は苦い表情だ。柴崎は、飄々としたいつもの雰囲気を取り戻そうとしているように見えた。

長門室長が言う。

「それなのに、お二人はずっと仲が悪い振りを続けておられた。そうじゃないですか？」

伊達がそっぽを向いて言う。

「何を言ってるんだ？　俺は帰るぞ」

伊達が立ち上がった。

「じゃあ、俺も……」

柴崎も立ち上がる。

二人の間にいる桐原美里は、まるで何事もないように前を見ている。彼女は誰とも眼を合わせない。

田端課長が困ったような様子で、長門室長を見た。百戦錬磨の捜査一課長も、大スター二人を前にして、えらく勝手が違うようだ。

長門室長が言った。

「誰をかばっておられるんです？」

その言葉に、伊達と柴崎は動きを止めた。二人はじっと長門室長を見つめる。

お、それって、俺が考えていたことと同じだな。楠木はそう思った。

伊達が立ったまま言った。

「何の話だ？」

「まあ、お座りください」

「俺が誰かをかばっているって？」

「伊達さんだけじゃありません。柴崎さんもです。お二人は、誰かをかばうために、警察にお互いの告げ口をするようなことをなさったのです」

伊達と柴崎が、ちらりと視線を交わした。二人が眼を合わせるのを見たのは、これが初めてじゃないかと、楠木は思った。

伊達がゆっくりと腰を下ろした。

柴崎は、どうしていいかわからない様子でしばらく立っていた。だが、自分だけその場を去る度胸がなかったに違いない。やがて、彼も再びソファに座った。

長門室長が辻友監督に尋ねる。

「監督は、お二人の芝居にお気づきでしたね？」

「え……？　芝居って何のことです？　演技についてはいろいろと話し合っていますが」

「映画の話じゃありません。二人があたかも犬猿の仲であるかのような芝居です」

「いや、それは……」

辻友監督は、うろたえた様子で伊達と柴崎を見た。

伊達と柴崎は、そっぽを向いている。

ははあ、そういうことか。楠木は心の中でうなずいていた。

たしかに、撮影が始まってからずっと、伊達と柴崎は仲が悪そうだった。映画の共演者なんて、そんなもんだと思っていた。

特に主役が二人だと、つい張り合ってしまうので、仲が悪いものだと聞いたことがある。彼らもそうだと、漠然と思い込んでいたのだ。だが、長門室長はそうではないと言っているのだ。

二人は、仲の悪い演技を続けていたというのだ。なぜか。その理由について室長は、誰かをかばっているからだろうと考えているわけだ。

しかし、誰を……。

長門室長が、追及を再開した。

「もう一度、お二人にお尋ねします。誰をかばっておられるのですか？」

伊達は天井を見上げた。柴崎は何も書かれていないホワイトボードのほうを見た。

だが、二人とも視線を移動させるときに、一瞬監督のほうを見た。

伊達は二度目だ。

監督は何も言わない。何か言うとぼろが出るとでも思ったのだろうか。

部屋の中が妙な雰囲気になってきた。監督をはじめとする映画関係者は、なんだか思い詰めたような顔つきになりつつあった。

「いやいやいや……。え、どういうこと？」

その雰囲気をまったく無視するように、安田検視官が言った。「二人はやっぱり、仲がいいってこと？　『危険なバディー』のファンとして、うれしい限りだね」

　安田検視官をたしなめるように、池谷管理官が言った。

「だから、本当にそれが演技かどうか、監督にうかがったわけだ。監督、その質問についてまだおこたえいただいておりませんね。どうなんですか？」

　辻友監督が言う。

「もちろん、お二人の息はぴったりです」

　当たり障りのないこたえだ。さすがに監督はばかじゃないなと、楠木は思った。

　監督が発言しても、伊達も柴崎も彼のほうを見ない。さきほど、二人が監督のほうを見たのはなぜだったのだろう。楠木は、首を捻った。

　あ、俺、柄にもなく真剣に考えているなあ……。ま、ほかにすることもないし、退屈だから、あれこれ考えるのもいいだろう。

　それにしても、早く帰りたいなあ……。

　長門室長が言った。

「監督も、お二人の息がぴったりだとおっしゃっている。にもかかわらず、お二人は撮影中は決していっしょに行動しようとはなさらなかった。なるべく顔を合わさないようにしており、会えば仲が悪いような振りをされていた……」

　伊達が言った。

「本当に仲が悪いのかもしれないだろう」

長門室長はかぶりを振った。

「我々がフィルムコミッションを名乗っているのは伊達じゃないんです。あ、失礼、これは伊達さんにかけたわけじゃないんです……。我々は、事前にある程度出演者の方々のことや、スタッフのことを調べておくのです」

え、そんなことやってたの……。

楠木は驚いた。行き当たりばったりではなかったのだ。室長をちょっと見直してもいいかなと思いはじめた。

長門室長の言葉が続く。

「我々の調べでは、お二人の仲は決して悪くない。まあ、不仲だったら、こんなに長くシリーズが続いたりしませんよね」

「そういえば……」

藍本署長が言った。「署長室に挨拶にいらしてくださったときには、お二人は仲がよさそうでしたよね……」

長門室長がうなずいた。

「そう。お二人が仲が悪いように振る舞いはじめたのは、その後のことです」

藍本署長が長門室長に尋ねる。

「その後のこと……？」

「ええ。もっとわかりやすく言えば、高平さんの遺体が発見された後のことなんです」

伊達が苦笑を洩らして言う。

「何だよそれ。いったい何が言いたいんだ？」

「険悪な関係に見せかけたのは、互いに犯人だと言いだすための布石だったのでしょう」

長門室長の口調は淡々としているが、室内の緊張の度合いはどんどん高まっていった。

警察関係者はだいたいが驚きの表情だったし、映画関係者は次第に追い詰められていくように見えた。

楠木は、そんな彼らを観察していた。特に、映画関係者を……。

そして、ふと気づいた。

一人だけ、緊張の度合いがダントツに高い人がいる。もともと緊張しやすいタイプなのだろうか。いや、その人物の仕事を考えれば、緊張するタイプとは思えない。

長門室長の話が続く。

「そして、お二人が互いに犯人だと言い合ったのは、捜査の眼を誰かからそらすためのでしょう」

に違いないと私は思います。そして、桐原さん。あなたも、同じことをお考えだった

桐原美里が、優雅な仕草で長門室長のほうを見た。

「私が同じ考え……？」

「そうです。自ら高平さんと関係があったとおっしゃったり、捜査の眼を自分に向けさせようとされているご様子でした」

桐原美里は何も言わない。長門室長の言葉が続く。

「それは、伊達さんや柴崎さんと同様に、誰かをかばおうとされてのことだと思います」

桐原美里は長門室長から眼をそらした。はっきりと認めたわけではないが、否定したわけでもない。

田端課長が言った。

「彼らはいったい、誰をかばっているというんだ？」

長門室長があっさりと言った。

「それは、わかりません」

あら……。楠木は肩すかしを食らった気分だった。

長門室長がさらに言う。

「それを彼らから教えてもらおうと思います」

長門室長の言葉に、伊達がこたえた。

「俺は誰もかばったりはしていないよ」

そして、柴崎が言った。

「俺だってそうだ。かばう必要なんてないからな」

長門室長が桐原美里に尋ねた。

「あなたはどうです？」

「私もお二人と同じです」

長門室長は肩をすくめた。

「まあ、簡単にはお教え願えないとは思っていましたが……。三人とも捜査を攪乱するために、ずいぶん苦労されていたようですからね」

田端課長が言った。

「捜査を攪乱……？」

「そう。彼らの目的は、我々の眼が真犯人に向くのを妨害することだったんです。まあ、あまりうまくいきませんでしたがね……」

伊達がちょっと悔しそうに言った。

「ふん。もし、俺が本当に捜査の攪乱を狙って演技をしたのだとしたら、うまくいかないなんてことはないんだ」

長門室長が言う。

「残念ながら、我々警察官を騙すことはできませんでしたね」

安田検視官が、ぽかんとした顔で言った。

「え、そうなの？」

池谷管理官が顔をしかめる。

「あんたは少し黙っていたほうがいい」

柴崎が言った。

「これ以上、何を訊いても無駄だと思うけどなあ……」

桐原美里が言った。

「私もそう思います」

彼らを逮捕したわけではないので、身柄を拘束することはできない。帰りたいと言われたら、帰さなければならないのだ。

まあ、そういう決まりをちゃんと守っている警察官はそんなにいないけど……。

長門室長も彼らを帰そうとはしないだろう。何か聞き出すまで付き合ってもらう。

そう考えているに違いない。

ああ、そうなると、帰り時間がどんどん遅くなる。嫌だなあ……。

だが、一人だけ先に帰るなんて絶対に言えない。ここにいる警察官の中では、楠木は断然下っ端だ。続きは明日にしましょうとも言えない。

一つだけ早く帰る方法がある。

伊達、柴崎、桐原の三人が、誰をかばっているのか。つまり、誰が真犯人かを指摘すればいいのだ。

そして、それを三人に認めさせればいいわけだ。

しかし、捜査幹部たちにわからないことが、この俺にわかるわけがない。楠木はそう思った。自分にはすぐれた捜査感覚があるわけでもない。おまけにやる気もない。

こんな俺に、事件の真相がわかるはずが……。

そこまで考えて、楠木は思わず声を上げてしまった。

「あ……」

一同が楠木に注目する。楠木は慌てて言った。

「あ、すいません……」

長門室長が尋ねた。

「いったい、どうしたんだ？　ゴキブリでも見つけたのか？」

藍本署長が反応した。

「まあ、ゴキブリ……」

楠木は言った。

「いや、違います」

長門室長が言う。

「じゃあ、何だ？　どうして、あ、なんて声を出した？」

「あのう、ひょっとしたらなんですけど……」

「だから、何なんだ」

「なんか、真相がわかっちゃったかもしれないんです」

安田検視官が苦笑交じりに言う。

「あのね、俺たち百戦錬磨の刑事経験者なわけ。その俺たちが何もわからないんだよ。おまえなんかに、真相がわかるわけないだろう」

楠木はこたえる。

「いやあ、自分もそう思うんですけどね。でも、妙に閃いちゃって……」

安田検視官が長門室長に言う。

「こいつ、ぜんぜん優秀じゃないって言ってたよね？」

「ぜんぜんだめだよ」

「やっぱりね」

「でも、時々、妙な閃きがあることは確かなんだ」

長門室長は、楠木に視線を移す。「何がどうわかったのか、言ってみてよ」

「いいんですか？　じゃあ、やってみます」

楠木は、なんとか考えをまとめながら話しだした。

「ええと……。まず確認しておきたいんですけど、犯行が起きた原因として考えられるのは、高平さんの女癖の悪さだということですよね」

それにこたえたのは、現場で捜査を仕切っている池谷管理官だ。

「そうだよ。その他の理由は今のところ否定されている」

「つまり、犯人の動機は男女間のトラブルってことになったんでしたよね。それで、犯人は女性の可能性が高いと捜査本部では考えたわけです」

池谷管理官が言う。

「だけど、それには一つ問題があった。犯行が成立するためには、事前に映画の中で高平さんの遺体が発見される場所がどこか、知らなければならなかった。その条件に当てはまるのは、ロケハンをやった監督とチーフ助監督、そしてその知らせを受けた助監督たち……。つまり、全員男性だったわけだ」

「自分らは、その条件に合う人物を一人忘れていました。しかもそれ、女性なんです」

捜査幹部たちの視線が痛い。

池谷管理官が、眉間(みけん)にしわを刻んで言った。

「それは誰だ?」

「スクリプター、つまり記録係の今関良美さんです」

今度は、警察官たちが一斉に彼女に注目する。だが、伊達、柴崎、桐原の三人は彼女のほうを見なかった。

それに気づいた楠木は、自分の推論が正しいと判断して、話を続けた。

「映画撮影において、すべての情報は記録係に集まってきます。ロケハンの結果も、当然すぐに今関さんに伝えられたはずです」

「たしかに……」

辻友監督が言う。「情報は記録係に集まりますが、だからと言って……」

楠木は言った。

「今関さん。あなただけずいぶんと汗をかかれていますよね。緊張されているようです」

彼女はこたえない。楠木はさらに言葉を続けた。

「自分は、伊達さんや柴崎さんの視線に気づきました。誰をかばっているのか問われたとき、お二人はある人物のほうを見たんです」

27

一同は楠木に注目している。

長門室長が言った。

「俺も二人の視線には気づいていたよ。二人ともちらりと監督のほうを見た」

すると、池谷管理官が顔をしかめた。

「おいおい、捜査一課をなめるんじゃないよ。私だってそれくらい気づいていたさ。だけど、二人が監督を見たから何だって言うんだ？」

楠木は言った。

「自分も最初、二人は監督のほうを見たんだと思っていました。でも、そうじゃなかったんです」

長門室長が聞き返す。

「そうじゃなかった？」

「ええ。伊達さんと柴崎さんは、監督ではなく、その隣にいる記録係の今関さんを見たんです。そうですね？」

伊達がそっぽを向いて言った。

「思いつきで言ってんじゃねえよ」

柴崎が言った。

「そうだよ。俺たちが誰を見たか、なんてどうやったって証明できないだろう?」

「でも、筋は通るでしょう?」

楠木は言った。「お二人がかばおうとしていたのが今関さんだったとしたら、すべて辻褄が合います」

「たしかに……」

長門室長が言った。「ロケハンの結果をいち早く知ることができた女性は、おそらく記録係の彼女だけだろうな……」

藍本署長が言った。

「あらまあ。だとしたら、条件にはぴったりだわね」

「条件に合うから何だってんだ」

伊達が声を荒らげる。「そうやって警察は、無実の人間に罪を着せるんだな」

「そうだ」

柴崎が言った。「そうやって冤罪を作っていくんだ」

長門室長が言った。

「おや、二人はいつの間にかずいぶんと息が合ってきましたね」

伊達はその言葉を無視しようとし、柴崎は気まずそうに顔をしかめた。

「これは仮説でしかないのですが……」

楠木は言った。「もし、今関さんが高平さんと特別な関係にあるとしたら、動機もあるし、実行可能だったと思います」

楠木の言葉を受けて、池谷管理官が今関良美に尋ねた。

「どうなんですか？」

すると、今関良美ではなく、桐原美里が言った。

「それは、こんなところで訊くことではないでしょう」

伊達もそれに同調して言った。

「そうだ。取り調べなら人がいないところでやるべきだ」

田端課長が言った。

「たしかにそのとおりだな。じゃあ、別室で話を聞こうか」

今関良美が顔を上げて言った。

「その必要はありません」

田端課長が今関良美に尋ねた。

「それは、この場で質問にこたえてくれるということかね？」

「そうです」

「では、こたえてもらいましょうか。あなたは高平さんと男女の関係にあったのですか？」

「はい。寝たことがあります」

それを聞いて、伊達と柴崎は苦い表情になった。桐原美里は表情を変えまいとしていたが、明らかに動揺していた。

「へえ……」

安田検視官が驚いた顔で言った。「楠木なんかの言うとおりだったとはな……。こりゃ、意外だった」

何だよ、楠木なんかって。

まあ、自分でも意外だったのだが……。

「でも」

今関良美の言葉が続いた。「私は高平さんを殺してはいません」

池谷管理官が言った。

「楠木が言ったとおり、動機もあるし、ロケハンの結果をいち早く知ることもできた。つまり、あの特殊な犯行が可能だったということだ」

「伊達さんも柴崎さんも、そして、桐原さんまでが私をかばおうとしてくれたようですね。そして、監督はそれをご存じだった。みんな、私が犯人だと思ったのですね。

だから私をかばおうとしたんです。でも、私はやっていないんです」

言い逃れしようとしているのだろうか。楠木は思った。でも、なぜかそんなふうには聞こえない。

田端課長が言った。

「そういうことは、やっぱり取調室で訊いたほうがいいな」

今関良美が繰り返し言った。

「私はやっていません。それは、監督や鹿乃子助監督がご存じだと思います」

楠木は言った。

「あ、でも、監督もあなたがやったのではないかと思っていたわけでしょう？　だから、伊達さんや柴崎さんのお芝居を黙って見ていたわけです」

池谷管理官が、辻友監督に尋ねた。

「それで間違いないですか？」

辻友監督はこたえた。

「ええと……。今関さんと高平さんの関係は知っていました。だから……」

「疑っていたわけですね？」

「伊達さんと柴崎さんが示し合わせて、誰かをかばおうとしているのはわかりました」

「高平さんとの関係を知っていたので、二人がかばっているのが、今関さんだと気づいたわけですね」

「そういうこともあり得ると思ったのは確かです」

今関良美があくまでも冷静な態度で言った。

「昨日の早朝から、私は辻友監督か鹿乃子チーフのどちらかと、必ずいっしょだったんです」

「え……」

楠木は思わず声を出した。今関良美が楠木のほうを見て言った。

「ですから、私には犯行は不可能なんです」

池谷管理官が辻友監督に言った。

「今の話は、本当ですか？」

「昨日は、署長室にご挨拶にうかがった後、撮影現場に入ってから彼女に会いました。それからはたしかにずっといっしょでした」

池谷管理官が問う。

「彼女に会った時刻は？」

「九時四十五分頃ですね」

「死亡推定時刻は午前六時から八時の間です。つまり、その時刻に犯行が行われたとしたら、あなたが今関さんのアリバイを証明することはできないわけですね」

監督はこたえなかった。

だからこそ彼は、今関良美が犯人かもしれないと考えたのだろう。楠木はそう思った。

今関良美が言った。

「死亡推定時刻が六時から八時の間ということですね。実際には八時頃なのだと思います。少なくとも七時半以降のはずです」

池谷管理官が尋ねる。

「なぜそんなことが言えるんですか？」

完全に詰問口調だ。刑事は人を疑い、責める癖がついているのだ。いやだなあ。刑事とは友達になりたくないなあ。楠木はそんなことを思っていた。

「その時間まで、衣装を身につけられなかったはずなんです。衣装部のスタッフが来ていませんから……」

池谷管理官と長門室長が顔を見合わせた。長門室長が言った。

「なるほど、そのとおりかもしれない……」

安田検視官が言った。

「衣装部のスタッフがいなくたって、勝手に持ち出せるんじゃないの？」

長門室長が安田検視官に言った。

「衣装は大切なものだから、厳重に管理されている。シーンやカットによって、衣装が変わったりしたらたいへんだからな。それに、高平さんがこっそり衣装を持ち出す理由がない」

「誰かが持ち出して着せたんじゃないの?」

「いや……」

辻友監督が言った。「高平さんは間違いなく衣装部で衣装を身につけています。彼に衣装を着せたスタッフを知っています」

長門室長が辻友監督に言った。

「三木和乃さんですね。戸高という捜査員が話を聞きました」

「そう。三木さんです」

「三木さんに、高平さんの衣装をつけるように指示したのは、あなたですか?」

「いいえ。そんな指示は出していません」

「誰が指示を出したか、ご存じですか?」

「いや、私は知りません」

「指示を出せるのはどなたですか?」

「そういうことは言いたくありませんね。誰かが疑われることになりかねない」

長門室長が溜め息をつく。

「隠し事をすると、もっと面倒なことになるのになあ……」

辻友監督がむっとした顔で言った。

「それは警察の言い分ですよ。疑われるほうの身にもなってください」

田端課長が言った。

「その三木という衣装部のスタッフに、もう一度話を聞く必要があるんじゃないのか」

長門室長がこたえた。

「どうやらそのようですね」

池谷管理官がすかさず言った。

「捜査員に確認を取らせます」

田端課長がうなずくと、池谷管理官は席を立ち、部屋の隅に行って電話をかけた。

「それで……」

長門室長が、今関良美に尋ねた。

「衣装部スタッフが七時半過ぎまでいなかったというのは確かですね？」

「ええ。私もその時間に入りましたから……」

辻友監督がうなずく。

「たしかに、そういう予定になっていたな」

「うわあ、七時半入りですか。早いですね」

思わず楠木が言うと、辻友監督が言った。

「制作部はもっと早いですよ」

今関良美が長門室長に向かって言った。

「私は、その時間からずっと鹿乃子チーフといっしょでした」

安田検視官がぽかんとした顔で言う。

「七時半まで、高平さんは衣装を着られなかった。そして、七時半から今関さんは鹿乃子チーフとずっといっしょ……」

辻友監督が言う。

「私が現場に入ってからは、彼女は私といっしょにいました」

安田検視官が言う。

「それじゃ、犯行は無理だよ」

田端課長が、部屋の隅の池谷管理官に向かって言う。

「今のを聞いたか？」

携帯電話を耳から離して、池谷管理官がこたえる。

「鹿乃子チーフの件ですか？　聞こえました」

「それも確認を取ってくれ」

「了解です」

あれえ、なんだか雲行きが怪しくなってきたな……。かっこつけて、今関良美が犯人かもしれないなんて言ったけど、どうやらそうではないらしいと、楠木は思った。

その気持ちを見透かすように、安田検視官が言った。

「なんだ、やっぱり楠木の言うことは当てにならないじゃないか。今関さんのアリバイ成立ってことだろう」

「わあ、すいません」

楠木は言った。ここは謝っておくのが得策だと思った。

捜査幹部は時間を無駄にしたと思っているだろうし、今関良美は疑われたことに対して腹を立てているかもしれない。

長門室長が言った。

「こいつは詰めが甘いんだ。いいところまでいったんだけどな……」

「へえ……」

安田検視官が言う。「いいところまでいったって？　それ、どういうこと？」

「犯人が高平さんを殺害した動機は、楠木が言ったとおり、おそらく今関さんに関係ある」

するとすっかりおとなしくなっていた伊達が言った。

「おい、今関ちゃんはアリバイがあるって言っただろう。彼女は犯人じゃないことが明らかになったんじゃないのか」

長門室長がこたえた。

「本人が手を下したとは言っていない」

柴崎が腹を立てた様子で言った。

「誰かにやらせたとでも言うの？　どうしても今関ちゃんを犯人にしたいわけ？　ふざけたこと言ってないで、真犯人を捜したらどうなんだ」

彼が怒りをあらわにするのは珍しい、と楠木は思った。

長門室長は涼しい顔で言った。

「まあ、教唆犯ということも考えられますからね。だけど、おそらくそうじゃないと思いますよ」

柴崎が興奮した面持ちのまま言う。

「じゃあ、どういうことなんだよ」

「あなたがたと同じですよ」

「俺たちと同じ？」

「そう。誰かが、今関さんを助けようとしたんです。そのやり方が間違っていたんですけどね。何も人を殺すことはなかった」

柴崎が怪訝そうな顔になる。

「誰かが、今関ちゃんを助けるために、高平を殺した……」

「そう。おそらく、手が早くて噂が絶えない高平さんが、今関さんに手を出したことを許せないと思った人がいるんじゃないかと思いますね」

伊達と柴崎が、桐原美里越しに顔を見合わせた。桐原美里は辻友監督を見ていた。

伊達が長門室長に尋ねた。

「それは誰なんだ？」

「いやあ、それは俺にはわからないんだけど、今関さんなら何か知ってるんじゃないかな」

一同は今関良美に注目した。彼女は、少しうろたえたような表情になって言った。

「私は何も知りません」

「そうですか？」

長門室長が言った。「身近な人で、あなたに思いを寄せている人がいたんじゃないですか？」

安田検視官がくすくすと笑った。

長門室長がそれに気づいて安田検視官に言った。

「何だ？　何がおかしいの？」

「今時、思いを寄せる、なんて言う？　なあ」

安田検視官は楠木に同意を求めた。いきなり話を振られて、楠木は驚いた。

「いや、どうでしょう」

池谷管理官が席に戻ってきて言った。

「誰が誰に思いを寄せてるって？」

「誰かが今関さんに……」

長門室長がこたえてから、今関良美に視線を戻す。「どうなんです？」

「ですから、私は何も……」

伊達が言った。

「今関ちゃんはね、人気があるからね。いろいろな人が思いを寄せているよ。それが犯行の動機になるんだとしたら、俺にだって動機があるかもしれない」

柴崎が伊達に言った。

「そういうことを軽はずみに言っちゃだめだよ。警察に冗談は通用しないからね」

伊達は小さく肩をすくめた。外国人が映画の中でやるような仕草だと、楠木は思った。

「そうですか」

長門室長が余裕の表情で言った。「まあ、心当たりがおありでも、おっしゃりたくないでしょうね」

「おいおい」

池谷管理官が長門室長に言った。「そこ、もっとツッコむところだろう」

「うまくいけば、じきにそれが誰かわかるかもしれない」

「どういうことだ？」

「その人物は今頃、気が気じゃないはずだ。今関さんや主役のお二人、そしてヒロイン、監督までが警察で話を聞かれているんだから」

長門室長の話を聞き、伊達が尋ねた。

「どうして気が気じゃないんだ？」

「みなさんが、我々にどんな話をしているか、気になって仕方がないはずです」

「だから、どうしてなんだ？」

「警察がどこまでの情報をつかんでいるか、また、この先どこまでつかむか、知りたくて居ても立ってもいられないんですよ」

「つまり……」

伊達が思案顔で言った。「そいつが犯人ということだな？」

長門室長はその問いにはこたえなかった。

否定はしない。その沈黙はイエスを意味していると、楠木は思った。

「まさか、その犯人が自分から名乗り出てくるとでも言うんじゃないだろうな」

「名乗り出てはこないと思いますよ」

「じきにそれが誰かわかるかもしれないと言っただろう。それは犯人が名乗り出てくるということじゃないのか？」

「名乗り出ないまでも、我々のもとにやってくることは、充分にあり得ると思います」

「わからねえな。どうしてそいつが、俺たちのところにやってくるんだ？」

「想像してみてください。もし、あなたが犯人だったら、どうするか……」

伊達はかぶりを振った。

「あいにく犯人じゃないんでな。そういうことは想像できない」

「犯人の役をもらったと仮定したら、どうです？」

伊達は長門室長の顔を見た。そのまましばらく何事か考えている様子だった。長門室長は、平然と見返していた。

やがて伊達が言った。

「俺が、今関ちゃんを守ろうとして、高平を殺したと仮定するわけだな」

「そうですね」

「そして、俺は柴崎や美里、監督、そして今関ちゃんが警察に引っぱられたのを知っているという設定……」

「引っぱられたというのは、ちょっと大げさですが、まあ、そういうことです」

「たしかに、落ち着かない気分だよなあ」

「そうでしょう」

伊達は、天井を見上げた。

犯人の気持ちになろうとしているのだろうと、楠木は思った。

28

部屋の中の面々は、伊達に注目している。伊達が天井を見上げたまま言った。

「もし、俺が犯人だったら、警察で仲間たちが……、特に今関ちゃんがどういうことになっているのか、どうしても知りたいと思うだろうな」

それを聞いて長門室長がうなずいた。

「私もそう思いますね」

「だからといって、俺がみんなの様子を見に、ここにやってくるとは限らない。やきもきしつつも、みんなが戻ってくるのを待つんじゃないかな……」

　柴崎が言った。

「俺が犯人でもそうするね。へたに動くとまずいじゃない」

「でも……」

　長門室長が二人の顔を見て言う。「今関さんを助けたいんでしょう？」

　伊達と柴崎は考え込んだ。

　そのとき、桐原美里が言った。

「話すべきことも話したし、今関さんのアリバイもあるみたいね。これ以上、私たちがここにいる理由はないいんじゃないかしら」

「そうだよなあ……」

　安田検視官が溜め息まじりに言う。「残念だけど、お引き留めするわけにはいかないよなあ」

　長門室長が言った。

「いや、みなさんには、ここにいていただかなければなりません」

　安田検視官がきょとんとした顔で言う。

「どうしてだ？」

　その質問にこたえたのは、長門室長ではなく伊達だった。

「真犯人をおびき寄せるためには、俺たちがここにいる必要があるからだろう。つまり、俺たちはエサというわけだ」

「まあ、エサというのは人聞きが悪いですが、つまりはそういうことですね。皆さんがお帰りになったと聞いたら、その人物は今後も鳴りを潜めてしまうでしょう」

「でも……」

藍本署長が思案顔で言った。「犯人は、本当にやってくるかしら。伊達さんも柴崎さんも、もしご自分が犯人だとしても、ここにやってくるとは限らないとおっしゃってるし……」

そうだよな、と楠木は思った。

藍本署長が示した疑問に、長門室長がこたえた。

「立場の問題でしょうなあ」

藍本署長が聞き返す。

「立場？」

「そうです。伊達さんも柴崎さんも、映画の主役ですからね。どっしり構えていないと……。そういう意味では、桐原さんも同じですね。監督もそうでしょう。でも、スタッフは、もっとフットワークが軽いはずです」

「スタッフ……？」

「そうです。映画のスタッフは常にいろいろなことに気配りして、監督がもし無理難題を言っても何とかしてしまうくらいに行動力があるんです。フットワークも軽いはずです」

「さきほどからお話をうかがっていると、犯人はスタッフだとおっしゃっているようですね」

「そうだと思います」

伊達が長門室長に言った。

「どうしてそう言い切れるんだ？」

「犯行の条件です。犯人は、映画の中で高平さんが遺体で発見される場所を、あらかじめ知っていて犯行の計画を立てたはずです。その場所は、事件の前日に監督やチーフ助監督がロケハンをして決めたのですね」

辻友監督がうなずいた。

「そのとおりです」

「その場所を早い段階で知り得たのは、映画のスタッフだけでしょう。それも、ごく限られたスタッフだけのはずです」

伊達と柴崎が辻友監督を見た。

長門室長が続けて言った。

「改めて確認しておきますよ。ロケハンで遺体発見の場所が決まった直後、それを知り得たのは誰です？」

辻友監督がこたえた。

「ええと。まず、鹿乃子チーフ、それからセカンドの大谷、サードの笹井……」

「つまり、助監督たちですね？」

「そうです。そして、今関さんに、制作部のチーフ……」

長門室長が言った。

「その中の誰かでしょうね」

今関良美は、下を向いている。楠木のところからその横顔が見えていた。唇を嚙んでいる。まるで、痛みに耐えるような表情をしていた。

今関良美の顔を見て、楠木は思った。

彼女は、誰が犯人か気づいたのだ。だが、決して彼女はその名前を言おうとはしないだろう。

池谷管理官の電話が振動した。携帯電話を取り出し、立ち上がった彼に、田端課長が言った。

「プライベートな電話でなければ、そこで出ればいい」

「はい」

池谷管理官は、再び腰を下ろして電話に出た。しばらく相手の話に耳を傾けてから、一言「わかった」と言って電話を切った。

　電話をポケットにしまうと、田端課長に言った。

「戸高という大森署の捜査員からです。鹿乃子チーフから話が聞けたそうです。鹿乃子チーフは、昨日の朝七時半から九時半まで、たしかに今関さんといっしょだったと証言しています」

　田端課長が念を押すように言う。

「その証言は、信頼できるんだな？」

「どうかしらね」

　藍本署長が言った。「鹿乃子チーフも、早い段階で遺体発見の場所を知っていたわけでしょう？　つまり、容疑者の一人ということじゃない？」

「あ……」

　安田検視官が気づいたように言う。「つまり、鹿乃子チーフが言うことは信頼性に欠けるということになりませんか？」

　池谷管理官が、小さくかぶりを振って言う。

「あのな、もし鹿乃子チーフが犯人なら、今関さんは犯人じゃないということになる。そして、鹿乃子チーフが犯人でないとしたら、その言葉は信頼していいということになる」

ええと……。池谷管理官が言うことは論理的に正しいはずだよな。楠木はしばらく考えなければならなかった。

安田検視官が思案顔で言った。

「二人が共犯だったら……？」

池谷管理官が言う。

「戸高はちゃんと裏を取ってるよ。笹井サード助監督が、二人はずっといっしょだったと証言している」

「なんだ……」

安田検視官がつまらなそうに言った。「それを早く言ってくださいよ」

「つまり」

田端課長が言った。「今関さんのアリバイが証明されたわけだ」

「ふん」

柴崎が言った。「今さら何をわかりきったことを……」

安田検視官が柴崎に言った。

「……とか言って、最初は今関さんの犯行だと考えて、かばおうとしてたわけでしょう」

柴崎が少しばかり悔しそうな顔になって言う。

「俺は伊達に調子を合わせていただけだよ」

伊達はその言葉に、苦い顔になって言った。

「それで、俺たちは、いつまでこうやって待っていればいいんだ？」

長門室長がこたえた。

「そうですね。そう長くはかからないと思うのですが……」

「来るか来ないかはっきりしないのに、こうして待ちつづけるというのは、ばからしいだろう」

「では、さらに仕掛けてみますか……」

「仕掛ける……」

長門室長は、池谷管理官に向かって言った。

「衣装部の三木さんを任意同行だ」

「まあ、彼女にはもう一度話を聞かなければならないのは確かだが……」

「彼女の一言が決定打になるかもしれない」

「どういうことだ？」

「犯人は、映画の中で発見されるのとまったく同じ場所で、なおかつ同じ服装で高平さんを殺害したかった。だから、早朝から彼を呼び出して衣装を着せたわけだ」

「そうか……」

池谷管理官が言った。「高平さんに衣装を着せるように、衣装部に指示した人が、犯人である可能性が高いということだ。そして、高平さんの衣装を担当した三木さんなら、誰が指示したかを知っているんじゃないのか」

長門室長はうなずいた。

「俺はできれば、直接三木さんの口から聞きたい」

おお、一手一手、相手の王将を追い詰めていく。楠木は、将棋なんて満足にさせないのに、そんなことを思っていた。

そのやり取りを聞いていた田端課長が言った。

「すぐに手配してくれ」

池谷管理官が携帯電話を取り出し、その場で捜査員に指示を与える。

なんだ、大げさな捜査本部なんて必要ないじゃないか。

もしかしたら、広い講堂なんかに捜査員と捜査幹部を集める捜査本部という態勢は、携帯電話もインターネットもない時代の遺物なのではないか。

今は捜査員個々人がスマホを持っている。かなりの情報をそれで共有できるはずだ。

楠木はそう思ったが、もちろん、そんなことは口には出せない。

……というか、今はもう何もしゃべらないほうがいいと思っていた。今関犯人説を自慢げに発表したが、大外れだった。

長門室長は、いいところまでいったと言ってくれたが、捜査は結果がすべてだ。室長に言われたとおり、詰めが甘かったのだ。

電話を切ると、池谷管理官は田端課長に報告した。

「すでに三木さんは、撮影現場を後にされたということなので、捜査員が行方を追っています。所在がわかり次第、連絡が入ります」

田端課長がうなずいた。

楠木はそっと時計を見た。

すでに八時半になろうとしていた。

腹も減ったなあ。早く帰りたいなあ。

突然、安田検視官が言った。

「出前でも取りますか」

一同は、「え」と彼の顔を見た。その反応に驚いたように、安田検視官が言った。

「あ、いや……。時間も時間ですし、皆さん、おなかがすいたんじゃないかと思いまして……」

「あらあ、それもそうね」

藍本署長が言った。「たぶん、まだ警務課の人が残ってるから、注文してもらえるわ」

　池谷管理官が言った。

「捜査本部に戻れば、仕出し弁当がありますよ」

　安田検視官が言った。

「出演者の皆さんや監督に安い仕出し弁当を召し上がっていただくんですか？　そりゃあどうかな……」

「じゃあ、鰻重でも取りましょうか？」

　藍本署長が言うと、田端課長が驚いた顔でこたえた。

「大森署で払っていただけるのなら……」

　やった。楠木は、心の中で叫んだ。

　鰻重にありつけるのなら、多少帰りが遅くなってもいい。

　ノックの音がして、制服姿の中年男が顔を出した。それを見て、藍本署長が言った。

「あら、斎藤警務課長。驚いたわね。今、警務課に連絡して、出前を頼もうと思っていたのよ」

　この署長は、課長に出前の注文をさせるつもりだろうか。天然の藍本署長ならやりかねないな、と楠木は思っていた。

斎藤警務課長が言った。

「はあ、出前ですか。それは誰か係の者にやらせましょう」

「用件は？」

「映画関係者だという方が、受付に来ているんですが……」

「映画関係者？　誰かしら？」

「大谷篤志と名乗っております」

大谷って、誰だっけ。楠木は、首を傾げた。

「ああ……」

タイミングよく、辻友監督が言った。「大谷はセカンド助監督です」

伊達が、怪訝そうな顔で言った。

「セカンドが、何の用で……」

長門室長が言う。

「どうやら、鰻重どころじゃなくなったようですね」

藍本署長が長門室長に尋ねる。

「あら、それはどういうこと？」

「セカンドの大谷は、様子が知りたくてたまらず、署にやってきてしまったわけです」

「えっ」

辻友監督が目を丸くした。「つまり、犯人は大谷だというの？」

「それは、本人から聞いたほうがいいと思います」

藍本署長が田端課長に尋ねた。

「ここにお通ししたほうがいいですよね？」

「そうですね。そうしてください」

藍本署長がうなずきかけると、斎藤警務課長は礼をして退出した。

伊達が長門室長に言う。

「セカンドが犯人だって？　それこそ何かの間違いだろう。セカンド助監督に、高平を殺害する理由はないはずだ」

「条件はそろっています」

「何の条件だ？」

「助監督は全員、ロケハンの結果を早い段階で知っていました。つまり、犯行の準備ができる立場にあったということです」

伊達がふんと鼻で笑う。

「それだけのことだろう。動機も何もない」

「そうでしょうか」

長門室長は、今関良美を見た。「ねえ、今関さん」

今関良美は、毅然とした態度のままだった。だが、顔色がひどく悪い。そして、やはり汗をかいていた。

そこに制服を着た若い警察官が、大谷を連れてやってきた。藍本署長がその係員に「ごくろうさま」と言うと、彼は礼をして去って行った。

大谷が辻友に言う。

「すいません、監督。みなさんのお戻りが遅いので、気になって……。場合によっては警察にクレームをつける覚悟でやってきました」

辻友監督は黙って大谷を見返している。

大谷は、その場の雰囲気が妙なのを感じ取ったらしく、たじろぎながら言った。

「ええと……。まだかかりそうですか……」

長門室長が言った。

「我々は、あなたが来るのを待っていたんだ。いや、正確に言うと、誰かが来るのを……」

大谷は、眉間にしわを刻んだ。

「誰かが来るのを……？」

「そう。きっとあなたは、みんながここでどんな話をするかが気になってしかたがなかったんでしょうね。特に、今関さんがどういう扱いを受けるか心配だったはずです」

大谷は、一同を見回して言った。

「いったい、何の話ですか？」

長門室長が今関良美に言った。

「あなたは、大谷さんがどういう感情を抱いていたか、お気づきでしたね？」

今関良美は、無言だった。だが、その極度に緊張した様子からこたえは明らかだった。

セカンド助監督の大谷は、苦笑まじりに言う。

「僕と今関さんが何だというのですか」

今関良美が顔を上げて、きっぱりと言った。

「私と大谷さんは、何の関係もありません」

彼女の態度を見ると、何の関係もないというのは事実とは思えない。だが、確証は何もない。本人がそう証言している以上は、ツッコめないなと、楠木は思った。

それよりも、どうやら饅重にありつけなくなったようなので、がっかりしていた。

こうなったら、誰でもいいから早く事件を解決してほしい。切実にそう思った。

長門室長が大谷に尋ねた。

「じゃあ、あらためてうかがいます。あなたがここにいらした目的は何です？」

「言ったでしょう。みなさんの戻りが遅いので、様子を見に来たんです」

「普通は、わざわざ警察に様子を見に来たりしないいんです。帰りを待つものなんです」

「こっちは撮影の最中なんで、そんな悠長なことは言っていられないんです」

「今日の撮影は終わったのでしょう？　あなたも帰宅していいはずです」

「いや……」

大谷は、落ち着きなく体重を左の足から右の足へ移し、そしてまたその逆の動きをした。「今日の分の撮りが終わったからって、僕らは帰れませんよ。これから監督たちと明日の打ち合わせをしなければならないので……」

池谷管理官が、辻友監督に尋ねた。

「これから打ち合わせというのは、本当ですか？」

「ええ、まあ……。撮影が早く終わったときは、そういうこともありますね……」

その言葉は歯切れが悪い。長門室長が言う。

「酒でも飲みながら、という感じの打ち合わせでしょう。そういうのは、特にやることが決められているわけじゃないのでしょう」

辻友監督は何か抗議しようとした様子だったが、すぐに諦めたように下を向き、つぶやくようにこたえた。

「決まっているわけじゃありません」

「今日も、やると決まっていたわけではないのですね？」

「はい」

長門室長が大谷を見た。大谷は、さらに落ち着きをなくしたように見えた。

29

長門室長が大谷に言った。

「撮影後の予定が決まっているわけではないのに、あなたはみんなの様子を見に来られた。これは不自然でしょう」

「撮影が終わったからといって、出演者や監督が拘束されている間は、僕らは動けませんよ」

「それはおかしいですね。彼らは映画の仕事で拘束されているわけではないのです。ですから、あなたの仕事の範疇(はんちゅう)ではないはずです」

「助監督の仕事に、ここからここまで、とかって線引きはできませんよ」

こりゃあ、いつまで経っても埒(らち)が明きそうにないな……。楠木は暗澹とした気持ちになってきた。

「昨日の、午前七時半頃、あなたはどこにいらっしゃいましたか？」

「どこにって……。撮影現場にいましたよ」

「午前七時半頃から、今関さんは、鹿乃子チーフ助監督といっしょだったと証言されています。それを、サード助監督の笹井さんに確認しました。つまり、その三人はいっしょだったということがわかりましたが、あなたがどこにいたかは、まだ確認されていないのです」

「僕は……」

彼はおろおろと視線をさまよわせ、やがて今関良美に向けた。「三人といっしょでした」

救いを求めるような眼差しだった。

池谷管理官が今関良美に尋ねる。

「そうでしたか？」

今関良美はこたえない。どう言えばいいか迷っているのだ。

池谷管理官がさらに言った。

「あなたがおこたえにならなくても、鹿乃子チーフや笹井さんに確認を取ればわかることなのです。ですが、無駄な手間は省きたい」

それでも彼女は口を開こうとしない。池谷管理官が電話を取り出した。

「鹿乃子チーフにもう一度話を聞くように、捜査員に言います」

そのとき、今関良美が言った。

「鹿乃子チーフと笹井君はいっしょでした」

池谷管理官が尋ねる。

「大谷さんは、いっしょではなかったのですか？」

「覚えていません」

「覚えていない？」

今関良美のこたえに、池谷管理官は思わず聞き返していた。「それは、大谷さんがいっしょではなかったということですか？」

彼女は繰り返した。

「覚えていません」

池谷管理官が溜め息まじりに繰り返した。

「鹿乃子チーフやサードの笹井さんに訊けばわかることなんですよ」

今関良美は、硬い表情で口を閉ざした。

そう言うしかなかったんだよなあ。

楠木は思った。彼女は、嘘はつきたくなかったのだ。かといって、大谷の容疑を固めるような発言もしたくなかった。

苦しい発言だ。楠木はなんだか、今関良美が気の毒に思えてきた。犯人扱いしておいて言えた義理ではないのだが……。

池谷管理官が田端課長に言った。

「では、鹿乃子チーフと笹井さんに確認を取るように、捜査員に指示します」

田端課長がうなずくと、池谷管理官が電話をかけた。

「それで……」

伊達が長門室長を見て言った。「セカンドが、チーフやサードといっしょにいなかったからといって、何がわかるというんだ？」

「アリバイ証明ができないということになります」

伊達は眼をそらして小さく溜め息をついた。

大谷は、呆然とした顔で立ち尽くしていた。何が起きているのか、理解できていないような様子だった。

やがて、電話を切ると池谷管理官が言った。

「鹿乃子チーフの確認が取れました。午前七時半頃に今関さんと笹井さんと会い、三人はずっといっしょでしたが、そこに大谷さんはいなかったということです」

田端課長が聞き返す。

「いなかった……？」

「はい。午前八時過ぎまで姿が見えなかったということです」

長門室長が大谷に尋ねた。

「その時間、どこで何をしていたのですか？」

「何って……。いろいろですよ。撮影前はやることが山ほどあるんです」

「朝、撮影現場入りしたら、すぐにチーフのもとに行くべきじゃないですか？」

「実は寝坊して、現場入りが遅れたんです」

池谷管理官が大谷に質問する。

「寝坊して遅れた……。それを証明できる人はいますか？」

「一人暮らしなので……」

逃げに入ったな……。

楠木は思った。将棋で相手にがんがん攻められ、負けが明らかなのに逃げ回るのに似ていた。

長門室長は、さらに厳しい手を打ち込む。

「出番はまだまだ先なのに、早朝に高平さんの衣装をつけるようにと、衣装部に指示した人がいるんです」

大谷があくまでも平静を装おうとするように言った。

ていないのだろうか。

それが物語ることは明らかだ。大谷は、捜査幹部が考えていることを、まだ理解し

だが、顔色を失いつつある。

「それが何か……」

おそらく、わかっているのだ。自分が警察署に様子を見に来てしまったことが、最大の失敗だったことに、もう気づいているはずだ。だが、それを認めたくないのだ。

そこに、捜査一課の佐治係長が顔を出した。

「失礼します。捜査員が衣装部の三木の身柄を取ってきましたが、どうしましょう」

刑事は、逮捕だろうが任意同行だろうが、こういう言い方をする。だから、嫌われるんだ、と楠木は思った。

田端課長が言った。

「こちらに案内してくれ。丁重にな」

「はい」

佐治は、不審げな表情でこたえると、去って行った。おそらく、この部屋で何が行われているのか疑問に思っているのだろう。自分が蚊帳の外に置かれていることが不満なのかもしれないと、楠木は思った。

やがて、捜査員に伴われて三木和乃がやってきた。入室したとたん、彼女は緊張を

露わにした。警察幹部がいたからではない。監督と主役、そしてヒロインがいたからだろう。

大谷は三木の顔を見ないようにしている。現実から眼をそらしたいのだ。

池谷管理官が、長門室長を見てうなずいた。長門室長が、三木に言った。

「わざわざお越しいただき、ありがとうございます。これからいくつか質問にこたえていただきます」

「あなたは、高平さんの衣装を準備されましたね？」

長門室長が尋ねると、三木は近くに立っている大谷を一瞥してからこたえた。

「ええ、用意しました」

「本来の出番よりもずいぶんと早く準備されたのですね」

「ええ、そうでしたね。朝一番でした」

「それは何時頃のことですか？」

「集合してすぐでしたから、七時半頃ですね」

「たいていは出番の順番に衣装をつけるのですね」

「まあ、そうですね」

「でも、高平さんのときは、出番よりも早く衣装をつけられた……」

「ええ」

「それはなぜですか？」

「そういう指示がありましたから。高平さんもその時間にいらっしゃいましたし……」

「誰からの指示でした？」

「集合したとたん、てんてこ舞いだったんで、よく覚えていないんですよ」

楠木は思い出した。昨日、戸高といっしょに話を聞きにいったときも、三木はそうこたえたのだった。

池谷管理官が顔をしかめた。

「なんだ、覚えていないのか……。そのこたえが決定的だと思ったんだがな……」

長門室長は諦めなかった。

「はっきりと名前をおっしゃりたくないお気持ちはわかります。事件に関わりたくないのですね。しかし、管理官が言ったように、とても重要なことなんです。思い出してください」

三木は困った様子で言った。

「そんなことを言われても……」

そして彼女は、監督を見て、続いて二人の主役と女優のほうを見た。

伊達が言った。

「もし、覚えているのなら、本当のことを言ってくれ。そのほうがいい」

この言葉は三木にとってはおそらく誰の言葉よりも影響力があるに違いない。楠木はそう思った。

三木は再び辻友監督の顔を見た。監督はかすかにうなずいた。それで覚悟が決まった様子だった。三木が言った。

「思い出しました」

長門室長が三木に言った。

「では、教えてください。あなたは誰の指示で、高平さんに衣装をつけたのですか？」

「大谷さんです」

「そこにいるセカンド助監督の大谷篤志さんですね？」

三木がうなずく。

「そうです」

大谷が苦笑を浮かべる。

「何を言うんだ。僕がそんなことを言うはずがないだろう。僕にはそんな権限はない」

三木が長門室長に言う。

「監督からの指示だと、大谷さんは言いました。そして、その指示の直後に高平さんがお見えになったので、私は疑うこともなく衣装をつけたのです」

長門室長が大谷に言った。

「高平さんに、衣装をつけて遺体役の撮影現場に行くように指示したのもあなたですね？」

「ばかなことを言わないでください。どうして僕がそんなことを……」

大谷は明らかにうろたえているが、それを何とか隠そうとしている。

「あなたしかいないんですよ」

長門室長にそう言われると、大谷は表情を硬くした。

「僕しかいない？　どういうことですか？」

「高平さんは、衣装を着て、映画の中で遺体で発見される予定の場所で、本当に殺害されていました。衣装部に仕事の順番を指示できる立場の人は限られています。また、出演者の方に衣装をつけるように言ったり、現場に来るように指示できる人も限られています。あなたはそれができる立場にあります」

大谷が言った。

「僕以外にもできる人はいる」

「そう。監督、チーフ助監督、サード助監督、そして記録係の今関さんには可能です。しかしですね、辻友監督、チーフ助監督の鹿乃子さんとサード助監督の笹井さんには、動機がありません。今関さんには動機がありますが、同時にアリバイもあります。鹿乃子さんや笹井さんといっしょだったんです。あなただけが彼らといっしょじゃなかったんです。そして、あなたには動機があった……」

「動機ですって？」

大谷が長門室長に聞き返す。長門室長はうなずいた。

「そうです。あなたは、高平さんが今関さんと関係を持ったことが許せなかったんです」

そうか……。

楠木は、長門室長の意図を悟った。被疑者は他の関係者から隔離したほうがいい。だから、単独で取調室に連れて行くのだ。

大谷の場合も、もっと早い段階で一人にして話を聞いたほうがいいのではないかと思っていた。

だが、ここで話を聞くのには理由があったのだ。

大谷が、長門室長の言う「動機」を否定したら、今関への思いを否定することになる。本人の前では、そんなことは言いたくないだろう。

この場で動機を否定したら、何のために殺害を実行したのかわからなくなる。

なるほどなあ……。このへんの駆け引きは、さすがに海千山千の室長だなあ。楠木は、完全に他人事の気分で感心していた。

大谷は言った。

「動機を証明できないでしょう」

長門室長はかぶりを振った。

「ミステリーマニアなどは、証拠だ証明だとよく言いますがね、実際にそんなものはなくても逮捕・送検はできるんです。検察主導でじっくり取り調べしますからね」

いやあ、それはないだろう。楠木は思った。

これは、長門室長のはったりだ。だが、追い詰められている大谷には効き目があるだろう。

実際に効果があった。大谷はますます追い詰められた様子で、今関のほうを見た。

今関は、顔色を失い、硬く表情を閉ざしている。彼女は大谷の思いに気づいていたのだろうか。

それを確認できれば、大谷の動機の裏付けになる。だが、今ここでそれを質問するのは酷だと、楠木は思った。後で今関を一人にして質問すればいい。

長門室長も同じ考えの様子だ。今関には何も質問しようとしない。

大谷は、どうしていいのかわからない様子で立ち尽くしている。

投了だな、と楠木は思った。

しばしの沈黙を破ったのは、伊達だった。

「高平にはいつか天罰が下ると思っていた。セカンドがやらなかったら、俺がやっていたかもしれない」

それを受けて柴崎が言った。

「そうだね。おまえさんならやりかねないよね。まあ、そういう俺も高平には腹に据えかねるところがあったけどね」

「弱みを握られていたしな。そういう意味じゃ、おまえ、セカンドに感謝しなくちゃな」

「あのですね」

それを聞いた安田検視官が言った。「そういうことを警察官の前で言うと、冗談では済まなくなりますよ」

伊達がそれにこたえた。

「冗談なんか言ってない。俺が言いたいのは、だ。高平が殺されたのには、それなりの理由があったってことだ」

柴崎が言う。

「そう。情状酌量って言うんだっけ？」

長門室長が言った。

「そういう話はまだ早いですね。大谷さんは自白をしたわけではないのです。これから、任意でお話をうかがいます」

長門室長が大谷に尋ねた。「いいですね?」

大谷は何も言わない。だが、抵抗も反論もしようとはしない。

池谷管理官が携帯電話を取り出し、大谷の身柄を取調室に運ぶように捜査本部の係員に指示した。すぐに制服を着た二人の係員がやってきて、大谷を連れて部屋を出て行った。

池谷管理官が長門室長に言った。

「引き続き、取り調べをやってくれるか?」

「勘弁してくれ。あとは捜査本部の仕事だろう」

「筋を読んだのはあんただ」

「俺は、楠木の読みを補っただけだ」

楠木は、突然名前を出されて驚いた。

安田検視官が言った。

「詰めが甘かったけどなあ」

伊達が言った。

「柴崎が言った情状酌量のことは、考えてくれるんだろうな」

池谷管理官がこたえた。

「そうですね。これから事情をよく調べて、その余地があるようなら、検事には申し添えておきましょう」

柴崎が言った。

伊達がその言葉にうなずいた。

「一つ、訊いておいてほしいことがあるんだ」

池谷管理官が尋ねる。

「何でしょう？」

「もし、セカンドが犯人だったら……」

そのとき、今関が口を開いた。

「大谷です」

柴崎が聞き返す。

「何だって？」

「セカンド助監督の名前です。彼は大谷といいます」

「そうか。わかった。言い直そう。もし、大谷が犯人だったら、どうして高平に衣装を着せて、あの現場で殺したのか訊いてほしいんだ」

「そうですね」

池谷管理官が言った。「それはぜひ知る必要があると、我々も思います」

「おそらく……」

伊達が言った。「役を演じつつ死なせてやりたい。そう思ったんだろう。衣装を着て現場で死ねるなんて、役者としてはこれ以上ない死に方だろう」

「だからさ」

柴崎が言った。「そういうことを、大谷本人の口から聞きたいんじゃないか」

池谷管理官が言った。

「必ず訊いておきます」

田端課長が今関に言った。

「あなたにも詳しくお話を聞く必要がありそうです」

今関がうなずくと、池谷管理官が立ち上がって言った。

「私がご案内します」

今関がこたえた。

「わかりました」

二人が出て行くと、伊達が辻友監督に言った。

「スタッフが犯人だったからって、撮影が中止になったりしないだろうな」

「おそらくだいじょうぶだとは思いますが、不祥事があった映画は当たらないと言われていますから、どうなるか……」

「ふん。何があったって、俺たちが当ててみせる」

「じゃあ、私たちはもう帰っていいですね」

桐原美里がそう言って立ち上がった。それが解散の合図となった。

30

今関は事情を聞くために警察に残された。

監督や出演者たちは、署を後にした。彼らがどこに行ったかは、楠木にはわからない。知ろうとも思わない。

「これから、どうするんです？」

長門室長と二人きりになると、楠木は尋ねた。

「どうするって……」

長門室長は、いつもの茫洋(ぼうよう)とした表情になって言った。「おまえ、捜査本部に戻りたいのか？」

「いやあ、それはないですね」

「正直なやつだな。だが、まあ、俺も戻る気はない。もう、引きあげていいだろう。ＦＣ室の他のメンバーはもう帰宅したんだろう」

「そうだと思います」

「じゃあ、俺たちも帰ろう」

さっきまであんなに帰りたかったのに、いざ帰っていいと言われると、何かやり残したことがあるような気がする。

玄関まで来ると、楠木は尋ねた。

「あの……、一つ質問していいですか？」

「面倒臭くないことならな」

「室長は、大谷が犯人だって、いつ気づいたんですか」

「おい、大谷はまだ自白していないんだ。逮捕もまだだ。そういう話をするのは早い」

「でも、ほぼ間違いないでしょう」

「そう思っても、土壇場でひっくり返ることもある。もし、彼が正式に逮捕され、送検されたら、今の質問にこたえてやるよ」

なんだよ。もったいぶってるな。そう思ったが、別に今どうしても知りたいわけではない。もやもやは残るが、とにかく帰宅することにした。

翌朝も、予定通りにロケ現場に出かけた。殺人事件があり、スタッフの犯行らしいということで、いったん撮影はストップしているようだ。

それでもＦＣ室は出勤しなければならない。だが、撮影現場が動きはじめないので、ＦＣ室も動きようがない。メンバーは、一所に集まっていた。

山岡が長門室長に言った。

「撮影、続行しますかね？」

「しない理由はないね。金集めちゃってるんだろうし、今さら後に退けないだろう」

長門室長の言葉に、山岡は首を傾げる。

「どうでしょうね。マスコミは黙っちゃいないでしょう。マスコミって、こういうことがあると鬼の首を取ったように騒ぐでしょう。まるで自分たちが正義を代弁しているかのように……。ばかですよねえ」

「特にテレビのワイドショーはひどいな」

服部が山岡の言葉を受けて言った。「司会者とかコメンテーターとか、常に自分たちが清廉潔白な人間みたいな言い方をするよね」

静香がそれに続いて言った。

「記者会見で、不祥事とかした人を攻撃する記者がいるでしょう。あれも最低ね。あんたに何の権利があるの、って言いたくなる」

まるでみんな、マスコミに怨みでもあるみたいだな……。楠木は、他人事のように感じていた。

捜査員は、マスコミの取材攻勢にあい、辟易(へきえき)としているに違いない。だが、地域総務課の楠木のところに取材に来る記者など皆無だ。

楠木は山岡に尋ねた。

「そういえば、あのテレビレポーターはどうしたんです？」

「テレビレポーター？」

「規制線のところで話をしていたレポーターがいたでしょう？」

「ああ」

山岡は、いかにもつまらなそうに言った。「別にどうもしねえよ。あれっきり、取材にも来ねえ。だが、スタッフが殺人犯となれば、また来るだろうな」

本当に興味がなさそうだった。それならと、楠木は矛先を変えた。

「島原は、例の大森署の地域課のやつと付き合うことにしたの？」

言いながら、服部の顔色を観察していた。服部は、明らかに落ち着かない様子になった。わかりやすいやつだ。

静香が言った。

「付き合ってなんかいないわよ」

「でも、向こうはおまえに興味がありそうじゃないか」

「実習のときに世田谷署でいっしょになったというだけよ」

「それ、おまえは覚えていなかったけど、向こうは覚えていたんだろう？　脈ありじゃないか」

服部がますます落ち着きをなくした。

静香は、その服部の反応などまったく気にしないという態度だった。だが、実はけっこう気にかけているのではないかと、楠木は思っていた。

ここで服部が振られてしまったら、面白いのになあ。

静香が言った。

「残念ながら、私、所帯持ちには興味ないの」

「え……」

楠木は思わず聞き返していた。「所帯持ち……？」

「そうよ。須磨さんはもう結婚していて、子供が生まれたばかりなのよ」

服部が、ほっとするのがわかった。

「何だよそれ……」

楠木はつい、そうつぶやいていた。

結局、これからも、静香は思わせぶりな態度で、服部を翻弄しつづけるのだろう。まあ、それはそれで面白いかも……。

山岡が長門室長に言った。

「じゃあ、賭けをしませんか？　室長は撮影続行、俺は撮影中止。千円賭けますよ」

「賭博の現行犯で逮捕するぞ」

山岡はにっと笑った。

「乗りませんか？」

「わかった。千円だな」

映画の存続を賭けの対象にするなんて、なんて不謹慎なんだ。楠木はそんなことを思いながら言った。

「じゃあ、俺も撮影続行に、一口」

結局、服部と静香も参加した。服部は続行、静香は中止に賭けた。

そのとき楠木は、ふと気づいて言った。

「あれ、安田検視官が来ますよ」

彼は笑顔で近づいてくる。

「やあ。ＦＣ室がおそろいですな」

長門室長が尋ねた。

「ここで何してるんだ？」

「帰るところだよ」

「帰る……？」

「今まで、捜査本部にいたんだ。帰り際にせっかくだから、あんたの顔を見ていこうと思ってさ」

「それは光栄だね。ところで、捜査本部で何をしていたんだ？」

「取り調べの結果を待とうと思ってね」

「……ということは、結果が出たということか？」

「大谷はゲロしたよ。だから俺、帰ることにしたんだ」

安田検視官が言った。

長門室長が質問する。

「自白したって？　詳しく教えてよ」

「ああ、そのためにわざわざ会いに来たんだからな。大谷は、衣装部に高平の衣装を用意するように指示して、さらに高平に衣装をつけて、現場に来るように言った」

「よく目撃者がいなかったな」

「高平の遺体発見の撮影は、午後の予定だったからね。その前に主役とヒロインの撮影がある。誰もそこには来ないことを、大谷は知っていたんだよ」

「まあ、そんなところだろうな」

「動機については、あんたが指摘したとおりだ」

「……というか、もともとは高平が今関良美に手を出したことが原因だから、楠木が指摘したとおりだったということだね」

「詰めが甘かったけどね」

もう、それはいいよ……。

「高平にわざわざ衣装を着せて、撮影予定の現場で殺害したのは、なぜだって？」

「せめて役者として死なせてやりたかったと言っているようだ。殺すほど憎いと思っていたはずなのに、おかしな話だよな」

長門室長は肩をすくめた。

「それが映画人ってやつなんじゃないのか」

「武士の情け、みたいなもんか？」

「あー、ちょっと違うな。カメラが回っている間は、役者は何にでもなれる。そして、映画はその映像の世界がすべてなんだ。大谷は高平をその夢の世界で死なせてやりたかったんだと思う」

「俺たちが殉職も厭わないと思うのと同じか」

「似たようなものかもしれない」

うわあ、殉職も厭わないなんて、冗談じゃない。俺は厭うよ、おおいに厭う。楠木はそう思っていた。

「じゃあね」

安田検視官はあくびをした。「俺は帰るよ。今回はFC室のお手柄だったな」

安田検視官は去って行った。

山岡が思案顔で長門室長に尋ねた。

「やっぱり、犯人はセカンド助監督でしたか」

今朝集まってすぐに、長門室長がかいつまんで昨日のことを説明していた。

長門室長が、山岡に言った。

「そういうことだね」

「こりゃあ、やっぱり撮影中止ですね。賭けは俺たちの勝ちだな……」

「まだわからないよ」

「それで、楠木の指摘がどうの、ってのはどういうことです？」

「こいつ、今関さんが犯人だっていう推理をみんなの前で披露したんだ」

「赤っ恥をかいたわけですね」

もういいってば……。

楠木は口を閉ざしていた。

長門室長が言った。

「でも、高平が今関さんに手を出したことが、殺害につながったわけだから、あながちすべて間違いとは言えない」

「ふうん……。そういう考え方もできますかね……」

楠木は言った。

「大谷が自白したんですから、ちゃんと説明してくれますよね」

「何の話だっけ？」

「室長が、いつから大谷の犯行に気づいていたか、です」

「ああ……」

長門室長はあっけらかんと言った。「あいつが大森署にやってきたときだよ」

「なんだか釈然としないんですが……。どうして、大森署にやってきたというだけで、犯人だと確信できたんですか？」

山岡が言った。

「話を聞いて、俺もその点を疑問に思いましたね」

「消去法だよ」

楠木は聞き返す。

「消去法、ですか……」

「まず、犯行は撮影関係者によるものだと考えた」

楠木は尋ねる。

「なぜです？」

「高平が、衣装を着て、映画の中の遺体発見現場となる場所で殺害されていたからだ。映画関係者の鑑が濃いと思ったんだ」

楠木と山岡はうなずく。服部と静香は何も言わずじっと話を聞いている。

「それから、犯行可能なのは誰かを考えた」

山岡が思案顔で言う。

「監督と三人の助監督、それに今関……」

山岡の言葉に、長門室長がうなずく。

「そう。その五人は、早くからロケハンの結果を知っていた。そして、衣装部にも高平本人にも指示を出すことができる。だから、それ以外のスタッフは、除外して考えることにした」

楠木は言った。

「あとは、アリバイですね」

「そう。衣装部の三木の証言で、高平が衣装をつけたのは、七時半頃。つまり、犯行は七時半以降のことだ。その時間、今関、鹿乃子チーフ助監督、そしてサード助監督の笹井はいっしょだった。そして、監督は署長室に挨拶にやってきており、九時四十五分頃に撮影現場に行き、その時点から今関と監督はずっといっしょだった」

「今関良美と鹿乃子チーフ、そして笹井にはアリバイがあったということですね」

楠木に続いて、山岡が言った。

「待ってください。監督が署長室にやってきたのは、確か午前九時頃ですよね。だとしたら、監督にはアリバイはなかったんですよね」

「監督は、動機で除外した」

「動機で除外……？」

「その点は、楠木の手柄だよ。こいつ、生意気に、伊達、柴崎、桐原の三人が、今関良美をかばっていることに気づいたんだ」

生意気に、は余計だよね。

山岡は腕組みした。

「なるほど、残るはセカンドだけということですか……」

「そう目星をつけているところに、まんまと大谷がやってきたわけだ」

「警察署を訪ねてきたやつが犯人だという発言には、そういう裏付けがあったんですね」

楠木が尋ねると、長門室長がこたえる。

「当たり前だ」

「一か八か、なのかと思っていました」

「そんなはずないだろう」

そこに鹿乃子チーフが近づいてきた。

山岡が彼に尋ねた。

「監督は？」

鹿乃子チーフがこたえた。相変わらず早口で滑舌が悪いが、不思議なものでだんだん何を言っているのか理解できるようになってきた。

監督は今、映画製作の幹部連中と話し合いをしている最中だという。

長門室長が鹿乃子チーフに尋ねる。

「監督たちは、どこで話し合っているんですか？」

「映画会社です」

「どんな人が集まっているんですか？」

「製作委員会の担当者たちですね。映画会社、テレビ局、出版社、その他いろいろ……」

「……で、どんな様子なんです？」

「そんなこと、俺にはわかりませんよ」

「どういう話になっているか、想像くらいはつくでしょう」

鹿乃子チーフは、しばらく考えてから言った。

「映画会社はもちろん撮影続行して、一刻も早く作品を仕上げたいと思っているでしょうね。でも、テレビ局と出版社は腰が退けてるんじゃないでしょうか」

「やっぱりね」

山岡が言う。「マスコミは立場上、自粛しようとするでしょう。撮影中止で決まりですね」

「だからさ」

長門室長が顔をしかめる。「まだわからないって言ってるだろう」

「こんな不祥事があったのに、映画公開する度胸なんて、今時の日本の映画業界にありゃしませんよ」

「まあ、普通なら自粛するだろうがね……。それをひっくり返すくらいの何かがあれば……」

「何かって、何です？」

長門室長はそれにはこたえなかった。

旗色が悪いな。楠木は長門室長に乗って、撮影続行に賭けているので、ちょっと心配だった。

服部が鹿乃子チーフに尋ねた。

「それで、これからどうするんです？」

「どうするって、俺たちは待つしかないですよ」

「今日撮影予定の出演者の方々は？」

「取りあえず、待機してもらって、撮影の目処が立ったら連絡することになってます」

「滝田さんの出番は？」

「予定に入っていましたよ。でも、高平さんといっしょのシーンだったので、代役が決まるまでペンディングですね」

服部が、露骨にがっかりした顔になった。本当にわかりやすいやつだ。

静香が言った。

「私たちも、ただ待っていなきゃならないわけ？」

急に不機嫌そうになった。服部が滝田彩香のことを話題にしたからだろうか。普段、冷たくしているくせに、服部が他の女性に興味を示すとおもしろくないらしい。

まったく女って面倒臭いな。

「仕方がないだろう」

長門室長が言った。「それがＦＣ室の仕事だ」

結局何の進展もないまま、時間だけが過ぎていった。撮影が進行していないので、ケータリングもない。

昼時には、静香と楠木が弁当の買い出しをやらされた。

中学生のパシリかよ……。楠木はそんなことを思いながら、コンビニへ行った。ただ待っていると、食べることしか楽しみがない。

楠木は時間をかけて、弁当を食べた。

結局、夕刻になっても監督から知らせはなかった。

午後六時になろうとする頃、三人の捜査員が楠木たちFC室のメンバーのところにやってきた。大森署の戸高、警視庁本部捜査一課の佐治係長と矢口だった。

佐治係長が長門室長に言った。

「FC室は、映画撮影の面倒を見るだけだと思ったら、殺人の捜査もやるんですね」

明らかに皮肉だった。だが、長門室長はさらりと受け流す。

「いやあ、本家本元の捜査一課にはかないませんよ」

「犯人確保の瞬間、自分らは完全に蚊帳の外でしたからね」

「映画の出演者の方々や、監督がおいででしたから……。それに、犯人も映画関係者でしたし……」

矢口が言った。

「ついていましたね。まあ、今回は特別でしょう」

やっぱり、こいつ嫌なやつだな。楠木がそう思っていると、戸高が言った。

「つきも実力のうちだよ」

戸高はすっかり矢口に愛想を尽かしている様子だ。

長門室長が佐治係長に尋ねた。

「ところで、何かご用でしょうか？」

31

「犯人をずばりと当てて、事件を解決したＦＣ室長のご尊顔を拝ませていただこうと思いましてね」

長門室長の問いにこたえて、佐治係長が言った。

佐治係長も嫌なやつだなあ、と楠木は思った。この上司にしてこの矢口あり、だ。

この当てこすりにも、長門室長は柳に風だ。

「それは、わざわざ……。こんな顔ですが、よかったらいくらでも見ていってください」

佐治係長は長門室長の態度に、毒気を抜かれてしまったようになった。

「我々はこれで引きあげます。それでは……」

楠木は戸高を見た。

彼はようやく矢口のお守りから解放されるのだ。きっとせいせいしているに違いない。だが、その顔を見ると、いつものように仏頂面だ。

その戸高に、長門室長が言った。

「大森署には、この先もいろいろと世話になる。署長によろしく伝えてくれ」

「わかりました」

山岡が言った。

「しかし、ユニークな署長だな」

戸高がこたえる。

「うちの署は、署長で苦労するんです。いや、署長に恵まれていると言うべきか……」

佐治係長と矢口が帰っていき、戸高もそれについてその場を離れた。

すっかり日が暮れていた。

長門室長が言った。

「今日は撮影はなさそうだ。引きあげようか」

山岡が尋ねる。

「明日はどうします？　八時現場集合だ」

「どうせ、中止ですよ」

「まだ、わからないんだってば」

そこに鹿乃子チーフが駆けて来た。彼は息を切らして何事か言った。慌てているようで、いつもより早口なので、何を言っているかさっぱりわからない。

山岡が言った。

「落ち着いて話してください。何があったんです？」

「監督がこっちに向かっています。何か報告があるそうです」

長門室長と山岡が顔を見合わせた。おそらく撮影続行か中止かの知らせだろう。

「いつ頃到着されますか？」

長門室長が尋ねると、鹿乃子チーフがこたえた。

「あと十分ほどで到着します」

楠木は撮影続行に賭けたが、実は中止になってほしいと思っていた。そうすれば、FC室の任務から解放され、楽な内勤に戻れる。

撮影続行に賭けたのは、室長に付き合っておこうという気があったからだが、そうなったときのショックを、賭けに勝つことで多少なりとも紛らわそうという計算もあった。

鹿乃子チーフの言葉どおり、監督は十分ほどでやってきた。驚いたことに、伊達弘樹がいっしょだった。

いや、伊達だけではない。柴崎省一と桐原美里もいっしょだった。

彼らが近づいてくると、サード助監督の笹井や、制作部、撮影部、照明部、録音部などのチーフたちが自然と集まってきた。

鹿乃子チーフが言った。

「伊達さんたちもごいっしょだったんですね」

「こら」

柴崎が言った。「伊達さんたちで、くくるな」

鹿乃子チーフが言い直した。

「伊達さん、柴崎さん、桐原さんもごいっしょだったんですね」

辻友監督がうなずいた。

「製作委員会では、撮影を中止しようという声が強かった」

やった。撮影中止か……。

楠木が心の中でバンザイをしていると、山岡がドヤ顔で長門室長を見た。長門は落ち着き払って、辻友監督の言葉の続きを待った。

監督が言う。

「話し合いの結果、撮影が中止になりそうだった」

よしよし。明日からは通常任務に戻れる。警視庁本部で内勤だ。

「そこに、伊達さん、柴崎さん、桐原さんがいらして、委員会の人たちを説得してくれた」

え……。説得……。

伊達が言った。

「乗りかかった船を降りるわけにはいかない。それにな、今撮影を取りやめたら、高平だって浮かばれないだろう」

柴崎も言う。

「ケチがつこうが、関係ないね」

鹿乃子チーフが辻友監督に尋ねた。

「それで、結果は？」

辻友監督は、集まったスタッフたちを見回してから言った。

「撮影続行だ」

おおーっという低い声が洩れた。地味な歓声だ。

辻友監督が続けて言った。

「今日一日の遅れは大きい。明日から取り戻す」

伊達が言う。

「そういうわけで、俺たちは失礼する」

柴崎がそれに続いて言った。

「俺たち監督と飲みに行くけど、チーフも付き合いなよ」

鹿乃子は長門室長に言った。

「そういうわけですから、明日からよろしくお願いします。じゃあ……」

彼は、監督や伊達たちを追っていった。

楠木は呆然と立ち尽くしていた。

長門室長が言った、自粛を「ひっくり返すくらいの何か」というのは、このことか……。

せっかく明日から内勤で楽ができると思っていたのに……。ショックは予想していたよりも大きい。暗澹とした気分で、賭けに勝ってもちっともうれしくなかった。

負け組二人が払った二千円を長門室長と服部、楠木の三人で分ける。六六六・六六……。六が永遠に続く。不吉な数字だ。長門室長は、こういうところが異常なほどきっちりしている。ちゃんと両替して、楠木と服部に、六百六十六円を渡した。そして、残りの端数は両替代金として自分が受け取ると言った。

たった六百六十六円では、ショックをぬぐい去ることはできない。

「じゃあ、引きあげよう」

長門室長が言い、服部は白バイにまたがり、他の四人は覆面車で警視庁本部に向かった。

雨が降ればロケが中止になるかもしれないと、楠木は運動会が嫌いな小学生みたいなことを考えていたが、翌日は見事な快晴だった。

予定どおり撮影は開始された。

楠木は長門室長に言った。

「せめて、葬儀が終わるまで待てないんですかね……」

「舞台や撮影といった芸事には、そういうの影響しないんだよ」

高平の代役は、すぐに用意された。芸能プロダクションは鵜の目鷹の目だ。チャンスがあれば見逃さない。おそらく監督のもとには、いろいろなプロダクションから売り込みが殺到したことだろう。

今日は、朝からその新たに選ばれた出演者と、滝田彩香のシーンがあり、服部は舞い上がっていた。

その様子を見て、静香がまたふくれっ面だ。こいつら、早くくっつくか、きっぱりと切れるか、どっちかにしてくれないかな。まあ、人のことはどうでもいいけど……。

楠木はそんなことを思っていた。

矢口がいなくてよかった。あいつがいると服部の滝田彩香熱がエスカレートするのだ。

ＦＣ室のメンバーは、それぞれ持ち場を決めて、マスコミや見物人たちの整理を行っていた。

楠木の持ち場に黒塗りのワゴン車が近づいてきた。ここに車で入れるのは、映画関係者だけだ。それ以外の車は、大森署の交通課が規制してくれているはずだ。

車が規制線の外にいる楠木のすぐ近くに停まった。運転手が降りてくる。彼が後部座席のドアを開けると、そこから降りてきたのは伊達弘樹だった。

楠木はいちおう挙手の敬礼をした。伊達弘樹はそれに気づいて、軽くうなずき、現場に向かった。

楠木の前を通り過ぎようとして、ふと立ち止まり、言った。

「ケチがついた映画は当たらないって言われているが、どう思う？」

「は……？　自分にお尋ねですか？」

伊達が楠木のほうを見た。

「他に誰もいないだろう。どう思う？」

「大森署の会議室で、伊達さんがおっしゃったことが正しいと思います」

「俺が言ったこと？」

「ええ、何があったって、俺たちが当ててみせる、って……」

伊達が、にっと笑った。

「わかってるじゃないか」

そこにまた別な車がやってきた。見覚えがある。柴崎省一の車だ。

柴崎が降りてきて伊達に言った。

「早いじゃない」

「おまえも、二日酔いじゃないのは珍しいな」

二人は、肩を並べて監督たちがいる撮影現場のほうに向かった。その姿を見て、楠木は思った。

なんだ、結局二人は仲がいいんじゃないか。なんだかつまらないな……。

「あのう……」

声を掛けられて振り返った。伊達と柴崎の車の運転手たちが並んで立っていた。

「何でしょう？」

「現場の近くに待機していたいんですが……」

「ああ、車ですね。ロケバスの後ろにつけてください」

運転手たちが車に乗り込む。二台の車が去ると入れ替わるように、また車が一台やってきた。黒塗りの公用車だ。

停車した公用車から、制服姿の藍本署長が降りてきた。楠木は敬礼をした。

「ごくろうさま。長門室長はどこ？」

「監督のそばにいるはずです。モニターのところです」

「モニターってどこかしら」

「ご案内いたします」

「あら、すいません」

楠木は、藍本署長を伴って、撮影現場に向かった。本番中なら、物音を立てたり、カメラに映り込んだりしないように気をつけなければならないが、まだ準備中のはずだから、問題ない。

思ったとおり、長門室長は、辻友監督の近くにいた。監督の隣には、今関良美の姿があった。彼女はてきぱきと監督と打ち合わせをしている。

なるほどねえ、あれがプロってやつだな。

楠木はそんなことを思った。

こちらが声をかけるより早く、長門室長が気づいた。

「おや、署長、どうされました？」

その言葉に辻友監督も顔を楠木たちのほうに向ける。

藍本署長が言った。

「撮影再開と聞いて、また見学させていただこうと思って……。かまわないかしら」

辻友監督が言った。

「もちろんです。ゆっくり見学なさってください」

「ありがとう。なるべくお邪魔にならないように気をつけるわ」

辻友監督は笑顔でうなずき、仕事に戻った。

藍本署長は、スタッフたちが動き回る現場のほうを見やって言った。

「映画の撮影って、なんだかわくわくするわよね。どうしてかしら……」

長門室長も同じ方向を眺めながら言う。

「気取った言い方をすると、夢を作る現場だからじゃないでしょうかね」

「夢を作る現場ね……」

「そう。非日常の世界ですよ。ですから、その世界の人たちは、つい現実を忘れてしまいがちです」

「現実を忘れる……？」

「そう。ですから、今回のような犯罪が起きることもある……。私ら警察は、そういうことにも気をつけなければならないと思います」

「あら、FC室って、ただ映画撮影の便宜を図っているだけじゃないのね」

「サービス業じゃありませんからね。防犯の意味もあると思っています。夢のような世界であっても、その現実を見つめていなければなりません。それが警察の役目です」

まじか。楠木は話を聞いていて思った。

そんなことは考えたこともなかった。

藍本署長が言った。

「でも、撮影に関われるなんて、素敵よねえ」

長門室長がこたえる。

「まあ、そうかもしれません」

「ねえ、私もFC室に入れないかしら」

その藍本署長の言葉を聞いて、さすがに長門室長は驚いた様子だった。

「えっ。署長がですか」

楠木も驚いていた。

「そうよ」

「いやあ……。キャリアでいらっしゃいますから、もしFC室にいらしたら、私の上司ということになってしまいますね」

「別に長門室長の下でもいいのよ」

「そういうわけにはいきません。ちゃんとした人事措置が必要ですし……」

「だめかしら。残念だわ」

どこまで本気なのかわからない。この人は天然なので、きっと本気なのだろう。

楠木がそう思ったとき、遠くで声が響いた。

「リハーサルです。伊達さん、柴崎さん、入られます」

現場がぴりっと引き締まる。レフ板が日光を反射してまぶしく光った。二人の主役が登場した。彼らも光って見えた。

解説

関口苑生

作家が自分の創作姿勢や、作品を書くときに気をつけていることなどを記した、いわゆる「小説作法」的な文章（単行本も含めて）は、それはもう数多く存在する。後述することになろうが、われらが今野敏にもそうした一文はある。

そんなあれこれがある中で、奇妙に印象に残っているのがアメリカのハードボイルド作家、マイクル・コナリーの言葉だ。彼は小説を書くという行為は、大道芸の皿回しに似ていると言うのだ。何枚かの皿を同時に棒の上で回転させるあれだ。プロ、職人たる演者は棒から棒へとすばやく動き回って、皿が落ちないよう目を配り、手を動かし、回し続ける作業をする。その作業が似ているという。なぜなら作家もまた、最初から最後までさまざまなこと（皿）を回し続けていかなければならないからだ。プロットの構築、調べ物、会話、文体、言葉のリズムと筆致、巧妙な伏線……等々、地面に落ちないようにしておく皿が何枚もあるのだった。そしてそれは小説を書いている間中続いていく。

中でも最も大切で重要な位置にあるのが、物語の真ん中に置かれた主人公をはじめとする登場人物たちの造形という皿である。それが落下すれば、すべてが台無しになってしまう。信憑（しんぴょう）性を欠いた、血の通っていない人物ばかりが登場するのでは、いかにストーリーが素晴らしくても、ただただ空虚な物語になってしまいかねないのだという。

こうしたコナリーの指摘を読んだとき、最初は、えっ作家ってみんなそういうものじゃないのと思ったものだ。だからこそプロなんじゃないのかと。ところがよくよく考えてみると、方法論、書き方によっては（皿を）回し続けているつもりでも、実際にはとうの昔に落ちてしまっていることに気づいていない場合もあるかもしれないと思うようになったのだった。

たとえば一番肝心な部分だと言われる人物の描写だ。血の通った、真実味のある登場人物とはどういうものを指すのか。

今野敏は、いくつかのインタビュー記事やエッセイなどで、自分が書く人物はどんな顔をしているかだとか、目はどうだ、口はどうだ、髪形はどうだ、どんな服装をしているのかなどの外見描写は、ほとんど書かないようにしていると繰り返し述べている。そのほうが人物の印象が強く残るというのだ。つまり読者が勝手に自分なりのイメージを思い浮かべて、作品により深く入り込んでくれることがわかったからだという。それはまたアクション場面などでも同様で、アクションはミステリにおけるスパイスだとする。スパイスというのは、適量使えば料理を引き立てるが、使い方を間違えると料理をぶち壊しにする材料だからだ。何も多くを書けばいいというものではないのだった。

かつて応募による文学新人賞の下読み選考をしていたときのことなのだが、応募原稿を読んでいて、ああこれはもったいないなあと思ったことが何度となくあった。ほんのちょっとした手直し、描きようによって、作品の質がぐんと高まるだろうと思うものが数多くあったのだ。だが、この「ほんのちょっとした」ことが、結果的に出来不出来の大きな差となって現れてくる。

そうしたひとつに、登場人物の造形と描写がある。キャラを立たせるというつもりなのか、複数の人物の描き分けをしているつもりなのか、とにかく出てくる人物の顔立ちから髪形、服装、靴、時計などの持ち物、さらには乗っている車の種類や名前まで、あらゆることが事細かに描かれるのだ。それでこの人物がどういう性格の持ち主で、どんな境遇にあるのかを知らしめようとするのだった。

狙いはわかる。プロ作家のミステリでも、結構詳細にそうしたことが描かれている作品はある。しかし、あえて言い切っちゃいますけど、あまりに過剰な情報はうるさく感じてしまうだけなのだった。これではイメージは湧かない。プロ、アマ問わず皿を回し続けているつもりで、すでに落ちてしまっていることに気づいていない例のひとつがこれだ。

人物像というのは量ではなく質によって明確にされる、とわたしは頑なに信じている。大量のディテールを書き込めば、人物が生きてくると考えるのは勘違いなのだ。

その実証例がここにある。

本書『カットバック　警視庁ＦＣⅡ』に描かれる人物たちを見てほしい。彼らがどんな容姿、性格をしているかなどは、ほとんど書かれていないのである。にもかかわらず、驚くほど鮮明に彼らの風貌を思い浮かべることができるのだ。というか、読者はそれぞれにみな自分なりのイメージを作り上げ、それに満足するのだ。これは、もはやマジックと言ってもいいだろう。だが、もちろんマジックには必ずタネも仕掛けもある。今野敏はそのタネと仕掛けを仕込む名手なのだった。

物語は、ＦＣ特命班に久しぶりの特命が下されたことから始まる。ＦＣとはフィルムコミッションの略で、映画やテレビドラマの撮影の際に、ロケ現場でさまざまな便宜を図ることを言う。ロケ場所を誘致したり、許可の取得、機材・備品の貸し出し、交通整理、揉め事の処理、妨害の排除などが主な仕事で、悪質な妨害に対しては告発も辞さない。もともとは映画を輸出産業と位置付けているアメリカが発祥のようで、一九四〇年代にロケーション撮影のため警察、高速道路のパトロール隊、道路管理局、消防署、公園警備官などと調整を行い、映画会社を支援するフィルムコミッションが生まれたとされている。これが時を経て日本でも広がり、現在は国内各地の市町村レベルの自治体および、民間企業においても同様のサービスを行う部署を設置するようにもなってきた。

それがなぜか警視庁にもそのための部署が設置され、四人の警官が配置されることになったのだ。それも現在の勤務を続けながらFC室も兼務しろというのだ。チームのメンバーは——地域部地域総務課の楠木肇、二十八歳。組織犯罪対策部組対四課の山岡諒一、三十五歳。交通部交通機動隊の服部靖彦、三十二歳。交通部都市交通対策課の島原静香、二十五歳。そして彼らを率いる室長が元通信指令本部管理官の長門達男警視、四十歳である。どう見てもミステリの主役にはなりそうもなく、およそ事件の捜査などできるような面子(メンツ)ではない。何しろ普段の仕事が、所轄交番警官の管理、マル暴の刑事、白バイ警官、警視庁本部のデスクワークで元は所轄のミニパト警官という面々なのである。

そんな彼らが今回駆り出されたのは、映画のロケである。『危険なバディー』というテレビドラマシリーズの映画化（モデルとなったのは『あぶ〇い刑事』ですね）

で、ロケ場所は大田区昭和島。所轄は大森署であった。そこで五人は早速、挨拶と打ち合わせに向かうことに。このときの服装は私服がふたり、それぞれの部署の制服が三人とある。

何とまあ、あの大森署ですよ。今野敏のファンならおそらく知らない人はいないであろう、あの大森署である。ここでまず軽い驚きがあったが、この時点ではまださかなと思っていた。ところが、署に出向いて最初に応対したのがホテルマンか銀行員を思わせる人物で、その彼が「副署長の貝沼です」と挨拶した瞬間、驚きが爆発した。

ええっ、これって《隠蔽捜査》シリーズとのコラボレーションなの？　という衝撃である。しかも、最近になって署長が代わったばかりだという。実際に本書が刊行される少し前に出版された『棲月(せいげつ)　隠蔽捜査7』で竜崎署長は神奈川県警に異動となり、大森署を去っていた（本書は二〇一八年四月、『棲月』は二〇一八年一月）。小説内の時系列はぴったりと重なり合っているのだった。

そこに登場するのが、新任の藍本署長である。その登場シーンがまた見事で、FC室の男どもが「お……」もしくは「おお……」と小さく声を洩(も)らすほど、藍本署長は美しかったのだ。ここはぜひとも強調しておくけれども、容姿に関する描写はこれだけだ。ただ単に「美しかった」と書いているだけなのである。それでも読者は――少なくともわたしは藍本署長の美しさ、優雅さを理解した。納得させられた。

その理由は、周囲の人物たちの対応や会話にある。ここに今野敏のタネと仕掛けがあるのだった。外見の描写、情報が少ないと、読者は無意識にそれ以外の細かな部分から情報を得ようとする。作品に入り込む努力をしようとする。この場合でもＦＣ室の男たちはもとより、貝沼副署長以下、久米地域課長や関本刑事組対課長などお馴染(なじ)みの面々が、あちらのシリーズでは一度たりとも見せたことのないような態度、行動、反応を示すのだ。これが何とも素晴らしいスパイスとなって、藍本署長の美しさを際立たせる要因のひとつとなっているのだった。この辺の今野小説の巧さ、見事さをぜひともご覧あれ。

さて事件は、撮影開始の朝、ロケ現場で死体が発見されることから始まる。それも最終脚本通りの場所で、脚本通りの格好、脚本通りの役者が、脚本通りに死体となっていたのである。

そこで捜査を担当することになるのが、いつも仏頂面で不機嫌そうな所轄の戸高刑事である。そうだよなあ。《隠蔽捜査》とのコラボならば、この人の出番があって不思議はない。そう思っていたら、本庁の捜査一課からやって来たのが、何と何と佐治係長と矢口刑事だったのでまたしてもびっくり仰天だ。彼らは『晩夏』や『潮流』など《東京湾臨海署安積班》シリーズで安積係長といつも対立する敵役(かたき)なのであった。

さらには池谷管理官、田端捜査一課長とこちらも馴染み深い人たちが次々と登場して、藍本署長や映画に出演する女優にうっとりするなど、このままでは下手をすると《警視庁ＦＣ》の物語が乗っ取られてしまうのではないか、と一瞬心配にもなったほどだ。

しかし、やっぱり今野敏は巧かった。

こうした強力なコラボ陣営に対抗して、ＦＣ室のメンバーも決して負けることなく、要所要所でおとぼけの姿と活躍の場を見せて存在感を誇示するのだ。とりわけ主役である楠木は、数ある今野作品の中でも異色異彩な輝きを放っている。

その異色さを引き立てるために作者が用意したのがまず名前である。小説の主人公には魅力的な個性が必要だ。だがこれもまた、彼はこんな魅力を持っていたと書いてしまうのでは伝わるはずもない。そこで主人公の個性を際立たせるように脇役たちが動くのだ。それも別に大層なことをする必要はない。名前というのはそうした手段のひとつだ。

楠木というのは別に珍しい名字でも、難しい漢字でもない。ただし楠木は「くすのき」ではなく「くすき」と読む。そのことを長門室長を筆頭に、いろいろな人から尋ねられるところから面白くなる。本当に「くすのき」じゃないのか、どうして「くすき」なんだという具合にだ。これがいつの間にかお約束となり、この繰り返しによって印象が強まってくるというわけだ。

ひとりの人物のキャラクターを形成する要素は、性別や年齢、職業、趣味、嗜好、性格……と多々あるけれども、こんな単純な方法でも主人公を印象深くさせることができるのだった。

それから次に作者が技を見せたのが、主人公の内なる声、独白、語り、モノローグ、ひとりツッコミである。物語の登場人物というのは、大抵は何かしらの葛藤を抱えているものだ。そういう人物たちが、行く手に立ちはだかる葛藤をいかにして乗り越えるか、それによって人物像も明らかになってくる。ミステリの場合は、何よりもまず犯罪に直面し、その謎と立ち向かうことへの葛藤がある。しかしこれはミステリにとっては当たり前の状態で、決して特別なことではない。だからこそ作者はそこに加えて、行く手に新たな障害や個人的な利害関係、不安、脅威……といったさまざまな葛藤を用意し、登場人物たちの内面を波立たせようとするのだ。

犯罪というのは、非日常の出来事である。警察小説において、捜査をする刑事にとっては非日常が日常だろう。だが一般人は違う。そして楠木は警察官とはいえども、部署のせいもあり、どちらかと言うと一般人に近い感覚の持ち主だ。そんな彼がある日突然、非日常のど真ん中に立ち置かれ、犯罪を説明し、解決に導く役を担い、数々の驚きと不安を経験する。その際にあげる面白おかしい楠木の内なる声が、読者の感情をぐいぐいと揺さぶってくるのである。しかもこのひとりツッコミは、慎重に読み込んでいくと、さりげなく伏線にもなっているのだった。

まさに本書は、今野敏が自らの「小説作法」に沿って皿を回し続けた結果、必然的に生まれた渾身の作品と言えるだろう。

しかし、ひとつ気になるのは本書のラストで藍本署長が口にした言葉だ。ここからさらにスピンオフした作品が、はたして誕生するのだろうか。それを読んでみたいと思う気持ちは日に日に高まっているのだが……。

この作品は二〇一八年四月に毎日新聞出版より単行本として、
二〇二〇年四月に講談社ノベルスとして刊行されたものです。

|著者| 今野 敏　1955年北海道三笠市生まれ。上智大学在学中の1978年に『怪物が街にやってくる』で問題小説新人賞を受賞。卒業後、レコード会社勤務を経て作家に。2006年、『隠蔽捜査』で吉川英治文学新人賞、2008年、『果断 隠蔽捜査2』で山本周五郎賞、日本推理作家協会賞、2017年、「隠蔽捜査」シリーズで吉川英治文庫賞を受賞。また「空手道今野塾」を主宰し空手、棒術を指導している。近著に『黙示』(双葉社)、『オフマイク』(集英社)、『天を測る』(講談社)などがある。

カットバック　警視庁FCⅡ(けいしちょうエフシーツー)

今野 敏(こんの びん)

講談社文庫

定価はカバーに表示してあります

2021年4月15日第1刷発行

発行者――鈴木章一

発行所――株式会社 講談社

東京都文京区音羽2-12-21　〒112-8001

電話 出版 (03) 5395-3510

販売 (03) 5395-5817

業務 (03) 5395-3615

Printed in Japan

デザイン―菊地信義

本文データ制作―講談社デジタル製作

印刷―――凸版印刷株式会社

製本―――加藤製本株式会社

ISBN978-4-06-522762-6

講談社文庫刊行の辞

二十一世紀の到来を目睫に望みながら、われわれはいま、人類史上かつて例を見ない巨大な転換期をむかえようとしている。

世界も、日本も、激動の予兆に対する期待とおののきを内に蔵して、未知の時代に歩み入ろうとしている。このときにあたり、創業の人野間清治の「ナショナル・エデュケイター」への志を現代に甦らせようと意図して、われわれはここに古今の文芸作品はいうまでもなく、ひろく人文・社会・自然の諸科学から東西の名著を網羅する、新しい綜合文庫の発刊を決意した。

激動の転換期はまた断絶の時代である。われわれは戦後二十五年間の出版文化のありかたへの深い反省をこめて、この断絶の時代にあえて人間的な持続を求めようとする。いたずらに浮薄な商業主義のあだ花を追い求めることなく、長期にわたって良書に生命をあたえようとつとめるところにしか、今後の出版文化の真の繁栄はあり得ないと信じるからである。

同時にわれわれはこの綜合文庫の刊行を通じて、人文・社会・自然の諸科学が、結局人間の学にほかならないことを立証しようと願っている。かつて知識とは、「汝自身を知る」ことにつきていた。現代社会の瑣末な情報の氾濫のなかから、力強い知識の源泉を掘り起し、技術文明のただなかに、生きた人間の姿を復活させること。それこそわれわれの切なる希求である。

われわれは権威に盲従せず、俗流に媚びることなく、渾然一体となって日本の「草の根」をかたちづくる若く新しい世代の人々に、心をこめてこの新しい綜合文庫をおくり届けたい。それは知識の泉であるとともに感受性のふるさとであり、もっとも有機的に組織され、社会に開かれた万人のための大学をめざしている。大方の支援と協力を衷心より切望してやまない。

一九七一年七月

野間省一

木原浩勝　文庫版 現世怪談(一) 主人の帰り
木原浩勝　文庫版 現世怪談(二) 白刃の盾
木原浩勝　増補改訂版 もう一つの「バルス」〈宮崎駿と『天空の城ラピュタ』の時代〉
喜国雅彦 国樹由香　メフィストの漫画
喜国雅彦 国樹由香　本格力〈本棚探偵のミステリ・ブックガイド〉
清武英利　石つぶて〈警視庁 二課刑事の残したもの〉
清武英利　しんがり〈山一證券 最後の12人〉
清武英利　トッカイ〈不良債権特別回収部〉
喜多喜久　ビギナーズ・ラボ
黒岩重吾　新装版 古代史への旅
栗本　薫　新装版 絃(いと)の聖域
栗本　薫　新装版 ぼくらの時代
黒柳徹子　窓ぎわのトットちゃん 新組版
倉知　淳　新装版 星降り山荘の殺人
倉知　淳　シュークリーム・パニック
熊谷達也　浜の甚兵衛
倉阪鬼一郎　大江戸秘脚便
倉阪鬼一郎　娘飛脚を救え〈大江戸秘脚便〉
倉阪鬼一郎　開運十社巡り〈大江戸秘脚便〉
倉阪鬼一郎　決戦、武甲山〈大江戸秘脚便〉
倉阪鬼一郎　八丁堀の忍
倉阪鬼一郎　八丁堀の忍(二)〈大川端の死闘〉
倉阪鬼一郎　八丁堀の忍(三)〈遥かなる故郷〉
倉阪鬼一郎　八丁堀の忍(四)〈隻腕の抜け忍〉
黒木　渚　壁の鹿
黒木　渚　本性
栗山圭介　居酒屋ふじ
栗山圭介　国士舘物語
久坂部羊　祝葬
黒澤いづみ　人間に向いてない
久賀理世　奇譚蒐集家 小泉八雲〈白衣の女〉
決戦！シリーズ　決戦！関ヶ原
決戦！シリーズ　決戦！大坂城
決戦！シリーズ　決戦！本能寺
決戦！シリーズ　決戦！川中島
決戦！シリーズ　決戦！桶狭間
決戦！シリーズ　決戦！関ヶ原2
決戦！シリーズ　決戦！新選組
小峰　元　アルキメデスは手を汚さない
今野　敏　ST警視庁科学特捜班 エピソード1〈新装版〉
今野　敏　ST警視庁科学特捜班 毒物殺人〈新装版〉
今野　敏　ST警視庁科学特捜班〈黒いモスクワ〉
今野　敏　ST警視庁科学特捜班〈青の調査ファイル〉
今野　敏　ST警視庁科学特捜班〈赤の調査ファイル〉
今野　敏　ST警視庁科学特捜班〈黄の調査ファイル〉
今野　敏　ST警視庁科学特捜班〈緑の調査ファイル〉
今野　敏　ST警視庁科学特捜班〈黒の調査ファイル〉
今野　敏　ST為朝伝説殺人ファイル〈警視庁科学特捜班〉
今野　敏　ST桃太郎伝説殺人ファイル〈警視庁科学特捜班〉
今野　敏　ST沖ノ島伝説殺人ファイル〈警視庁科学特捜班〉
今野　敏　ST化合 エピソード0〈警視庁科学特捜班〉
今野　敏　STプロフェッション〈警視庁科学特捜班〉
今野　敏　特殊防諜班 諜報潜入
今野　敏　特殊防諜班 聖域炎上
今野　敏　特殊防諜班 最終特命
今野　敏　茶室殺人伝説
今野　敏　奏者水滸伝 白の暗殺教団

講談社文庫　目録

今野　敏　同期
今野　敏　欠落
今野　敏　変幻
今野　敏　警視庁ＦＣ
今野　敏　継続捜査ゼミ
今野　敏　蓬莱〈新装版〉
今野　敏　イコン〈新装版〉
後藤正治　天人〈深代惇郎と新聞の時代〉
幸田　文　崩れ
幸田　文　台所のおと
幸田　文　季節のかたみ
小池真理子　冬の伽藍
小池真理子　夏の吐息
小池真理子　千日のマリア
五味太郎　大人問題
鴻上尚史　あなたの魅力を演出するちょっとしたヒント
鴻上尚史　鴻上尚史の俳優入門
鴻上尚史　青空に飛ぶ
小泉武夫　納豆の快楽

近藤史人　藤田嗣治「異邦人」の生涯
小前　亮　趙匡胤（ちょうきょういん）〈宋の太祖〉
小前　亮　賢帝と逆臣と〈康熙帝と三藩の乱〉
小前　亮　始皇帝の永遠〈天下一統〉
香月日輪　妖怪アパートの幽雅な日常①
香月日輪　妖怪アパートの幽雅な日常②
香月日輪　妖怪アパートの幽雅な日常③
香月日輪　妖怪アパートの幽雅な日常④
香月日輪　妖怪アパートの幽雅な日常⑤
香月日輪　妖怪アパートの幽雅な日常⑥
香月日輪　妖怪アパートの幽雅な日常⑦
香月日輪　妖怪アパートの幽雅な日常⑧
香月日輪　妖怪アパートの幽雅な日常⑨
香月日輪　妖怪アパートの幽雅な日常⑩
香月日輪　妖怪アパートの幽雅な食卓〈るり子さんのお料理日記〉
香月日輪　妖怪アパートの幽雅な人々〈妖アパミニガイド〉
香月日輪　妖怪アパートの幽雅な日常〈ラスベガス外伝〉
香月日輪　大江戸妖怪かわら版①〈異界より落ち来る者あり〉
香月日輪　大江戸妖怪かわら版②〈異界より落ち来る者あり　其之二〉

香月日輪　大江戸妖怪かわら版③〈封印の娘〉
香月日輪　大江戸妖怪かわら版④〈天空の竜宮城〉
香月日輪　大江戸妖怪かわら版⑤〈雀、大浪花に行く〉
香月日輪　大江戸妖怪かわら版⑥〈魔狼、月に吠える〉
香月日輪　大江戸妖怪かわら版⑦〈大江戸散歩〉
香月日輪　地獄堂霊界通信①
香月日輪　地獄堂霊界通信②
香月日輪　地獄堂霊界通信③
香月日輪　地獄堂霊界通信④
香月日輪　地獄堂霊界通信⑤
香月日輪　地獄堂霊界通信⑥
香月日輪　地獄堂霊界通信⑦
香月日輪　地獄堂霊界通信⑧
香月日輪　ファンム・アレース①
香月日輪　ファンム・アレース②
香月日輪　ファンム・アレース③
香月日輪　ファンム・アレース④
香月日輪　ファンム・アレース⑤(上)(下)
近衛龍春　加藤清正〈豊臣家に捧げた生涯〉

講談社文芸文庫

平出 隆

葉書でドナルド・エヴァンズに

解説＝三松幸雄　年譜＝著者

「死後の友人」を自任する日本の詩人は、夭折の切手画家に宛てて二年一ヵ月にわたり葉書を書き続けた。断片化された言葉を辿り試みる、想像の世界への旅。

ひK1
978-4-06-522001-6

古井由吉

詩への小路　ドゥイノの悲歌

解説＝平出 隆　年譜＝著者

リルケ「ドゥイノの悲歌」全訳をはじめドイツ、フランスの詩人からギリシャ悲劇まで、詩をめぐる自在な随想と翻訳。徹底した思索とエッセイズムが結晶した名篇。

ふA11
978-4-06-518501-8

芥川龍之介　藪　の　中
有吉佐和子　新装版　和宮様御留
阿刀田　高　ナポレオン狂
阿刀田　高　新装版　ブラック・ジョーク大全
相沢忠洋　「岩宿」の発見〈幻の旧石器を求めて〉
鮎川哲也　りら荘事件
赤川次郎　偶像崇拝殺人事件
赤川次郎　人間消失殺人事件
赤川次郎　三姉妹探偵団
赤川次郎　三姉妹探偵団2〈キャンパス篇〉
赤川次郎　三姉妹探偵団3〈珠美・初恋篇〉
赤川次郎　三姉妹探偵団4〈怪奇篇〉
赤川次郎　三姉妹探偵団5〈復讐篇〉
赤川次郎　三姉妹探偵団6〈危機一髪篇〉
赤川次郎　三姉妹探偵団7〈駈け落ち篇〉
赤川次郎　三姉妹探偵団8〈人質篇〉
赤川次郎　三姉妹探偵団9〈青ひげ篇〉
赤川次郎　三姉妹探偵団10〈父恋し篇〉
赤川次郎　死が小径をやってくる〈三姉妹探偵団11〉
赤川次郎　死神のお気に入り〈三姉妹探偵団12〉
赤川次郎　次女と野獣〈三姉妹探偵団13〉
赤川次郎　心地よい悪夢〈三姉妹探偵団14〉
赤川次郎　ふるえて眠れ、三姉妹〈三姉妹探偵団15〉
赤川次郎　三姉妹、呪いの道行〈三姉妹探偵団16〉
赤川次郎　三姉妹、初めてのおつかい〈三姉妹探偵団17〉
赤川次郎　恋の花咲く三姉妹〈三姉妹探偵団18〉
赤川次郎　月もおぼろに三姉妹〈三姉妹探偵団19〉
赤川次郎　三姉妹、ふしぎな旅日記〈三姉妹探偵団20〉
赤川次郎　三姉妹、清く貧しく美しく〈三姉妹探偵団21〉
赤川次郎　三姉妹と忘れじの面影〈三姉妹探偵団22〉
赤川次郎　三姉妹、舞踏会への招待〈三姉妹探偵団23〉
赤川次郎　三人姉妹殺人事件〈三姉妹探偵団24〉
赤川次郎　三姉妹、さびしい入江の歌〈三姉妹探偵団25〉
赤川次郎　静かな町の夕暮に
赤川次郎　キネマの天使〈レンズの奥の殺人者〉
泡坂妻夫　花火と銃声
新井素子　グリーン・レクイエム
安能務　訳　封神演義　全三冊
安西水丸　東京美女散歩
綾辻行人　暗闇の囁き
綾辻行人　黄昏の囁き
綾辻行人　殺人方程式〈切断された死体の問題〉
綾辻行人　鳴風荘事件　殺人方程式II
綾辻行人　十角館の殺人〈新装改訂版〉
綾辻行人　水車館の殺人〈新装改訂版〉
綾辻行人　迷路館の殺人〈新装改訂版〉
綾辻行人　人形館の殺人〈新装改訂版〉
綾辻行人　時計館の殺人〈新装改訂版〉
綾辻行人　黒猫館の殺人〈新装改訂版〉
綾辻行人　暗黒館の殺人　全四冊
綾辻行人　びっくり館の殺人
綾辻行人　奇面館の殺人(上)(下)
綾辻行人　どんどん橋、落ちた〈新装改訂版〉
綾辻行人　緋色の囁き〈新装改訂版〉
綾辻行人ほか　7人の名探偵
我孫子武丸　探偵映画
我孫子武丸　新装版　8の殺人

我孫子武丸　眠り姫とバンパイア
我孫子武丸　狼と兎のゲーム
我孫子武丸　新装版 殺戮にいたる病
有栖川有栖　ロシア紅茶の謎
有栖川有栖　スウェーデン館の謎
有栖川有栖　ブラジル蝶の謎
有栖川有栖　英国庭園の謎
有栖川有栖　ペルシャ猫の謎
有栖川有栖　幻想運河
有栖川有栖　幽霊刑事(デカ)
有栖川有栖　マレー鉄道の謎
有栖川有栖　スイス時計の謎
有栖川有栖　モロッコ水晶の謎
有栖川有栖　インド倶楽部の謎
有栖川有栖　新装版 マジックミラー
有栖川有栖　新装版 46番目の密室
有栖川有栖　虹果て村の秘密
有栖川有栖　闇の喇叭(らっぱ)
有栖川有栖　真夜中の探偵
有栖川有栖　論理爆弾
有栖川有栖　名探偵傑作短篇集 火村英生篇
姉小路祐　影のクロス〈監察特任刑事(デカ)〉
姉小路祐　緘殺(かんさつ)のファイル〈監察特任刑事(デカ)〉
浅田次郎　日輪の遺産
浅田次郎　勇気凜凜ルリの色
浅田次郎　四十肩と恋愛 勇気凜凜ルリの色
浅田次郎　霞町物語
浅田次郎　ひとは情熱がなければ生きていけない〈勇気凜凜ルリの色〉
浅田次郎　シェエラザード(上)(下)
浅田次郎　歩兵の本領
浅田次郎　蒼穹の昴 全四巻
浅田次郎　珍妃の井戸
浅田次郎　中原の虹 全四巻
浅田次郎　マンチュリアン・リポート
浅田次郎　天国までの百マイル
浅田次郎　地下鉄(メトロ)に乗って〈新装版〉
浅田次郎　おもかげ
青木玉　小石川の家
阿部和重　アメリカの夜
阿部和重　グランド・フィナーレ
阿部和重　A B C〈阿部和重初期作品集〉
阿部和重　ミステリアスセッティング
阿部和重　IP/NN 阿部和重傑作集
阿部和重　シンセミア(上)(下)
阿部和重　ピストルズ(上)(下)
甘糟りり子　産む、産まない、産めない
甘糟りり子　産まなくても、産めなくても
赤井三尋　翳(かげ)りゆく夏
あさのあつこ　NO.6〔ナンバーシックス〕#1
あさのあつこ　NO.6〔ナンバーシックス〕#2
あさのあつこ　NO.6〔ナンバーシックス〕#3
あさのあつこ　NO.6〔ナンバーシックス〕#4
あさのあつこ　NO.6〔ナンバーシックス〕#5
あさのあつこ　NO.6〔ナンバーシックス〕#6
あさのあつこ　NO.6〔ナンバーシックス〕#7
あさのあつこ　NO.6〔ナンバーシックス〕#8
あさのあつこ　NO.6〔ナンバーシックス〕#9

講談社文庫 目録

あさのあつこ NO.6 beyond〔ナンバーシックス・ビヨンド〕
あさのあつこ 待ってる〈橘屋草子〉
あさのあつこ さいとう市立さいとう高校野球部 (上)(下)
あさのあつこ 甲子園でエースしちゃいました〈さいとう市立さいとう高校野球部〉
あさのあつこ おれが先輩?〈さいとう市立さいとう高校野球部〉
阿部夏丸 泣けない魚たち
朝倉かすみ 肝、焼ける
朝倉かすみ 好かれようとしない
朝倉かすみ ともしびマーケット
朝倉かすみ 感応連鎖
朝倉かすみ たそがれどきに見つけたもの
朝比奈あすか 憂鬱なハスビーン
朝比奈あすか あの子が欲しい
天野作市 気高き昼寝
天野作市 みんなの旅行
青柳碧人 浜村渚の計算ノート
青柳碧人 浜村渚の計算ノート 2さつめ〈ふしぎの国の期末テスト〉
青柳碧人 浜村渚の計算ノート 3さつめ〈水色コンパスと恋する幾何学〉
青柳碧人 浜村渚の計算ノート 3と1/2さつめ〈ふえるま島の最終定理〉
青柳碧人 浜村渚の計算ノート 4さつめ〈方程式は歌声に乗って〉
青柳碧人 浜村渚の計算ノート 5さつめ〈鳴くよウグイス、平面上〉
青柳碧人 浜村渚の計算ノート 6さつめ〈パピルスよ、永遠に〉
青柳碧人 浜村渚の計算ノート 7さつめ〈悪魔とポタージュスープ〉
青柳碧人 浜村渚の計算ノート 8さつめ〈虚数じかけの夏みかん〉
青柳碧人 浜村渚の計算ノート 8と2分の1さつめ〈つるかめ家の一族〉
青柳碧人 浜村渚の計算ノート 9さつめ〈恋人たちの必勝法〉
青柳碧人 霊視刑事夕雨子1〈誰かがそこにいる〉
青柳碧人 霊視刑事夕雨子2〈雨空の鎮魂歌〉
朝井まかて 花競べ〈向嶋なずな屋繁盛記〉
朝井まかて ちゃんちゃら
朝井まかて すかたん
朝井まかて ぬけまいる
朝井まかて 恋歌
朝井まかて 阿蘭陀西鶴
朝井まかて 藪医ふらここ堂
朝井まかて 福袋
歩りえこ ブラを捨て旅に出よう〈貧乏乙女の"世界一周"旅行記〉
安藤祐介 営業零課接待班
安藤祐介 被取締役新入社員
安藤祐介 おい!山田〈大翔製菓広報宣伝部〉
安藤祐介 宝くじが当たったら
安藤祐介 一〇〇〇ヘクトパスカル
安藤祐介 テノヒラ幕府株式会社
青木理 絞首刑
麻見和史 石の繭〈警視庁殺人分析班〉
麻見和史 蟻の階段〈警視庁殺人分析班〉
麻見和史 水晶の鼓動〈警視庁殺人分析班〉
麻見和史 虚空の糸〈警視庁殺人分析班〉
麻見和史 聖者の凶数〈警視庁殺人分析班〉
麻見和史 女神の骨格〈警視庁殺人分析班〉
麻見和史 蝶の力学〈警視庁殺人分析班〉
麻見和史 雨色の仔羊〈警視庁殺人分析班〉
麻見和史 奈落の偶像〈警視庁殺人分析班〉
麻見和史 鷹の砦〈警視庁殺人分析班〉
麻見和史 凪の残響〈警視庁殺人分析班〉
麻見和史 深紅の断片〈警防課救命チーム〉
有川浩 三匹のおっさん

講談社文庫　目録

有川　浩　三匹のおっさん ふたたび
有川　浩　ヒア・カムズ・ザ・サン
有川　浩　旅猫リポート
有川ひろ　アンマーとぼくら
有川ひろほか　ニャンニャンにゃんそろじー
荒崎一海　門前仲町〈九頭竜覚山 浮世綴(一)〉
荒崎一海　蓬萊橋雨景〈九頭竜覚山 浮世綴(二)〉
荒崎一海　寺町哀感〈九頭竜覚山 浮世綴(三)〉
荒崎一海　小名木川〈九頭竜覚山 浮世綴(四)〉
荒崎一海　一色町雪花〈九頭竜覚山 浮世綴(五)〉
朱野帰子　駅物語
東　浩紀　一般意志2・0〈ルソー、フロイト、グーグル〉
朝倉宏景　白球アフロ
朝倉宏景　野球部ひとり
朝倉宏景　つよく結べ、ポニーテール
朝井リョウ　スペードの3
朝井リョウ　世にも奇妙な君物語
有沢ゆう希／末次由紀 原作　〈小説〉ちはやふる 上の句
有沢ゆう希／末次由紀 原作　〈小説〉ちはやふる 下の句
有沢ゆう希／末次由紀 原作　〈小説〉ちはやふる 結び
有沢ゆう希／ろびこ 原作　〈小説〉となりの怪物くん
有沢ゆう希　小説 パーフェクトワールド〈君といる奇跡〉
有沢ゆう希／原作：金田一蓮十郎／脚本：徳永友一　小説 ライアー×ライアー
蒼井凜花　女唇の伝言
秋川滝美　幸腹な百貨店
秋川滝美　幸腹な百貨店〈デパ地下おにぎり騒動〉
秋川滝美　幸腹な百貨店〈催事場で蕎麦屋呑み〉
東　芙美子／原作 雲田はるこ／脚本 羽原大介　小説 昭和元禄落語心中
赤神　諒　神遊の城
赤神　諒　大友二階崩れ
赤神　諒　酔象の流儀 朝倉盛衰記
彩瀬まる　やがて海へと届く
浅生　鴨　伴走者
天野純希　有楽斎の戦
青木祐子　コーチ！〈はげまし屋・立花ことりのクライアントファイル〉
五木寛之　ソフィアの秋
五木寛之　狼のブルース
五木寛之　海峡物語
五木寛之　風花のひと
五木寛之　鳥の歌(上)(下)
五木寛之　燃える秋
五木寛之　真夜中の望遠鏡〈流されゆく日々'78〉
五木寛之　ナホトカ青春航路〈流されゆく日々'79〉
五木寛之　旅の幻燈
五木寛之　他力
五木寛之　こころの天気図
五木寛之　新装版 恋歌
五木寛之　百寺巡礼 第一巻 奈良
五木寛之　百寺巡礼 第二巻 北陸
五木寛之　百寺巡礼 第三巻 京都I
五木寛之　百寺巡礼 第四巻 滋賀・東海
五木寛之　百寺巡礼 第五巻 関東・信州
五木寛之　百寺巡礼 第六巻 関西
五木寛之　百寺巡礼 第七巻 東北
五木寛之　百寺巡礼 第八巻 山陰・山陽
五木寛之　百寺巡礼 第九巻 京都II
五木寛之　百寺巡礼 第十巻 四国・九州

講談社文庫　目録

五木寛之　海外版 百寺巡礼 インド1
五木寛之　海外版 百寺巡礼 インド2
五木寛之　海外版 百寺巡礼 朝鮮半島
五木寛之　海外版 百寺巡礼 中　国
五木寛之　海外版 百寺巡礼 ブータン
五木寛之　海外版 百寺巡礼 日本・アメリカ
五木寛之　青春の門 第七部 挑戦篇
五木寛之　青春の門 第八部 風雲篇
五木寛之　親鸞 青春篇 (上)(下)
五木寛之　親鸞 激動篇 (上)(下)
五木寛之　親鸞 完結篇 (上)(下)
五木寛之　五木寛之の金沢さんぽ
井上ひさし　モッキンポット師の後始末
井上ひさし　ナ　イ　ン
井上ひさし　四千万歩の男 全五冊
井上ひさし　四千万歩の男 忠敬の生き方
井上ひさし・司馬遼太郎　新装版 国家・宗教・日本人
池波正太郎　私 の 歳 月
池波正太郎　よい匂いのする一夜

池波正太郎　梅安料理ごよみ
池波正太郎　わが家の夕めし
池波正太郎　新装版 緑のオリンピア
池波正太郎　新装版 殺しの四人〈仕掛人・藤枝梅安(一)〉
池波正太郎　新装版 梅安蟻地獄〈仕掛人・藤枝梅安(二)〉
池波正太郎　新装版 梅安最合傘〈仕掛人・藤枝梅安(三)〉
池波正太郎　新装版 梅安針供養〈仕掛人・藤枝梅安(四)〉
池波正太郎　新装版 梅安乱れ雲〈仕掛人・藤枝梅安(五)〉
池波正太郎　新装版 梅安影法師〈仕掛人・藤枝梅安(六)〉
池波正太郎　新装版 梅安冬時雨〈仕掛人・藤枝梅安(七)〉
池波正太郎　新装版 忍びの女 (上)(下)
池波正太郎　新装版 殺 し の 掟
池波正太郎　新装版 抜討ち半九郎
池波正太郎　新装版 娼 婦 の 眼
池波正太郎　近藤勇白書〈レジェンド歴史時代小説〉(上)(下)
井上　靖　楊 貴 妃 伝
石牟礼道子　新装版 苦海浄土〈わが水俣病〉
いわさきちひろ　ちひろのことば
いわさきちひろ・松本　猛　いわさきちひろの絵と心

いわさきちひろ・絵本美術館編　ちひろ・子どもの情景〈文庫ギャラリー〉
いわさきちひろ・絵本美術館編　ちひろ・紫のメッセージ〈文庫ギャラリー〉
いわさきちひろ・絵本美術館編　ちひろの花ことば〈文庫ギャラリー〉
いわさきちひろ・絵本美術館編　ちひろのアンデルセン〈文庫ギャラリー〉
いわさきちひろ・絵本美術館編　ちひろ・平和への願い〈文庫ギャラリー〉
石野径一郎　新装版 ひめゆりの塔
今西錦司　生 物 の 世 界
井沢元彦　義 経 幻 殺 録
井沢元彦　光と影の武蔵〈切支丹秘録〉
井沢元彦　新装版 猿丸幻視行
伊集院　静　乳　房
伊集院　静　遠 い 昨 日
伊集院　静　夢は枯野を〈競輪躁鬱旅行〉
伊集院　静　野球で学んだこと ヒデキ君に教わったこと
伊集院　静　峠 の 声
伊集院　静　白　秋
伊集院　静　潮　流
伊集院　静　機関車先生
伊集院　静　冬 の 蜻 蛉

伊集院 静　オルゴール
伊集院 静　昨日スケッチ
伊集院 静　あづま橋
伊集院 静　ぼくのボールが君に届けば
伊集院 静　駅までの道をおしえて
伊集院 静　受け月
伊集院 静　坂の上のμ〈野球小説アンソロジー〉
伊集院 静　ねむりねこ
伊集院 静　新装版 三年坂
伊集院 静　お父やんとオジさん(上)(下)
伊集院 静　ノボさん〈小説 正岡子規と夏目漱石〉(上)(下)
いとうせいこう　我々の恋愛
いとうせいこう　「国境なき医師団」を見に行く
井上夢人　ダレカガナカニイル…
井上夢人　プラスティック
井上夢人　オルファクトグラム(上)(下)
井上夢人　もつれっぱなし
井上夢人　あわせ鏡に飛び込んで
井上夢人　魔法使いの弟子たち(上)(下)
井上夢人　ラバー・ソウル
池井戸 潤　果つる底なき
池井戸 潤　架空通貨
池井戸 潤　銀行狐
池井戸 潤　仇敵
池井戸 潤　BT'63(上)(下)
池井戸 潤　空飛ぶタイヤ(上)(下)
池井戸 潤　鉄の骨
池井戸 潤　新装版 銀行総務特命
池井戸 潤　新装版 不祥事
池井戸 潤　ルーズヴェルト・ゲーム
池井戸 潤　半沢直樹 1〈オレたちバブル入行組〉
池井戸 潤　半沢直樹 2〈オレたち花のバブル組〉
池井戸 潤　半沢直樹 3〈ロスジェネの逆襲〉
池井戸 潤　半沢直樹 4〈銀翼のイカロス〉
池井戸 潤　花咲舞が黙ってない〈新装増補版〉
石田衣良　LAST[ラスト]
石田衣良　東京DOLL
石田衣良　てのひらの迷路
石田衣良　40(フォーティ) 翼ふたたび
石田衣良　sex
石田衣良　逆島断雄〈進駐官養成高校の決闘編1〉
石田衣良　逆島断雄〈進駐官養成高校の決闘編2〉
石田衣良　逆島断雄〈本土最終防衛決戦編1〉
石田衣良　逆島断雄〈本土最終防衛決戦編2〉
石田衣良　初めて彼を買った日
井上荒野　ひどい感じ―父・井上光晴
稲葉 稔　椋鳥の影〈八丁堀手控え帖〉
井川香四郎　冬の蝶〈梟与力吟味帳〉
井川香四郎　日照り草〈梟与力吟味帳〉
井川香四郎　忍冬〈梟与力吟味帳〉
井川香四郎　花詞〈梟与力吟味帳〉
井川香四郎　雪の花火〈梟与力吟味帳〉
井川香四郎　鬼雨〈梟与力吟味帳〉
井川香四郎　科戸の風〈梟与力吟味帳〉
井川香四郎　紅の露〈梟与力吟味帳〉
井川香四郎　惻隠の灯〈梟与力吟味帳〉
井川香四郎　三人羽織〈梟与力吟味帳〉

井川香四郎　飯盛り侍
伊坂幸太郎　チルドレン
伊坂幸太郎　魔王
伊坂幸太郎　モダンタイムス(上)(下)
伊坂幸太郎　P K
伊坂幸太郎　サブマリン
絲山秋子　袋小路の男
石黒耀　死都日本
石黒耀　震災列島
石黒耀　忠臣蔵異聞〈家老 大野九郎兵衛の長い仇討ち〉
犬飼六岐　筋違い半介
犬飼六岐　吉岡清三郎貸腕帳
石川大我　ボクの彼氏はどこにいる?
石松宏章　マジでガチなボランティア
伊東潤　国を蹴った男
伊東潤　峠越え
伊東潤　黎明に起つ
伊東潤　池田屋乱刃
石飛幸三　「平穏死」のすすめ〈口から食べられなくなったらどうしますか〉
伊藤理佐　女のはしょり道
伊藤理佐　また！　女のはしょり道
石黒正数　外天楼
伊与原新　ルカの方舟
伊与原新　コンタミ　科学汚染
稲葉圭昭　恥さらし〈北海道警　悪徳刑事の告白〉
稲葉博一　忍者烈伝
稲葉博一　忍者烈伝ノ続
稲葉博一　忍者烈伝ノ乱〈天之巻〉〈地之巻〉
伊岡瞬　桜の花が散る前に
石川智健　エウレカの確率〈経済学捜査員　伏見真守〉
石川智健　エウレカの確率〈よくわかる殺人経済学入門〉
石川智健　エウレカの確率〈経済学捜査と殺人の効用〉
石川智健　60〈誤判対策室〉
石川智健　第三者隠蔽機関
井上真偽　その可能性はすでに考えた
井上真偽　聖女の毒杯〈その可能性はすでに考えた〉
井上真偽　恋と禁忌の述語論理
泉ゆたか　お師匠さま、整いました！
伊兼源太郎　地検のS
伊兼源太郎　巨悪
内田康夫　シーラカンス殺人事件
内田康夫　パソコン探偵の名推理
内田康夫　「横山大観」殺人事件
内田康夫　江田島殺人事件
内田康夫　琵琶湖周航殺人歌
内田康夫　夏泊殺人岬
内田康夫　「信濃の国」殺人事件
内田康夫　風葬の城
内田康夫　透明な遺書
内田康夫　鞆の浦殺人事件
内田康夫　終幕のない殺人
内田康夫　御堂筋殺人事件
内田康夫　記憶の中の殺人
内田康夫　北国街道殺人事件
内田康夫　「紅藍の女」殺人事件
内田康夫　「紫の女」殺人事件
内田康夫　藍色回廊殺人事件